Staread
星文文化

U0450519

白桃呜呜龙
★
著

『神』之陨落

长江出版社
CHANGJIANG PRESS

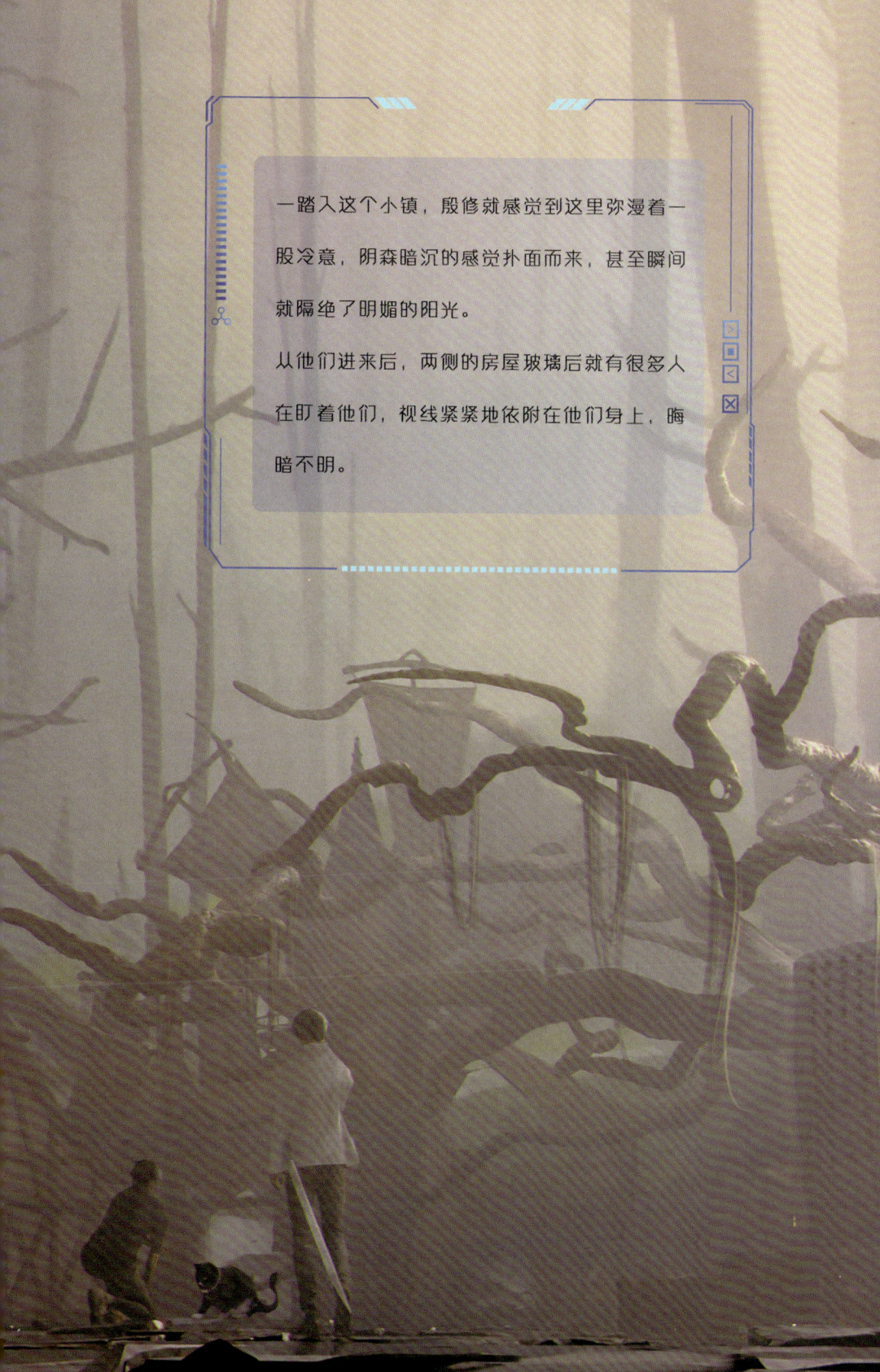

一踏入这个小镇,殷修就感觉到这里弥漫着一股冷意,阴森暗沉的感觉扑面而来,甚至瞬间就隔绝了明媚的阳光。

从他们进来后,两侧的房屋玻璃后就有很多人在盯着他们,视线紧紧地依附在他们身上,晦暗不明。

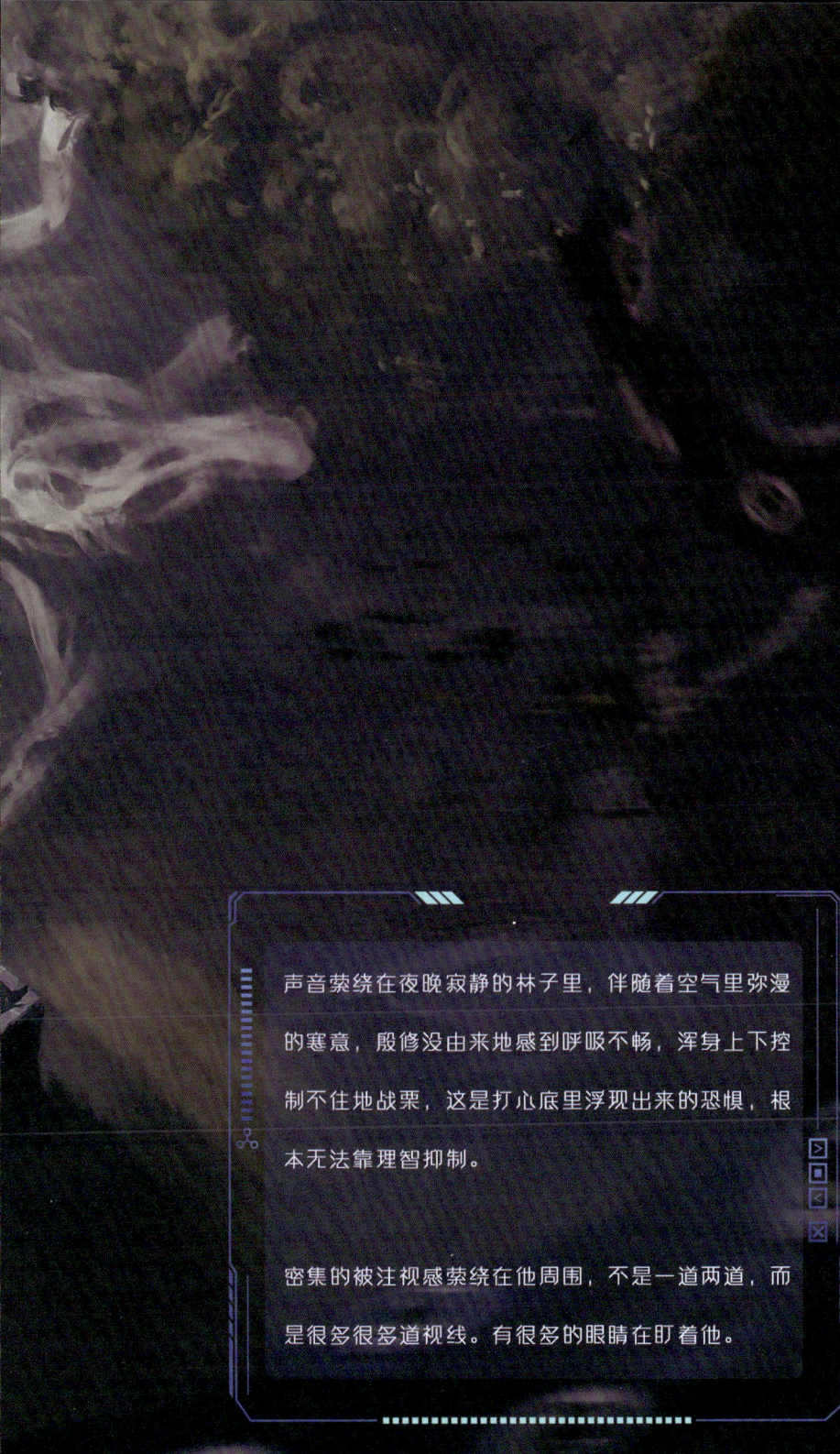

声音萦绕在夜晚寂静的林子里,伴随着空气里弥漫的寒意,殷修没由来地感到呼吸不畅,浑身上下控制不住地战栗,这是打心底里浮现出来的恐惧,根本无法靠理智抑制。

密集的被注视感萦绕在他周围,不是一道两道,而是很多很多道视线。有很多的眼睛在盯着他。

「神」之
陨落

第六章	第七章	第八章	第九章	第十章	番外
外婆的家	黎默的条件	雅雅，我是妈妈	五星通关玩家	叶天玄	平行时空
154	173	203	222	241	262

目录

第五章	第四章	第三章	第二章	第一章
旅馆的夜晚	奇怪的镇长	玩家任务	小女孩	规则小镇
135	106	073	021	002

所有玩家请注意,
您已进入沉浸式全息游戏《规则小镇》。

游戏世界与现实世界无关。

记住,游戏内,规则大于一切。
请遵守游戏规则,完成副本任务,
祝您早日达成通关成就!

游戏策划人 白桃呜呜龙

第一章
规则小镇

001.

天将近黄昏,一抹暗色逐渐从头顶弥漫开来,笼罩小镇。

殷修坐在小镇边缘的湖岸上,握着钓鱼竿昏昏欲睡。

暗黄的光把湖面映照得波光粼粼,勾勒着竖在湖边的两块木牌。

一块上面用整洁干净的字体写着:

湖里危险,禁止靠近。

另一块上的字体歪歪扭扭:

禁止殷修垂钓,快滚。

殷修靠坐在两块牌子边上打了个哈欠,清秀的脸上满是困倦,他眯着眸子提了一下鱼竿,鱼钩上空空如也,索性收起鱼线开始整理东西回家。

即将进入夜晚的小镇比白天更为热闹，广场上路人行色匆匆，极力在天黑下来之前一遍又一遍地向路过的人宣读着小镇的规则，试图将规则刻入每个人的心里。

小镇生存规则一：小镇内，规则是绝对的，不可触犯。

（但禁止令不是。）

殷修背上钓鱼器具，垂眸扶正了被他靠歪的木牌，转身往家的方向走。

一条蜿蜒的小道上，两个路人从他身边擦过，嘴里兴奋地嘀咕着："我听说往这个方向走有一辆巴士，那就是离开这个鬼地方的唯一途径，有些看过老前辈通关的人说过，他们最后就是上了巴士离开这里的。"

"真的能找到吗？我有些担心啊，镇上的其他人不是说不能随便离开小镇吗？"

"没事的，反正这里也走不出去，绕一圈就回来了。"

"也是……"

小镇生存规则二：小镇没有出口，也不要试图寻找离开的路。

（无用之举只会让你迷失其中。）

殷修侧目瞥了一眼他们渐渐离去的背影，淡然地转身，一回头，就与蹲在草地上的猫对上了视线。

那是一只浑身漆黑的猫，模样普通，却有着一双异常诡异的紫色瞳。它蹲在路边一眨不眨地盯着殷修，像是在监视者他的举动。

殷修也盯着它，立在路边没动。

双方在对视几秒后，黑猫试探性地往前探出了一步，殷修立即抬手握住了自己挂在腰间的刀，猫又缩回去了，朝他龇牙之后就迅速跑开。

小镇生存规则三：不可以在小镇内杀死任何有意识的存在。

（人、诡怪，或者猫，都不可以。）

穿过连接广场与湖岸的小道，殷修来到了镇上最吵闹的广场。

这是一座满是古旧气息的小镇，旧楼平房的影子层层叠叠，胡同互相串联，地砖之间满是缝隙与杂草，像是被抛弃在了时代的夹缝里。

但偏偏在小镇广场的中心漂浮着一个巨大且格格不入的投影画面，里面播放着来自不同副本玩家正在经历的过程，有一部分画面令人不适，但底下看的人都面无表情，好似已经习以为常。

一些留言从画面上飘过，内容无关痛痒，大多数时候画面上都是安静的。

殷修注视了两秒便冷漠地收回了视线。

"来来，规则单，拿好，在身上备一张有备无患。"一旁路过的人一边热情地叨念着，一边往旁人的手中塞了一张单子。

一回头正好跟殷修对上视线，那人一怔，匆匆地绕过他离开了。

身形单薄，背着钓鱼工具的殷修在人群里很醒目，但身边经过的绝大多数人都对他避之不及。

殷修也不在乎，垂眸看向脚边落着的一张张泛黄单子，人流之中也有人在不断地给其他人发放单子，无一不是写满规则的保命单，甚至还有人会拿着喇叭四处喊。

"请大家务必在身上至少携带一张及以上的规则单，牢记规则就是守住自己的命。"

"另外大家多注意一下今晚的天气啊，今天晚上恐怕要下雨，第一次遇到的朋友们不要慌张啊，只要记得我们的规则就没事。"

> 小镇生存规则四：小镇基本都是晴天，偶尔会下雨。下雨时，不管是白天还是夜晚，都可以自由开门。

殷修闻声抬头，天空的确有乌压压的一片云，怕是在夜幕之后就会下雨了。

来回走动的人也更焦躁了。

"大家要牢记我们的规则五：下雨时，镇上一定会出现一些新面孔，不要紧张，可以进屋的都是新人，那些不能进屋的请务必小心。"

"还有，天快黑了，大家在回屋之前一定要记得献祭啊，绝对不要忘了。"

伴随着高音喇叭的再三叮嘱，一张写着规则的传单飘到了殷修的脚边——

小镇生存规则六：黄昏时，必须在门口为夜娘娘献上一份心意，以保证你的房屋在夜晚是安全的。

下面还有一排蓝色的字，用括号括了起来：

（记得带上你的尊敬之心，否则我会亲自来找你。）

殷修不以为意地抬眸，单子在广场上四处贴满，唯独小心地避开了广场中间那个与这里格格不入的诡异雕像。

雕像是个女人形象，长发长裙，身型扭曲庞大，攀附在柱子上，她带着诡异的微笑凝望着小镇的众人。这便是小镇上最大的威胁——夜娘娘。

殷修紧了紧身上背着的黑色背包，抬脚穿过热闹的人群。

那些跟他同样居住在小镇里的其他玩家在察觉到他后，纷纷后退了几步，避免与他相碰。

身后还在响亮的喇叭声里也浑然不觉地宣扬着："大家只要遵守规则，在小镇内是绝对不会出事的，诡异的传言跟事物都尽量不要碰，一定要相信身边的其他玩家，在这里没有人会害你。"

"啊……但是有一个特例啊，大家绝对不要学习一个叫殷修的男人的做法，他是妥妥的反面教材，大家一定要……"

伴随着殷修的离开，喇叭的声音也越来越远。

穿过高低不平的矮墙，殷修进入了一条胡同，黄昏的光让这条胡同看上去更为阴暗。狭窄的街道里挤满了门窗，每个编写着门牌号的房屋都住着两个以上的玩家。

小镇就这么大，每隔一阵就会有新的玩家涌入，一般玩家都起码会有一个室友，但殷修没有。

"快点，天快黑了，赶紧给夜娘娘准备祭品啊。"有人匆匆从屋子里奔出来，往屋前的铁碗里放入一块生肉，放好后还不忘拜一拜，嘴上振振有词，"晚上不要来找我啊……"

胡同里每家每户门前都放着一个铁碗，里面也放满各式各样的肉食，至少看上去人们都尽力地拿出了自认为好的东西。

殷修余光瞥过铁碗，垂眸沉思。

他很努力地钓鱼，但一条鱼都没钓上来，今天还是跟往常一样随便倒杯水进去吧。

路边的玩家纷纷躲开殷修，让他一路很顺利地在狭窄的胡同里走到了自己的家门口，也就是胡同最深处的一家，401独户，他殷修一人的屋。

今天门口放着的是一个破破烂烂的红裙小女孩布偶，带着乖巧诡异的微笑，正坐在殷修的家门口。

殷修弯腰捡起，开门进屋，顺手将布偶丢到了墙角一堆乱七八糟的物件里。

他打开灯，在门口的铁碗里倒上茶水，然后开始关窗锁门。

小镇生存规则七：夜晚记得关好门窗，无论听到什么声音都不可以打开，也不要被门外的事物诱惑。

（如果你想死亡，结束游戏的话，打开门窗倒是个好选择。）

天渐渐地暗了下来，小镇外家家户户灯光逐渐亮起，在外面走动的人也迅速回到了自己的屋里，锁好门窗，做好了万全对策迎接夜晚。

幽暗的胡同里，一声绵长的猫叫声响起后，小镇彻底安静了下来。

小镇生存规则八：天黑后尽量不要出门，尤其是在猫叫声响起之后。

（你有信心能赢过它们的话，不妨试一试。）

在夜色之中，一张单子慢悠悠地从墙壁上飘了下来，落到了地上。小镇规则单的背面也有字，那字迹干净清秀，写了整整一页——

给新玩家的说明：

请牢记，小镇只有八条规则，黑色的字是规则，蓝色的字可以相信但不要完全听从。

严格遵守规则的话，不会出意外，但如果你意外违规并遇到了夜晚的它们，请一定要记住接下来这一条——

无论你身在何处，请不择手段前往 A 胡同 401，那是殷修的家。在门口奉上你的全部家当，就算他不理你也要敲门，必要的时候用威胁激怒的手段也可以，虽然可能没用，但这是你活命的唯一选择。

如果他开门，你就可以活命，如果他没开门，你将没有任何活命的希望。是否开门得看他当天的心情及最近的经济情况。

（注：白天的时候不要靠近他，也不要试图成为他的室友。）

愿每个来到小镇的新玩家夜晚安全。

002.

殷修拉上了窗帘，蜷缩在沙发里看电视。

小镇的电视里不会播放任何外界信息，只会和广场荧幕一样，播放正在经历副本的玩家画面。

此刻一个玩家正坐在教室里埋头默写，旁边站着一个纤细扭曲得几乎不成人形的老师正低头凝视着他，他脸上带着诡异的微笑，极为瘆人，被凝视着的玩家哆哆嗦嗦一点不敢抬头，整个教室里的人也是大气都不敢喘。

一条弹幕幽幽飘过："这个副本太难了，至今为止咱们小镇还没有人通关过吧？"

"是啊……最近死在副本里的玩家越来越多，因此今晚才会下雨来新人吧，咱小镇规划的好，可是很久都没有来过新人了。"

——玩家在副本里死亡会被认定为游戏挑战失败，此前游戏中的身份和等级都无法保留，想要再次进入游戏，只能重新注册为新人，随机进入不同的位面小镇。

位面小镇，即游戏中的玩家聚集点，它们各自拥有独立的自然、社会规则和诡怪刷新机制，以数字序号命名。殷修所在的便是35位面小镇。

"唉，也不知道新人又能活多久，初次进入副本没有记牢规则的话，几乎出不来啊。"

"要不我也跟殷修一样住在小镇上得了，通什么副本啊，活命要紧。"

"想什么呢？这地方待久了迟早会出意外，你没看到前两天死在屋子里的那个人吗？太吓人了。"

"……我看到了，做了两天噩梦，晚上听到丁点声音都不敢动。"

"我也是啊，真的有点受不了，反倒是殷修看了一眼就面无表情地走了，每次面对死人他就跟没有感情似的，他才是镇上的诡怪吧？"

"说起来，正常玩家每隔一阵就会被自动拉入副本，只有他一直待在小镇没进去过，也不知道为什么……"

"他本来就怪吧，夜娘娘每晚都要去找他，跟他住在一条胡同里真的天天都睡不着。"

"你们别说了，别忘了小镇弹幕是共通的，殷修那边也看得到，当心他生气。"

这话说完，屏幕画面一下就干净了，好半天都没再出现新消息。

殷修支着下巴，盯着电视一脸困倦，修长的身体蜷缩在沙发里打瞌睡。

过了好一会儿，弹幕上又飘来一条消息："没睡的赶紧睡了，注意点，夜娘娘来了。"

伴随着这条弹幕幽幽飘过，小镇上的灯光迅速灭了许多。

街道上空荡无人，幽暗的胡同中袭过一阵冷风。

有细碎的脚步声在胡同里响起，却没有任何身影出现，只有墙壁缝隙之间有不明的巨大黑影在晃动。

那道脚步声在每家每户门前都停留片刻，每停一下，门外就传来沉闷清晰的咀嚼声，嘎吱嘎吱的声响在夜晚听得人头皮发麻。

声音由远及近响了一路，最后停在了殷修的房门前，这一次没有咀嚼声响起。

"咚咚！"

殷修屋外的玻璃窗被人敲响，虽是轻轻敲打，但整个门窗都在颤动。

殷修困倦耷拉着的眼皮一抬，余光瞥向了门口。

他起身走到窗前，一把拉开了窗帘，月色之下，一张惨白微笑着的女人的脸正紧紧地贴在他的玻璃窗前，直勾勾地注视着殷修。

她长发凌乱垂地，面无血色，但微笑弯起的嘴角沾染着不明的红色液体，巨大的身形几乎塞满了整个狭窄的胡同，以扭曲诡异的姿势匍匐在胡同里。

"这是什么？"夜娘娘用食指托起小小的铁碗，碗里清水晃悠，还漂浮着两片泡胀了的茶叶。

"茶。"殷修淡定回应，顺手在窗前给自己倒了一杯。

夜娘娘微笑的面庞一僵，表情逐渐狰狞，声音低沉，甚至带着几分咬牙切齿地再度询问："这是什么？"

"就是茶啊。"殷修不以为然，抬起手里的杯子，向窗外的女人举杯，"喝一口？"

咔地一下，小小的铁碗被捏扁，夜娘娘惨白的脸死死地贴在玻璃窗上，瞪大的瞳孔之中血丝萦绕，倒映出殷修面无表情的脸，"我对你的祭品不满意，我要换一个祭品。"她缓缓指向屋内的殷修，喉咙里发出低吼，"你，得成为我的祭品。"

"不要。"殷修回答得很果决，耷拉着眼皮，"你能不能别每天都来烦我了，整夜都睡不好，吃了那么多肉喝口茶又怎么了？那么矫情做什么？"

两人的声音在夜晚听起来很清晰，几乎整条胡同的人都能听到殷修的话，都忍不住缩在被窝里倒抽一口冷气。

他们曾见过震怒的夜娘娘一口咬死一个人，也见过一夜之间被踏平的房屋以及满地尸体。

整个小镇也就殷修敢这么跟夜娘娘说话，真的是在死神头上蹦迪。

夜娘娘的表情开始扭曲，她巨大的手掌一把拍向了殷修房屋的玻璃窗上，整面玻璃咔的一声出现裂缝，惊得其他人心里一颤。

"我要生吞了你！殷修！我一定要生吞了你！"伴随着咬牙切齿地嘶吼，女人的身体不断撞击着殷修家的门窗，尖锐的声音在夜色里刺得人耳朵生疼，更让人心惊的是门窗发出的嘎吱声响。

脆弱的门板被撞得哐哐作响，螺丝松动，玻璃窗也颤动不止，裂痕遍布。

即便规则里写着夜晚只要在房子里紧闭门窗就是安全的，但万一房屋被撞坏了，可就不一定了，至今为止还没有人验证过门窗到底会不会被撞坏。

"真吵。"殷修一把拉上窗帘，挪了桌子堵住门口，然后继续回到沙发上看电视。

一年三百六十五天，一共六年，他在这个游戏世界里待了多久，就被夜娘娘吵了多久。

殷修都已经习惯了晚上看电视，白天钓鱼打瞌睡的生活了。

在夜娘娘的嘶吼声中，小镇的黑暗里开始响起细碎的声音，"他又招惹夜娘娘生气了，明知道夜娘娘脾气不好。"

"夜娘娘也拿他没办法，他没触犯规则，夜娘娘也进不去。"

"这个人到底想在这待多久啊？不进副本也不出去，哪有人在这样的地方待了六年的。"

"其他玩家都怕我们，怕夜娘娘，他是一点都不怕，而且他身上那把刀……"

"算了，去看看其他人吧，总感觉今晚的小镇很潮湿，很不舒服。"

"兴许是快要下雨了吧。"

天空在几分钟后降下了雨点，淅淅沥沥落满了整个小镇，一股潮湿的风刮过小镇的胡同，几乎是同时，那哐当哐当撞击门窗的巨大声音戛然而止。

殷修一怔，转头看向窗户，今晚这么早就回去了吗？夜娘娘平时不闹到天亮不会让他睡觉的。

他起身掀开了窗帘，幽深的胡同里已经没有了那具庞大的身体，只有从天空滚落的雨珠摔在地上，浸湿了满地的规则单。

远处雨雾之中不断亮起了灯，也逐渐响起了人声。

下雨的夜晚是唯一可以开门的夜晚，对镇上的玩家而言是难得的自由时间，也可以去寻找来到镇上的新玩家，为自己添点同伴。

但那都跟殷修没什么关系，他一拉窗帘，迅速回到床上睡觉。

难得不被打扰的夜晚，听着窗外的人声雨声，一定能睡个好觉。

殷修缩进被窝，意识蒙眬了片刻，夜晚的降雨声中，一道异常的脚步声忽地出现在了胡同的入口处。

他咻地睁眼，把注意力集中到了听觉上。

那道声音踩着水洼缓缓地顺着胡同的小道走了进来，平静地穿过所有其他玩家的脚步声像是有目的一般地渐渐靠近这里。

没有任何人阻拦他，也没有任何人为他停留，那人就像是被小镇所有人无视了一样，只有这道脚步声很干脆直接地穿过雨声来到了他的房门前，停住。

殷修躺在床上没动，看向了自己的房门。

一道悠长的影子立于被夜娘娘猛烈撞击过后的脆弱门板之外。

003.

"咚咚——"

敲门声不出所料地响起在安静的小房间里。

殷修侧身把自己裹进被子里不予理会,继续睡觉。

反正新玩家也很快就会被其他人接纳的,他不需要室友。

"咚咚咚——"

敲门声再次响起,轻缓又有节奏,很是沉稳,显然门外的人没打算离开。

殷修翻了个身,努力地闭眼睡觉,但不知为何窗外的人声雨声的存在感都远不及门外的那道人影。

那个人甚至都没有说话,只是敲了敲门,视线却像是穿透了门板直直地落在殷修身上。

他能感觉到,那个人像是站在门口毫无遮拦地在看他,没有任何阻碍。

"能开开门吗?"

在漫长的沉默后,他终于开口说话了,是一道低沉的男声,音色温和,听上去毫无威胁。

"去其他人那吧,我不需要室友。"殷修出声回应了一下,偶尔会有还没听到小镇老玩家忠告的新人误打误撞来了他这里。

门外的男人轻声笑了笑:"其他人让我来你这儿。"

殷修抬头,这还是第一次有新人被小镇其他人赶到他这儿来,很新奇。

"你做了什么他们反感的事?"

"我下湖去抓了条鱼吃。"

殷修立即翻身下床,匆匆来到门口,一把拉开了房门。

夜晚的风卷着雨花与潮湿吹进了漆黑的房间里。

门外站着的是一个浑身湿透了的男人，他的黑色西装完全被水浸透，头发上也滴滴答答地往下滴落着水珠。脸色有些苍白，但面带微笑，看上去俊朗斯文，很是优雅。

不知道是他抿唇微笑的弧度过于标准还是出现在这夜晚里很是突兀，男人身上难掩一丝阴森的味道。

"湖里真的有鱼吗？"殷修开门第一件事就是问这个。

"有。"

男人点头，开口的瞬间，殷修瞥见了他的牙齿，相比正常的人齿，他的看上去有些尖，齿缝之间还残留着一些不明的红色液体。

"湖里真的有鱼啊？我钓了六年都没钓到过。"殷修摸索着下巴沉思，余光在男人身上打量。

外面在下雨，会淋湿很正常，但这个男人身上是彻底湿透，像是在雨里站了几个小时一样，潮湿的感觉很重。

"鱼的味道不错。"男人抿唇轻笑，"就是叫声有点尖。"

"原来湖里的鱼是会叫的啊……"殷修开始怀疑他吃的可能不是鱼，兴许是别的什么。

但他没继续追问，只是后退了一步，露出了两人之间低低的门槛，冷淡地微扬下颚，"外面冷，先进来说话吧。"

男人垂眸，盯着地上的门槛没动。

　　小镇生存规则五：下雨时，镇上会出现新面孔，可以进屋的是新人，不能进屋的务必小心。

男人的沉默让殷修进一步试探："你不进来吗？"

他抬头，唇角的弧度更甚："我可以进来吗？"

"可以。"

殷修一点头，男人缓缓抬脚跨过了门槛，进入了殷修的家。

他进来的瞬间，屋子里都冷上了几分，仿佛瞬间灌进了寒意，就连殷修都止不住地打了个哆嗦。

"看上去只有你一个人生活。"男人打量了一番屋子里的东西，回头看向在发呆的殷修，眼眸微眯，"他们说我可以在镇上选择一个室友，我可以在你这儿住吗？"

殷修的视线在门槛上顿了几秒，然后收了回来，一把关上房门。

"我不想有室友，但镇上没有多余的空房间，如果其他人都不要你的话，你就只能待在我这儿。"他从抽屉里翻找出一张规则单，递给了男人，"镇上的规则单，其他人给你看过吗？"

男人摇摇头。

"那就看看吧，记住了你就能多活一阵。"殷修对于这个突如其来的新室友没有多少照顾的兴趣，塞给他规则单后就转身去掀开窗帘打量外面。

小镇规则虽然有"不能伤害任何有意识的存在"这一条，但其实在这儿待久一点的玩家都知道，这个伤害有主动与被动。

如果他因为拒绝新人进屋而间接使得没人收留的男人今晚死在了外面，就是他触犯规则。

其他玩家很明显没有直接拒绝他，而是让他来了殷修这，就算这个男人死了，也麻烦不到他们身上去，麻烦的只有殷修而已。

男人接过规则单，面上闪过一丝疑惑，正反面都反复翻了几秒后就放在了一边，转而把目光落到了殷修身上，面上一成不变的微笑之中透露着兴趣。

"你还没有问我的名字。"

"我不想知道。"殷修懒懒地回应着，确认门外的确没有再见夜娘娘的身影后放下了窗帘。

今晚夜娘娘已经来过了，应该不会再来了吧？

他思索着转身回到了床边。

"你不想知道吗？"男人站在原地坚持不懈地询问。

"不想。"殷修啪地一下将灯关掉，转身回到了床上，临睡前叮嘱："屋子里有别的房间，自己找地方睡觉。"

屋子里的确有其他空房间，但殷修一个人住，一直都是睡在客厅的。

他理想中这个来历不明的男人应该自觉地去其他空房间简单打扫一下，然后休息，安全度过他的第一夜，但殷修关灯之后，他没动。

他就这么安静地站在黑暗之中，眼睛一眨不眨地盯着床上的殷修，整个人几乎没有声息。

"真的不想知道我的名字吗？"安静几秒后，他的声音再度响起。

回应他的只有屋里的安静，殷修完全没反应。

"你为什么要带着刀睡觉？是害怕我吗？"

殷修还是没有反应。

"好吧。"男人轻笑的声音里带着一丝无所谓，他转身走到了屋内的椅子边上坐下，既没有去收拾自己身上的潮湿，也没有睡觉，就只是那么安静地坐在黑暗里，缓缓地对殷修道了一声："晚安。"

他轻飘飘的声音响起的一瞬间，本该保持警惕的殷修感到意识变得恍惚，眼皮逐渐变得沉重，控制不住地耷拉下去，直至双眸彻底合上。

小镇的雨声在耳边变得模糊，殷修半梦半醒，甚至能听到玩家在外面匆忙走动回屋的脚步声，但意识怎么都清醒不了。

小镇上是有夜娘娘以外的诡怪的，但它们都不能进屋，只能在夜晚敲打每个玩家的门窗，哄骗他们出去，然后在追逐中捕杀他们。

那现在坐在他房间里一直盯着他的是什么？

新人？

明显不是。

是小镇的诡怪？

不太可能。夜娘娘都不能在下雨时出现，但他出现了，甚至进屋了。

殷修听到他从椅子上起身的动作，听到他踩着黑暗来到了自己床边，然后在床头蹲下。

就算看不到，殷修也能想象到他此刻脸上的表情，一定是笑着的，标准到有些诡异的微笑，一动不动地在黑暗里凝视着殷修。

漫长的安静与无法忽视的窥视感让殷修难得有些发怵。

雨不知何时停了，玩家们都回到了自己的房间里，夜晚小镇的行动权再次回归到了诡怪们的手里。

床边的男人像是终于按捺不住一般，缓缓伸出了手。

"啪嗒啪嗒——"

深夜的胡同里忽地响起了那道熟悉的脚步声，踩着水洼前行，慢慢地往殷修的门口靠近。

庞大的身躯移动到了殷修的家门前，夜色里再次响起了"咚咚"的敲窗声。

是夜娘娘回来了。

004.

很显然床边的男人也听到了声音，他将视线挪向了窗口。

"咚咚——"

敲窗声再次响起，门外响起了夜娘娘诡异低沉的声音："殷修，开开门。"

殷修听到身旁的男人起身，往门口走去。

"你是谁？"他站在门口询问。

"你又是谁？"夜娘娘很意外，她从来没在殷修的屋子里见过其他人。

但她安静几秒后，勾起和善的微笑："帮我开门，你就知道我是谁了。"

男人若有所思，随即握住了门把手。

他不会真的要开门吧？！

殷修本能地握紧了绑在腰间的刀，开始极力抵抗这股莫名的昏沉感，想要睁眼。

伴随着"嘎吱"一声嘶哑的开门声，一道夜风猛地卷进了整个房间里，寒意瞬间让殷修彻底清醒过来。

他从床上翻滚而下，望向门口。

门已经打开了。

那个穿着黑色西装、浑身湿漉漉的男人正微笑着握着门把手回头望着殷修，笑意盎然地指向门外："你醒了？快看，外面有一张好大的脸。"

从打开的门向外看去，见到的不是夜晚的胡同，而是塞满整个门缝的夜娘娘的脸。

她诡异地微笑着，眨动着的眼睛从门缝望向屋里的殷修，眼眸一眯，惨白的脸颊上透着真真切切的喜悦。

殷修也随之握紧了腰间悬挂着的刀："……是啊，好大的脸。"他没什么太大的反应，视线从夜娘娘身上挪到了开门的男人身上，"为什么要去给她开门？你们是一起的？"

男人不解，但笑容丝毫不变："不能开吗？"

"我让你看规则，你没看？"

男人微笑着点头："我看了，但是纸上什么都没有。"

殷修瞬间了然，这个男人，他看不见规则，他压根就不知道晚上不能开门，不是夜娘娘安排进来的内鬼。

"那作为室友，我现在告诉你一件事吧。"殷修淡然又缓慢地从腰间抽出一把修长锋利的苗刀，"在这个小镇，夜晚是绝对不能开门的，否则……"

"否则？"

话音落下的瞬间，刀身寒光溅射，斩断了一股爬进屋子里的长发，几乎是同时，夜娘娘的手猛地从门口伸进来，拍向殷修所在的地方。

屋子里哐当一声巨响，家具四散，单薄的床板轻松地被那只手掌拍碎，地上蔓延出了裂纹。一屋子东西几乎都被震倒，七零八落，而殷修站在这宛如被地震洗礼的地方，紧紧地贴在墙角，才险险避开了这一掌。

夜娘娘的眼睛通过窗户笑眯眯地凝视着屋子里躲过一劫的殷修，裂开了一嘴尖锐的牙："六年了，我总算能够咬下你的脑袋。殷修，别让我抓到你。"

她的头发像是有意识一般顺着门口的地板往屋子里爬动，纠缠蠕动着迅速覆盖整个房屋的墙壁，黑色发丝密密麻麻从天花板垂落，铺天盖地往殷修所在的方向席卷而去。

殷修挥舞着刀一把斩断了袭击而来的头发，开始往其他地方闪躲，但无论躲到房间的哪里，都能迅速被头发包围纠缠。

殷修清秀的脸上难得显露出不悦。

小镇不允许杀死任何有意识的存在，这条规则是给玩家的，也就意味着夜娘娘能杀死他，但他不能在小镇上杀死夜娘娘。

那么逃？

整个房屋唯一的出口已经被夜娘娘堵住，他根本无路可逃。

殷修的视线落到门口微笑着的男人身上，他在小镇住了这么多年，从来没有触犯过规则，但今晚有人帮他触犯了。

"你生气了？"男人像是察觉到他轻微的情绪波动，嘴角勾起的幅度更大了。

殷修没有理会他，光是在整个都是头发的屋子里不被抓住已经很费力了，他只能不断地闪躲，用刀砍断袭击而来的头发。

"你的刀果然很特殊啊……"夜娘娘凝视着殷修手里的苗刀，"哪来的？"

殷修没应，一脚踩住地上的头发，猛地一刀刺下去，划碎了长发。

黑色长发在地上纠缠扭动着，即便被殷修砍碎了也继续不断地滋长，不断地蔓延，缠住了他的脚。

"需要我帮忙吗？"房间里响起了那个男人的声音，他似乎想做点惹人生气之后的弥补。

殷修抬头，就看见男人随手抓过一把蠕动的长发塞进了嘴里，那张长满尖牙的口腔深处，还有一圈又一圈的副齿，细细地咀嚼碾碎了那些长发，然后咕咚一声吞咽了下去。

他微笑的嘴角还残留着正在扭动挣扎的发丝，也被他刺溜一下吸了进去，然后又是一阵密密麻麻的咀嚼声。

别说殷修，夜娘娘都怔住了。

"你是谁？怎么出现在这里……你从副本里出来的？"夜娘娘声音颤抖，殷修陷入沉思。

连夜娘娘都不知道他是谁，很明显这是小镇以外的存在了。

男人没有理会夜娘娘，反而保持着一如既往的微笑凝视着殷修，如同僵硬的复读机一样再次重复："需要我帮忙吗？"

殷修垂眸看向已经缠绕住他小腿的头发，又看向堵在门外的夜娘娘，露出了沉重的表情。

也许这个男人可以杀死夜娘娘，让殷修不触犯规则而存活，但失去夜娘娘的小镇绝对会发生天翻地覆的变化。

规则上有夜娘娘必须存在的一环，倘若夜娘娘消失，规则会发生什么变动无人得知。

他不要，他还要在这里住呢。

逃又逃不掉，杀也不能杀，那么剩下的选择只有一个了。

"不用你帮忙。"殷修抬手，迅速地将刀收入漆黑的刀鞘之中，随即弯腰捡起了黄昏时被他从门口拿回来丢到角落里的小女孩布偶。

这是进入副本的条件之一，每天都会刷新一个不同的道具放在玩家的门口，兴许是小镇诡怪放的，但那都不重要，只要主动触发关键道具，就会连带整个房间的玩家一起进入副本。

六年来，小镇上的诡怪及镇上所有的玩家都知道，殷修没有主动进入过副本，也从来没有被拉入到副本中。

但现在，他手里拿上这个红裙小女孩布偶的意图很明显。

"你难道想逃进副本？"夜娘娘的笑中似乎带着嘲讽，"全小镇都知道，你从来不进副本，只是个生活在镇上的玩家而已。"

殷修不语。

既不触犯规则，又不用从这个房间里逃跑的办法只有一个，那就是进入副本，但谁又能确保自己会从这次副本里活下来呢？

在夜娘娘的诧异与男人的微笑之中，殷修眼神一狠，猛地撕扯开布偶的身体。

他跟那个男人的身影瞬间消失在了房间里，只留下满地家具残骸。

两秒后，小镇的公屏上忽地出现了一个新的房间，小镇的喇叭也在夜色里高声向全小镇播报了一条新的消息："35位面小镇玩家，殷修，进入副本。"

这通知像水滴入油锅，炸醒了小镇所有的人，灯光迅速在黑暗之中亮起，小镇玩家们匆匆地打开了家里的电视，调整了正在副本内的玩家画面。

一片黑暗之中，最先显示的是此次进入副本的玩家信息——

恭喜玩家进入副本：小镇的怪物们。

本次玩家姓名：殷修。

性别：男。

居所：35位面小镇A胡同401。

所持有副本资产：35.8。

副本推进进度：已全部通关。

在"已全部通关"字样出现在屏幕上时，整个小镇的玩家都怔住了，连蹲在广场公屏下的诡怪们都傻眼了。

不是不主动进入副本，而是他已经全部通关了，副本不再自动拉他进入副本，是因为没有副本可以让他通关了。

这是一个全通关玩家，这样一个全通关玩家居然没有第一时间离开小镇，而是在这里住了六年？这是什么新玩法？

黑暗之中，小镇玩家及所有诡怪都有些蒙。

副本诡怪在接收到本次玩家的信息后鬼哭狼嚎："谁把六年前那个杀穿副本的男人拉进来的？都说了不要拉他进来了！"

第二章
小女孩

005.

"他不是已经通关了吗?为什么都六年了,他还在啊!"
"这次他进了哪个副本?"
"小镇怪物。"
"还好还好,不是我的副本。"
"但这次怎么办?之前所有的副本都被他杀穿了,还让跟他同批次的其他小镇玩家摸鱼浑水全都通关了,这一次总不至于还被他这样玩吧?"
"只能加强难度了!先去申请改规则,让他不能伤害诡怪。"
"那这次副本里的那些诡怪……"
"换新的!换成不认识殷修的!"
"只能这样了。"

窸窸窣窣的讨论声过后,副本正式开始。
大屏幕上显示的玩家信息缓缓消失,黑暗淡去,开始显露出画面。
小镇广场上坐满了密集的黑影,甚至连夜娘娘都匍匐在那儿观看投影画面，满脸不悦。这个游戏以灵活性高和真实感强著称，游戏内的NPC在游戏基本设定的约束之外可以有限地生成自我性格，它们难免对某些厉害的玩家特别关注。所以此刻，小镇的诡怪们不约而同地观看着殷修的副本直播。而小镇房屋内，无数玩家放弃睡觉纷纷蹲在电视前观看这次的副本直播。

副本才刚刚开始，消息就已经飞满了整个屏幕。

"我没看错吧？进副本的是殷修？"

"是殷修，我跟他住一个胡同，刚才动静那么大，估计是今晚出什么意外了。"

"感觉像在做梦，我居然能看到殷修在副本里的样子……"

"之前有人说他其实很厉害，我觉得都是吹牛，难得他进副本，我倒要看看他在副本里能有多厉害。"

"我也觉得多半是吹嘘出来的，但他本人不正常这点是肯定的。"

"参与本次副本的其他小镇玩家也都苏醒了，看看这次副本吧。"

"这个副本我通关过，是个新手生存副本，不难。"

"殷修居然从新手副本开始挑战……他之前果然就是没进过副本吧？"

"前面的是没看到刚才公布的玩家信息吧，人家殷修是全通关大佬。"

"真的？"

伴随着满屏幕乱飞的信息，殷修缓缓睁开了眼。

"又进来了……"他闷声嘀咕着，从床上坐了起来，面露疲惫地闭眼缓和了几秒后抬头看向四周。

这似乎是一个女性的房间，他没什么印象了，但脑子里却响起了副本的前景提示——

  本次副本主题：小镇的怪物们。
  幸福的小女孩跟随妈妈住进了外婆所在的怪物小镇。小女孩的妈妈有事需要离家三天，在这个到处是怪物的小镇上，你需要帮助独自在家的可怜小女孩成功度过三天，等待她妈妈回家。
  她的房间里似乎有一些危险，你必须按照妈妈留下的纸条帮助她生存。请时刻小心身边的怪物。

声音消失后,殷修努力回忆着跟这个副本相关的东西,但距离上次通关实在太久远了,脑子里的记忆很模糊,帮不上忙。

"先出去看看吧。"殷修嘀咕着起身,打开了房门。

这个房间里的东西很简单,生活物品只有成年女性跟小孩子的,基本对应了背景提示里的人物,既然妈妈不在家,那么屋子里肯定会有一个小女孩。

殷修没急着去找,他在客厅里转了一圈,注意到客厅的桌子上放着两张纸条。

一张上是熟悉的黑色印刷体字,另一张上是手写的字。

黑色印刷体字的纸条上是所有玩家都很熟悉的生存规则。

  副本生存规则一:不要让小女孩看到副本内的规则。

在殷修看到这条信息的同时,另一个房间的门打开了。

一个抱着兔子玩偶、穿着红裙的小女孩从房间里探出头,她望着殷修,天真稚嫩的脸上露出疑惑:"你是妈妈找来照顾我的人吗?"

"嗯。"殷修懒懒地应了一声,无视了小女孩,继续往下看纸条。

  副本生存规则二:不能拒绝小女孩说出口的请求。

"哥哥。"红裙小女孩不知何时走到了殷修的身边,她扯了扯殷修的衣摆,脸上露出微笑,"你看的是什么?是妈妈留给我的纸条吗?能让我看看妈妈给我写了什么吗?"

她开口的瞬间,隔壁房间猛地传来一道凄厉的惨叫声,那声音撕心裂肺,听得人心头一震。

殷修面无表情地与小女孩对视着,余光瞥了一眼手中的两张纸条,一张是副本规则,另一张的确是她妈妈的纸条,但上面也是规则,是在家的生存规则。

不能让小女孩看到副本内的规则,也就意味着所有规则都不能让她看,包括妈妈的纸条。

但又不能拒绝小女孩说出口的请求……

殷修似乎知道隔壁房子的惨叫声是怎么来的了。

"哥哥,你就给我看看嘛。"小女孩嘴角弯着诡异的微笑,一脸天真无邪地向殷修讨要他手里的规则。

给,或是不给,似乎都是一个死亡选择。

这下不止殷修沉默,连屏幕外的玩家都沉默了。

"你们看到刚刚隔壁屋的场面了吗?"

"看到了,被拒绝的小女孩瞬间变成了怪物的样子……"

"我现在手脚冰凉,这副本怎么跟我以前经历的不一样啊!上来就这么要命的吗?"

"我记得这是新手副本,没这么难的啊?怎么回事?"

"你管这叫新手副本?我新手的时候要是进这儿,现在已经像殷修隔壁房间的那个玩家一样死翘翘了!"

"上来就进退两难啊,其他房的玩家都僵住了,现在就看殷修怎么过了,我觉得是殷修都得死吧?"

众人的视线凝聚在了副本内的殷修身上。

他冷着一张脸,沉默几秒后,伸手摸了摸小女孩的头发。尽管他努力表现温柔,但还是语气一点都不温柔地淡声道:"你别急,我看完了再给你看。"

"唔……"小女孩脸上露出纠结的表情。

她在思考几秒后勉强点了点头,倒也不是不给她看,就是一会儿再给她看,也不算拒绝了。

"乖。"殷修敷衍地安抚了一下,就把她拎到沙发上,"先坐着玩会儿。"

他靠坐在客厅的沙发上查看规则，小女孩乖巧地坐在旁边摆弄着自己的玩偶，场面看上去很和谐，丝毫没有刚才的危机感。

弹幕有些诧异："还可以这样的吗？"

"也不是不可以，但是他好冷静啊……怎么都不怕的？"

"是啊，他回到副本简直跟回到家似的……"

"可能是他压根不知道这个小女孩也是个凶残的怪物吧。"

弹幕一阵困惑的碎碎念，看完殷修再去看一眼隔壁房间的惨状，很难联想到这是同一个副本。

安抚完小女孩之后，殷修又顺着纸条继续往下看——

　　副本生存规则三：帮助小女孩按照妈妈的纸条行事。

　　副本生存规则四：不要给小女孩任何武器。

　　副本生存规则五：不要给外面的任何人开门，并且隐瞒小女孩的存在。

　　副本生存规则六：夜晚待在自己的房间，不要去客厅，不要被它找到。

　　副本生存规则七：如果感觉有什么进入了你的房间，立即大声呼叫你的室友来找你，并和室友待在一起，直到天亮。

殷修轻轻歪头，姑且不论第六条的"它"是什么，这第七条会涉及室友的话，也就是他一定有个室友了？

规则是绝对的，小镇规则里有给夜娘娘献祭的一环，小镇就必须有夜娘娘，副本规则里说他有室友，那么他就绝对有一个室友。

似乎是应了殷修的想法一般，客厅的另一扇房门咔嚓一声打开，一个殷修意想不到的人从里面走了出来。

006.

"早啊。"

立在门口的是那个浑身散发着诡谲气息的男人,他依旧穿着湿漉漉的黑色西装,微笑着站在那里,不动声色地向殷修打了个招呼。

殷修也不意外,按照小镇规则,这位的确是他的室友,他会进新手副本,显然是因为这个"新人"在这儿了。

殷修很淡然,但坐在他旁边的小女孩却不同,她在发现那个男人之后,一把抱紧手里的玩偶缩到了殷修身后,有些紧张地低声道:"哥哥,那个人也是妈妈叫来照顾我的吗?"

殷修点点头:"是的。"

小女孩为难地皱起眉头,犹豫几秒后还是从殷修身后探出头:"好吧……"她警惕地看着那个男人,那个男人也微笑着望着她。

沉默几秒后,小女孩先挪开了视线,紧张地拉扯了一下殷修的衣角,干巴巴地转移话题:"哥哥看完了吗?现在能让我看看妈妈的纸条了吗?"

"还没看完呢。"殷修摸了摸她的脑袋,担心就坐在旁边的小女孩会探头看到,便起身在屋子里踱步。

"在看什么?"男人笑眯眯地向殷修开口搭话。

殷修便把手里的副本规则递过去,试探性地询问:"这个规则你也看不到?"

男人微笑着垂眸凝视殷修递过来的纸,摇摇头:"看不到。"

"嗯。"殷修确信,他不是小镇的诡怪,也不是副本的诡怪,但都跟到这儿来了也真不容易。

"对了,你现在想知道我的名字吗?"男人微笑着询问,视线一如既往地投在殷修身上。

"如果你去换一身干衣服回来,我会考虑问一下你的。"殷修转身无视了他。

男人思量了两秒,很听话地转身回了他自己的房间。

他一走,客厅里一直紧张的小女孩缓缓放松下来,继续摆弄着手里的布偶,但显然有些注意力不集中。

原来副本里的诡怪也会害怕来历不明的存在啊。

殷修若有所思,一边慢悠悠地在屋子里踱步,一边查看妈妈的纸条。

妈妈的纸条规则:

宝贝,妈妈有事需要离家三天,在此期间,你一定要按照妈妈给你留下的嘱咐生活。

一、绝对不要出门。

二、不要照镜子。

三、不要给任何人开门,不要让它们发现你。

四、每天都要吃饭。

五、夜晚一定要待在自己的房间睡觉,醒来无论房间里是什么情况,那都是正常的。

六、三天后,拿到妈妈放在门外的包裹。

纸条的约束比殷修想象中要少。

副本生存规则中有必须帮助小女孩按照妈妈的纸条行事的规则。

生存规则是给玩家的,但妈妈的纸条是给小女孩的,不对玩家生效,既然有协助小女孩存活的规则,是不是意味着与通关条件有关。

殷修将两张纸条翻过来查看,发现生存规则那一张背后还有字——

副本通关规则:

一、把怪物的尸体留在小镇的祭坛上。
二、让小女孩完成妈妈纸条上的所有规则。

下面还有一排黑色的歪歪扭扭的字迹：

三、不能杀死任何诡怪。

然后又被一条紫色的横线划去了。

殷修的视线在第三条上停留许久，考虑着要不要把这一条算进规则里，既然被划去了，也就意味着并不在规则内吧？

"也就是说可以杀诡怪？"他低声碎碎念着。

沙发上的小女孩身体一僵，警觉地抬起了头。

旁边的房门嘎吱一声再次打开，这次那个男人终于不再是浑身湿透着出来了，他身上的水汽消失，衣服却没换，仍旧是那套黑色西装。

殷修不觉得他能在这个只有女人小孩物品的屋子里找到第二件一模一样的西装，也不清楚他是怎么在这么短的时间内让衣服干透的，就索性略过了这个疑问。

"你叫什么名字？"

男人微笑："黎默。"

殷修点点头："你好黎默，我叫殷修，请问你现在能张一下嘴吗？"

黎默一愣，犹豫着张开了自己满是尖锐牙齿的嘴，下一秒，殷修就把两张规则纸条揉成团塞进了他的嘴里，并贴心地替他合上了嘴。

一阵酥酥麻麻的咀嚼声在黎默的嘴里响起，接着他咕咚一声，把纸条吞了下去。

这下就算小女孩有心掰开黎默的嘴去找，也拼不出完整的规则了。

看着殷修这十分突然的操作，黎默愣住了，小女孩愣住了，屏幕外的玩家也愣住了。

一大段弹幕唰地飞了过去。

"虽然我知道毁掉纸条是避免让小女孩看到规则的最好办法，但他为什么要塞进他室友的嘴里啊！"

"我哪知道啊，动作太快我都没看清。"

"话说规则他都记住了吗？就这么毁了，之后很容易出事啊！在副本里记住规则才是保命的上上策啊！"

"但这个副本里留着规则也同样危险啊……更何况小女孩已经开口了。"

"那他现在要怎么回应小女孩的要求啊……"

众人不解的视线再度凝聚到殷修身上。

反应过来纸条已经被吃掉的小女孩哇的一声哭了，她急忙跑过来，想要拉扯吃掉纸条的黎默，但是不敢，于是转而扯住殷修，一边哭，一边变得面目狰狞："我还没看呢！坏哥哥！你还我妈妈的纸条！"

她的眼泪滚落，整张稚嫩的脸伴随着泪水变得扭曲，张开的嘴变大，里面的牙齿越来越尖锐，从喉间涌出的甚至不像是哭声，更像是一种怪物的嘶吼。她一边哭一边用尖锐的指甲掐住殷修的手："把妈妈的纸条还给我！不然我吃了你！吃了你！"

从一个天真无邪的小女孩模样眨眼之间就变成了惊悚的怪物形态，就算隔着屏幕，玩家们都不自觉地回避视线，生怕再看到跟隔壁房间一样的场面。

但殷修很淡定。

他看着逐渐变形的小女孩，一把拽住她的手，往桌子边牵去，嘴里懒散地敷衍着："别哭了，都怪哥哥不小心把纸条弄没了，不过哥哥记得上面写了什么，这就复写一遍给你，怎么样？"

小女孩哭声一哽，刚刚变得扭曲的脸上浮现出迷茫。

复写……这可以吗？

副本内的规则已经被黎默吃掉了，而殷修手写出来的规则显然是不属于副本的，但这并不违背小女孩想看妈妈纸条的意愿。

都怪殷修乱七八糟的操作，她都有些不知道自己该不该继续哭闹了。

见小女孩有些纠结，殷修抬手指向了旁边微笑看戏的黎默："你不愿意的话，就自己去他肚子里找纸条吧。"

这话一出，飘过一片表示震惊的弹幕："这个殷修真狠毒，想害室友是吧！小女孩肯定会剖开他室友的肚子找纸条啊！"

"我就知道他这个人冷血无情！但没想到还这么残忍，怪不得小镇上的人提示不要和他成为室友，谁做他室友谁死啊！"

"以后还是得离他远点。"

与众人的震惊相反，屋子里的氛围有些僵。

小女孩面色一滞，她转头看向黎默。

黎默微微咧嘴微笑，露出了比她更阴森可怖的牙齿，也许弹幕后的观众听不到，但她能听到，对方喉咙深处涌动的吞噬欲望，让她浑身战栗。

小女孩背脊发凉，打了一个哆嗦，放开了殷修。

这个好看的哥哥真狠毒，什么去那个男人肚子里找纸条！是想害她吧？她才不上当呢！

007.

"要不要我给你复写呢？"殷修眯着眼意味深长地询问，语调慵懒却散发着威胁。

小女孩支支吾吾，揉捏着怀里的兔子，抬眸看了黎默一眼，不情不愿地点了头，嘟嘟囔囔："好吧……"

她在殷修面前过分乖巧的模样让屏幕外的玩家都怔住了。居然同意了？这么好说话的吗？这还是他们看到的那个凶残的怪物吗？

有人不信邪，画面转到其他房间内，因为触犯规则，小女孩正化身凶残的怪物攻击着玩家，其他房间的画面也基本都是小女孩在大杀四方，场面看得人毛骨悚然。

再转回殷修这个房间,小女孩乖巧地坐在沙发边抱着自己的玩偶,殷修坐在旁边拿着纸笔给她复写内容,画面岁月静好,安然和谐。

"殷修的副本怎么过得跟其他人不一样啊!"

"我怎么知道啊!总感觉副本的诡怪在他面前很乖啊。"

"我不信!我就不信所有的诡怪在他面前都能变得这么乖!总有一个能制裁他的!"

"我也不信!我第一次过这个本的时候,被这个妹妹吓得在房间里待了一天!到底是为什么啊!她为什么现在变得这么乖啊!"

"我有点心里不平衡了!"

弹幕内容全是牢骚,但大家的注意力依旧都集中在殷修这个房间里。

"我想想,该怎么给你总结一下你妈妈给你留的内容呢?"殷修较为谨慎,他不会完全还原纸条的内容,以免复写出来的也会成为副本的规则,便简单地概括了一下——

第一条"绝对不要出门",那么小女孩只要待在房间里别出来,就杜绝了出门的可能性。

第二条是"不要照镜子",他回头看了一眼屋内,至少客厅里没有镜子,小女孩的房间估计也没有,否则她一睁眼就能破坏规则,但至少浴室里肯定有镜子。

于是他写下:

少上厕所。

第三条,"不要给任何人开门,不要让它们发现你",这一点只要待在房间少出来就能做到。

第四条,"每天都要吃饭"。虽然写着每天都要吃饭,但是一天吃一顿也算吃过饭了,而且少吃饭也能减少上厕所的次数。

第五和第六条分别是"夜晚一定要待在自己的房间里睡觉"和"三天后,

拿到妈妈放在门外的包裹",暂时没什么特别。

殷修细细地回忆了一下写给小女孩的规则之后,又给她写下了以下几点:

一天吃一顿。
吃完回房间睡觉。
白天少出来。
晚上不准出。

小女孩看着纸条上简短的几排字,陷入了沉思。
这是折磨她吧。
这与坐牢的区别就是她白天可以从房间里出来上厕所……不,人家坐牢还一日三餐呢。
"哥哥,这是妈妈要求我做的?"小女孩纠结地拿着纸条询问殷修。
"对。"殷修平静地点头,盖上了笔盖,"做到这些,三天后你妈妈就会回来。"
小女孩的表情有些莫测,她不是人,殷修也一定不是人。
"但是一天只吃一顿饭是虐待啊……"她哼哼唧唧想要抗议。
殷修一脸沉重地摸了摸她的头发,很是无奈:"没办法,你妈妈就是想虐待你。"
小女孩唰地一下掐紧了兔子玩偶的脖颈,脸色青白交加。
她妈妈留给她的纸条才不是这样的!
她有怨言,但她不敢说。
"好了,现在快点回房间去吧。"殷修无视了她烦躁的情绪,一把拎起她丢回房间,顺便叮嘱,"饿了或者要上厕所就叫我,我会给你开门的。"
说完就利索扣上房门,把小女孩关在了屋子里。
面对紧闭的房门,小女孩呆了又呆,把她一个无辜可怜的小女孩锁在房间里,一天只吃一顿饭还不准出去,她在其他玩家那儿就没受过这样的委屈啊！

　　小女孩深呼吸一口气，用力掐紧了怀里的兔子玩偶，稚嫩的脸上眼神变得凶恶。要是让她找到机会，她一定要狠狠地啃掉殷修的脑袋，坏哥哥！

　　不过现在嘛……

　　小女孩呆呆地揉了揉怀里的兔子，感知到门外那股无形的寒意在肆意地弥漫，乖巧地缩了缩自己的脑袋。

　　报仇讲究的是来日方长，没关系，所有玩家房间里的小女孩都是她的一部分，她在殷修这儿吃了瘪，还能在其他玩家那儿吃瘪不成？现在就去撒撒气！

　　殷修把小女孩丢回房间没多久，这一排走廊上的其他房间里陆陆续续传来了其他玩家的惨叫声，此起彼伏。

　　他淡漠地收起纸笔，应付完小女孩，该应付下一个了。

　　虽然跟小女孩对话的时候，坐在房间角落里的黎默始终没有出声干扰，但他的存在感一点都不低。

　　那道视线就像黏在了殷修身上，挥之不去。

　　现在客厅里就剩下他们两个，殷修一抬头，就看到黎默端正地坐在角落的椅子上，带着一如既往的微笑盯着他。

　　那笑容过于端正标准，唇角上扬的弧度一成不变，看久了甚至会产生些"对方是假人"的恐怖感觉。

　　殷修对这个来历不明的男人一直都持有警惕心，也不希望他出现在自己身边，但想要把对方拒之门外是一件很难的事，尤其现在他们已经进入了副本，并且是名义上的室友。

　　两人盯着彼此，谁都没有开口说话。

　　沉默片刻后，殷修先一步挪开了视线，并打破了寂静："我知道你看不到规则，所以无法应对副本。"

　　男人微扬下颚，等待着他的下一句。

　　"我不会询问你的一切，也对你到底是什么没兴趣。

"现在的情况就是你开门让我陷入危险,我进入副本拉了你一起,如果你想顺利从这个副本出去的话,就听我的。"

他的声音绵软懒散,不像在商量,更像是陈述。

即便对面那个男人诡异危险,只要他不知道规则,他在这个副本里就寸步难行,结果也不过是被困在这个副本里。

这种情况下,殷修应是能够掌握主导权的上位者。

"好。"男人微笑着应下,不假思索,似乎压根就没认真听。

这种游刃有余的感觉比殷修更像上位者。

"另外……"殷修转眸与那男人对上了视线,只是一眼,对方的瞳孔深处就像是瞬间有情绪在产生反应,躁动不安。这种紧密的注视着实让人无法放松,即便是殷修也一样,"你能不能不要一直盯着我?"

殷修的厌烦让男人嘴角的弧度更甚:"这或许不可以。"

他身上散发出来的阴森气息难以掩盖,不管是时刻保持着端方的姿态,还是长久勾起的微笑,抑或注视,都像是在蛰伏等待时机的狩猎者,他一动不动,却一刻也没有把目光从殷修身上挪开过。

偶尔盯久了,那人喉间微微涌动,还伴随着吞咽黏液的声音,让殷修背脊发凉。

殷修从见到他的第一眼开始,就进入了警戒状态。或许因为他没有放下过防备,所以对方也一直处于狩猎状态,时刻在他身边监视着他。

那种感觉好比你走在森林里与熊擦肩而过,熊看到你两眼放光,开始流着口水跟在你身后,一直跟着你,一直盯着你。

你知道自己被盯上了,却永远不知道它会在何时出手。

一想到这种紧张感会持续到副本结束或是更久,殷修还是希望对方能收敛一点。

"那至少,在我睡觉的时候别盯着我。"他降低自己的要求,退让了一步。

对方思考几秒,唇角抿起的笑意加深:"不盯着,但得待在你旁边。"

008.

殷修眼眸一暗。对方在试探他的底线，他若松口，对方以后还会得寸进尺。

两人之间的氛围再次凝固，殷修不想开口回应，对方也不松口。

就在一片寂静之中，不远处从别的屋子里传来一声凄厉的惨叫，声音很熟悉，甚至殷修能清晰地分辨出，这是那个小女孩的叫声。

没缓上两秒，又有别的叫喊声响起，那是一道很惊恐的声音，听起来发出声音的人正慌乱移动着，从屋子持续奔到了屋外，尖叫了一路。

殷修唰地收起对黎默的目光，迅速起身打开了小女孩所在的房门。

她还在里面，抱着兔子玩偶一脸困惑："怎么了？"

"没事，别出来。"殷修关上房门，转身走到了窗边，唰地拉开窗帘。

刺目的光亮瞬间撒入整个房间，让人睁不开眼。也几乎是打开的瞬间，一张陌生的脸就啪嗒一声贴在玻璃窗前，吓得盯着屏幕的玩家们一哆嗦。

那是一个面色苍白的女人，双瞳充血，她趴在玻璃窗上极力地往屋子里望去，像是在寻找什么，嘴里念念有词："是不是在这里，是不是藏在这里了……"

对于见过无数次夜娘娘贴脸的殷修而言，这种画面已经是小场面了，他的视线淡然地略过眼前的女人，侧头往外面看去。

屋子外的场景像是一个偏远的山村，跟背景提示里的小镇不大对得上。他所在的房屋是普通的小平房，空间只够一家人生活。

隔壁的邻居就是此次同样在这个副本里的其他位面小镇玩家，大家各自独占一个空间，共同进行着副本的前期剧情，随着剧情的推进，会逐渐从各自的区域出来汇合到一起。

此刻一个被吓得不轻的玩家跌跌撞撞地摔在了房屋外的草地上，他惊恐地抱住自己的脑袋，看向了自己屋子的方向，瞳孔涣散："死了……那个女孩死了……她被杀了……我也要死了……我马上就死了……"

他嘴里嘀咕着别人听不懂的话，双手不受控制地缓缓抬了起来。

殷修还没明白他口中的"女孩"到底是怎么死的，只见玩家猛地一把掐住自己的脖颈，把所有声音掐断在了喉咙里。

他的手像是被什么无形的力量操控着，任凭身体怎么本能地反抗，依旧死死地掐在脖颈上没有松开，直到那个玩家脸色涨得青紫，挣扎了一会儿之后，翻着白眼倒地。

"发生什么事了？"旁边传来其他房间玩家的声音，满是震撼和错愕。

这是个新手副本，玩家大多数都是新人，醒来一直待在自己的房间，头一回见到这样的场面，还有些惊恐。

"他肯定是触犯规则了！"其中有人慌张地叫喊了起来。

"他到底违反哪条了啊！我好害怕！"

"好吓人啊……"

旁边传来议论声，可殷修没空震惊于那个玩家的死亡，他把目光落到了正趴在他玻璃窗前的这个女人身上。

他记得那个男人刚刚一直嘟囔女孩死了，女孩肯定是死在他所在的屋子里，否则他也不会惊恐到出屋，那么待在他房间里且其生死会影响到他的存活的，只有那个小女孩了。

不是他触犯规则了，是他没看好小女孩，让小女孩触犯了规则。

"是不是在里面……是不是藏在里面了？"窗前的女人依旧死死地扒着玻璃，瞪着眼睛往里望，没有要离开的意思。

当她注意到屋子里有小女孩的东西时，脸上缓缓咧开大大的笑容，瞳孔放光："我看到了，屋子里有她的东西！她就在屋子里，她一定被藏在这个屋子里了！"

　　副本生存规则五：不要给外面的任何人开门，并且隐瞒小女孩的存在。

妈妈的纸条规则三：不要给任何人开门，不要让它们发现你。

能在两张纸条上都存在的规则一定无比重要，那么就绝对不能让外面的人发现小女孩藏在这。

要是意外开门，让外面的人发现小女孩在屋子里，结果可能就跟刚才的那个玩家一样了。

窗前的女人越来越兴奋，似乎想要验证自己的想法，她试图推门而入，但门上了锁。

她在发现这点后，立即转身，嘴里仍旧不停地嘀咕着："我要去叫其他人来找她！绝对要把她找出来！"

"等等！"殷修眉心一跳，迅速叫住了她，她嘴里的其他人让殷修心里有很不好的预感，"你在找谁？"

女人嘿嘿笑着，转过头来，毫无血色的脸上散发着阴森的气息："女孩，一个怪物小女孩，是不是藏在你家里了？"

"她不在我家里。"殷修平静地否认，"我只有一个女儿，在外地上学，还没回来呢。"

"女儿？"殷修面不改色的胡说八道让女人一愣，一时间没反应过来，她停顿两秒后，接上了殷修的话，"原来那是你女儿的东西啊……"

趁她没反应过来，殷修又迅速开口询问："你找那个怪物小女孩，打算做什么？"

女人苍白的脸上再度勾起诡异的微笑："她是怪物，是镇上的祸害，当然要杀了她！"

很显然那个玩家犯的错是意外让这个女人进屋把小女孩杀了，但听这女人刚才的话，如果让她怀疑上的话，就算现在进不了屋，她也会喊人来强行进屋。

恐怕必须得把这个女人敷衍过去，否则后果难以想象。

殷修的思绪稍一停顿，眼前的女人再度趴在了玻璃窗上，眼珠子滴溜溜地转，很是阴森诡异："你看上去很年轻啊，不像已经结婚有女儿的样子，而且女儿已经上学了，年龄……对不上吧？"

正在观看副本的其他玩家内心十分惶恐：现在的诡怪都这么精明了吗？这还是不是我过的那个新手副本了！

殷修没想到她会突然刁钻盘问，沉默几秒后，面无表情地回答："我没结婚，女儿是领养的。"

"哦？年纪轻轻就领养一个可以上学的女儿？"女人的笑容变得意味深长，"理由是什么？还是说，你根本没有女儿，屋子里就是她？"

殷修淡然地沉了一口气："能有什么理由，我没结婚，没老婆，想要一个女儿，但自己不能生，所以就领养了，领养还有别的理由吗？"

这……

殷修理直气壮，眼眸一眯，继续道："你能随便杀死一个小女孩，我就不能领养一个女儿捧在手心里？"

女人脸上的表情变得诡谲莫测，但她挑不出别的毛病了，在殷修这碰了壁之后，她只能缓缓地后退了两步，"好吧，我就相信你屋子里的东西是你女儿的，可别让我找到她。"

她说着，转身打算去其他玩家的门口。

对方刚一侧身，殷修背后屋子里忽地传来撞击声，像是什么东西撞到了门上，瞬间引起了门外女人的注意。

她的脸唰地贴回到了玻璃上，瞪大眼睛向屋子里扫视，声音变得兴奋："你女儿不是在外上学吗？屋子里刚才的声音是谁的？是不是她！"

009.

面对女人的质问，殷修语气波澜不惊地回应："是狗。"

里屋的小女孩狠狠地掐住了玩偶兔子：你才是狗！

"狗？"女人眼眸微眯，"真的？"

"是条恶犬，所以不敢放出来。"殷修不以为然地转身，敲了敲里屋的房门，"叫两声。"

小女孩："……"

"不叫等死。"

"汪汪……"里屋发出了细小的狗叫声，虽然很微弱，但听上去确实像狗叫。

窗外的女人神色复杂："听上去不像恶犬。"

"小狗，对人很凶。"殷修回到了窗前，伸手扯上窗帘，"还有事吗？没事的话我就休息了。"

女人思索了几秒："让我看看狗？"

殷修唰地一下拉上窗帘，相当无情。

胡扯到现在已经差不多了，之前女人还能气势汹汹地回去说找到了小女孩，然后带着一帮人来敲门，现在她总不能带着一群人轰轰烈烈地来看狗吧？

殷修的随机应变以及面无表情的胡扯技能震惊了屏幕外的众人。

"还能这么操作的吗？学会了……"

"不愧是殷修，他真的好淡定啊……那个女人的脸出现在窗前的时候，我的心跳都停了一秒。"

"我也是啊，感觉心脏病都要犯了，这就是全通关大佬的实力吗？望尘莫及。"

"这就是大佬回归虐菜啊，这个副本完全就不是我之前过的那个新手副本，难度高太多了！"

"感觉难度因为殷修的存在拉高了，这次的新人怕是很难熬。"

"依我看，还是前期苟住，后期死死抱住殷修的大腿就完事了，铁定能过。"

"也得苟得住才行啊，你看这次其他位面小镇的一些玩家，在游戏前期就已经开始自命不凡了。"

这次的副本并没有限制玩家的自由，规则禁止的是小女孩出门，而不是玩家。

在刚才那一阵喧闹之中，已经有人试探着出门看看情况了。

正巧在第一个玩家死后，殷修隔壁屋的玩家就悄悄地开了门往外张望，把殷修与女人的交流全部听了去，他心里多少有了点底。

"快关门啊！那个女人要过来了！"作为第一次进副本的新人，他的同伴已经慌张到哆嗦了。

"别吵。"男人摆摆手，脸上浮现出不耐烦，"想要活着出副本就乖乖听我的，我可是有两次通关经验，区区一个新人副本还怕我不能带你过去吗？"

同伴颤颤巍巍地点了点头，乖乖地缩在后面。

男人确认殷修聊完之后，才缩回自己的屋子，效仿殷修的操作把小女孩藏进了里面的房间。

起初他发现这个新人副本难度提升的时候，心里还有些慌，在听到隔壁殷修门前发生的事之后，心又踏实了下来。

这个副本内的诡怪虽然精明了很多，但也没什么可怕的，随便扯点谎就能让对方哑口无言，还有那个小女孩，居然学狗叫，真是笑死他了。

不过现在轮到他了，虽然通关了两次副本，但每次都过得很憋屈，很狼狈，这次新人副本，他也要来享受享受在副本里欺负诡怪的快乐。

伴随着男人期待的目光，那个脸色苍白的女人来到了他的窗前，看上去心情不太好。

就如同在殷修那边一样，女人一眼就发现了屋子里有小女孩的物品，瞬间勾起兴奋的笑："她在你屋子里！她一定在你屋子里！"

男人在窗前装模作样地说："你在说什么啊？谁在我屋子里啊？"

女人面露诡色："那个小女孩，怪物，被你藏在屋子里了对吧？"

"你看我屋子里哪有什么小女孩啊。"男人故意侧身让她看到客厅的全貌，屋子里的确没有小女孩的身影，但因为他刚才藏得匆忙，连小女孩的兔子玩偶都还落在沙发上没有收进去。

女人的视线紧紧落在兔子玩偶上，目光变得意味深长："那是她的东西，怎么会在你房间里？"

男人回头扫了一眼，心里没由来地一慌，又立即故作镇定道："这是我妹妹的玩偶，这样的小孩子玩具长得一样很正常啊。"

"妹妹……"女人哼哼笑着，"你的妹妹不会现在也在外地上学，不在家吧？"

"对啊！不可以吗？"男人理直气壮地反驳。

刚才听完她跟殷修的对话之后，男人可以确认，只要在合理认知中进行诡辩，理由正当，对方无法进屋验证，就拿屋内的人没办法。有这个前提，也就意味着只要在屋里咬死不承认小女孩的存在，那么不管他说什么过分的话，外面的诡怪都拿他没办法。

女人对他这套类似的说辞没有继续争辩的兴趣，转身就要往隔壁的房门走去，男人却突然大胆地叫住了她。

"喂！别走啊丑女人！"兴许是第一次有机会在诡怪面前掌握主动权，男人感到格外兴奋。

每个位面小镇的玩家在参与副本时，都会在自己所在的小镇上进行投屏直播，也就意味着他的一举一动都会被小镇上的其他玩家看到。

好不容易有了一次在大家面前秀操作的机会，他说什么都得装模作样地戏弄一下副本里的诡怪。

"你叫我什么？"女人唰地一下回到了窗前，阴沉苍白的脸贴在玻璃窗上，瞪大的眼睛里血丝密布，看上去格外瘆人。

男人被吓到了，但一想到屋子里还有同伴以及小镇上还有玩家看着，他还是故作镇定地继续叫嚣道："叫你丑女人怎么了？你也不看看自己长什么样，大白天的就出来吓人，刚才吓到我了，赶紧给我道歉！"

玩家在副本里向来都是绕着诡怪走的，除了少数大佬有把握去招惹，几乎没有人敢主动挑衅。

而他，今天就要做一次这样的大佬。

"道歉？"女人阴沉地笑了起来，贴在玻璃窗上的指甲开始抓挠，伴随着刺耳的声音，她眼中的怒意也越发浓重，"你想我怎么给你道歉？"

对方的说辞让男人以为她有了屈服的意思，整个人都因为兴奋变得轻飘飘的："赶紧给我说声大爷我错了，我就勉强原谅你了。"

女人嘴角弯起的弧度很是阴森："如果你开窗让我看看屋子里的确没有小女孩的话，我就给你道歉。"

男人微扬下巴开始思索。

小女孩已经被他藏进屋子里了，以这个窗户的大小，就算打开，她也爬不进来，顶多伸头看一眼客厅，而且就算这个诡怪有攻击性，他只要后退退出对方的攻击范围也是安全的。

一想到能让平时追杀自己的副本诡怪向自己低头，哪怕没有低头认错，不是这样戏耍诡怪一番，他心里也美滋滋的。

就让其他小镇玩家好好看看自己是怎么横着过新手副本的！

"好，开窗就开窗。"男人硬气回应，唰地伸手打开了窗户的锁，随即后退了好几步，跟窗户拉开了距离。

就在他打开窗户时，其他玩家已经在为他节哀叹气了。

"他死定了。"

"嗯，死定了。"

"他打开窗的那一刻就可以当他已经死了。"

010.

男人的注意力全都放在了跟前的诡怪女人身上，根本没有注意到弹幕里的哀号。

他身后的新人同伴缩在沙发后面瑟瑟发抖，不敢吱声，已经被男人的操作吓傻了。

开窗之后，如男人所料，诡怪女人慢悠悠地把头从窗户伸进来，她四处观望着，扫视客厅后，才缓缓地缩回了头，脸上带着不变的微笑："的确不在这里啊。"

"我就说了不在我家嘛。"他见女人把头从窗口缩回去，稍稍松了一口气，连忙上前两步准备关窗，嘴上还不忘嚣张喊话："既然客厅看过了，你也该跟我道歉了吧？丑女人。"

女人呵呵笑着，在男人靠近窗户的瞬间，猛地伸手一把拽住了男人的衣领。

男人吓得一哆嗦，幸好他存着几分警惕，反应极为迅速地一把掏出怀里的刀割开自己的衣领，惊慌失措地后退，跌坐在地上，脸色一片惨白。

"呵呵呵……可惜啊。"女人眯着眼捏了捏手里被割烂的衣领，嘴角微咧，露出了满嘴尖锐的牙，"差一点就能啃掉你的脑袋了。"

男人脸色青白交加，被吓得不轻，如果不是他通关过几个副本，还有点防备，反应够快，现在就已经死了。

他大口地喘着气，逐渐冷静下来。一想到自己刚刚在全小镇玩家面前被吓得连滚带爬，又是一阵恼怒，想到现在的距离女人已经抓不到他了，便在地上破口大骂："死女人！你有本事进来咬我啊！想咬你爷爷的脑袋也得看你脖子够不够长！

"老子过了好几个副本，什么诡怪没见过！还怕你一个跟死了四五天没埋一样的丑女人！"

在叫骂声中，女人脸上笑容扭曲，她尖锐的指甲抓挠着窗台，嘴角的笑容也咧得越来越大，眼中愤怒难掩："好啊。"

本来在殷修那儿吃了瘪，她就已经有些生气了，竟然还有人敢当面挑衅她。这一次的玩家可没有刚才那个谨慎了。

只见女人的笑容逐渐变得兴奋癫狂，她的头缓缓伸进了窗户，脖颈连接处发出咔咔的骨头声响，血肉扭曲着，撕扯着。她的脖子肉眼可见地变长、延伸，整颗脑袋在不断地靠近地上的男人。

男人察觉到不妙，慌不择路地转身想要逃跑。

然而他刚刚从地上爬起来，身后一张巨大的嘴猛地一口咬下来，血液四溅散开，宣告着该玩家已死亡出局。

"啊啊啊啊！"屋内的新人同伴被吓到崩溃大哭，连滚带爬地钻进了关着小女孩的房间里，死死锁住了房门。

女人的头从窗户缩了回去，完好地落在了她的肩膀上，她扭了扭脖颈，骨头发出咔咔的声响，但除了满脸血迹以外，身体与刚才没有任何变化。

"味道真差。"女人喉咙间发出了一道吞咽声，布满血丝的眼瞳里满是嫌弃，没有再理会已经躲进了房间的另一个玩家，转身慢悠悠地走开了。

各个位面的小镇玩家都被刚才那一幕给惊呆了。

第一个玩家出事是因为听到敲窗声而拉开了窗帘，没有及时弄懂所有规则，被女人看到了在客厅玩耍的小女孩。

她的头破窗而入杀死了小女孩，玩家也因此被吓得崩溃，夺门而出，小女孩的死亡导致他触犯规则跟着死亡。

随即，女人在殷修那儿碰了壁，悻悻离开。

本来效仿殷修的策略是正确的做法，但刚才这个男人明显没把这个新手副本放在眼里，过于桀骜，明明避开了危险还要主动去招惹诡怪，导致了自己的死亡。

他的死让各个在看直播的小镇玩家赶紧给自己位面小镇还活着的玩家发消息，告诉他们正确的做法。

弹幕是可以被正在进行副本的玩家看到的，开着弹幕偶尔会收到攻略援助，对玩家有利。只不过玩家只能看到自己位面的小镇发来的弹幕，看不到其他小镇的，可正在小镇玩家能看到当前副本所有人的画面。

也就意味着，其他小镇玩家可以观望其他人的游戏画面得出攻略，然后告诉自己小镇的玩家，这种实时攻略需要同期副本里有个大佬，且大佬比他们都先遇到问题才能起效。

很显然，殷修就是那个大佬。

弹幕的消息也是可以自由屏蔽的，毕竟一些不靠谱的言论出来也会影响到正在进行副本的玩家，因此玩家可以自由决定是否关闭不查看任何弹幕。

这是极少数玩家会做的选择，毕竟能接收到场外信息利大于弊。

但殷修就是那个极少数。

"刚才那个玩家死得真惨。"

"那是他活该,都从殷修那儿抄作业了怎么还敢作死。"

"不过他的死倒是让其他人活了下来,现在所有人都在收拾屋子,把小女孩跟她的东西都藏起来,这样女人看不到也就不会怀疑。"

"殷修打头阵的时候虽然操作清奇了点,但还挺稳的。"

"主要是人家不害怕,思路清晰。怎么我过副本的时候,同期没有一个殷修这样的大佬。"

"是啊……有点想做殷修大佬的室友了,这样就能被他带飞了。"

"前面的你可长点心吧,别忘了整个小镇的规矩是谁立的,那个人说不能做殷修的室友就肯定不能,别找死。"

"但他也没说为什么不能啊!就让小镇所有人避着殷修,我要早知道殷修是大佬,肯定去和他打好关系,你看他现在的室友多没用,就知道在角落里坐着。"

"呵呵,兄弟,听我一句劝,我们小镇团结一心,极少有玩家暴毙都是因为听了他的规矩,他说不能做殷修室友,就肯定不能,别质疑。"

"所以你倒是跟我说说不为什么不能啊!欺负后来者不知情,给我打哑谜是吧!"

在知道殷修的身份以及看过他在副本里的做法后,镇上人对殷修的态度开始分化,原本一部分对殷修敬而远之的人试图结交这位深藏不露的大佬,另一部分人则遵守镇上的规矩,与殷修保持距离。

弹幕开始争吵起来,一时间也掰扯不清。

这时一条弹幕幽幽飘过:"各位,我是新人……想冒昧地问一下啊,你们嘴里的那个他,到底是谁啊?"

"看过镇上发放的规则单没?"

"看过,背得烂熟。"

"规则单背后的备注就是他写的,我们小镇的管理人,也是个玩家,不过那人常年出入副本做攻略,很少待在镇上。"

"让大家避着殷修,就是他在很早之前立下的规矩。"

"知道至今为止殷修为什么还是一个人住吗?"

"那是因为违反这个规矩的人全都死了。"

011.

新人玩家对殷修更好奇了。

能让小镇管理人发那么多条信息叮嘱他的存在,他本身肯定带着危险。

听到隔壁屋子里传来崩溃的哀号时,殷修正在卸厕所的镜子,他疑惑地歪头看了一眼隔壁的方向,又继续低头将镜子用布包起来,放到了自己屋子里的柜子顶上,确保小女孩是拿不到的。

他检查了一下整个屋子,只有厕所跟他醒来的房间里有镜子,一个洗漱用一个化妆用。

他醒来的房间大概就是信息里所谓的妈妈的房间,小女孩有单独的房间,至于那个叫黎默的男人醒来的房间,兴许是客房,里面没有性别指向的东西,只有一些简单的用品,给外来客人用的。屋子里没有爸爸的气息,连照片都只有母女两人的,大概率爸爸不会有出场机会。

收拾完镜子这个触犯规则的要素之后,殷修去检查了冰箱,里面的确有很多食物,足够他们在这里待三天。

目前来看,完成小女孩第一阶段的纸条任务看上去还是很简单的,只要防范到位不作死,基本三天内他们都能存活,而下一个阶段就很难说了。

"你在做什么?"黎默悄无声息地站到了厨房门口,盯着在里面切菜的殷修。

他正挽起袖子,系着一条粉红的围裙站在厨房里,迅速又利落地持着菜刀切着案板上的菜,动作格外娴熟。

"做饭。"殷修淡淡回道,伸手指向墙壁上挂着的日历,"今天是第一天,她还没吃饭。"

黎默回头看了一眼日历,今天是 17 号,他走过去掀起上面的页面,在 19 号那一页的日期上画着一个圈,应该就是小女孩妈妈回来的日子。

三天,也就是 17 号、18 号、19 号。

妈妈的纸条上交代小女孩每天都要吃饭,所以必须要给小女孩做饭。

黎默眯眯看向窗外,副本内此刻的时间是黄昏,如果在天黑之后都还没意识到这个问题的话,极有可能在零点直接判定触犯规则死亡。

"天,我都没注意到啊!"弹幕中的玩家满是震惊,"光去注意诡怪之类的,完全忘记检查日期了。"

"副本就是这么安排的,刚进入副本的玩家第一时间是找规则,然后记规则,在记下规则没多久,就有个诡怪女人上门挨个骚扰。"

"被吓了一波的玩家,心情还没平复就得去排除规则上容易死亡的因素,等缓下来就快天黑了,然后就会本能地去注意天黑之后要记的规则跟警惕的事物,却忘了吃饭这个常识性且不起眼的规则。"

"这个副本好阴险!"

"好在这次副本有殷修在啊……其他小镇的玩家在看到殷修做饭之后要是能反应过来的话,就该提醒他们小镇的玩家了。"

"那现在估计有不少人在看殷修的直播,他简直是'副本明灯'。"

"我已经在做笔记了,可以学到很多。"

"等之后玩家汇合,弹幕也共通之后,我想看看其他位面小镇的人会说什么。"

"我预感会有一拨吹殷修的人。"

"那必须吹,话说那条粉红的围裙系在他腰上还挺合适的……"

在一阵欢快讨论之中,殷修做完了几道菜。

他从冰箱里取出了看上去是小女孩带去学校的午餐盒,在每个格子里塞上菜,再放入饭之后,盖上盖子准备去小女孩的房间。

临走之前,殷修回头看了一眼站在厨房门口的黎默,他的目光从殷修做完饭之后就直勾勾地落在了那些饭菜上,一个有百分之九十的时间都在看自己的人突然去看饭菜,殷修心里有不好的预感。

"别偷吃,我不想做第二遍。要是我出来发现饭没了,今晚我会把你绑在客厅。"殷修眼眸一暗,语气认真地威胁。

黎默微微一笑,点了点头,交叉在身前蠢蠢欲动的手瞬间就安分了。

殷修转头打开了小女孩的房间,走了进去。

这是一个很简朴的儿童房间,尺寸不大的床,上面铺着粉红的床单,床头的墙上贴着各种可爱的贴纸,地毯上落着各种玩偶,一旁的书架上摆着几本童话,但也只有几本,上面还有不少翻阅的痕迹,有些旧。

看到殷修进来,正坐在地毯上摆弄玩偶的小女孩立即紧张了起来,双手在兔子上揉搓着,整个兔子玩偶上都是血手印。

"吃饭了。"殷修将饭盒放到了房间里仅有的书桌上,余光注意到了小女孩周围的地毯上也都蹭着血迹,甚至包括她本人身上都有不少血。

"哦。"小女孩闻声,乖巧地抱着自己的玩偶从地毯上起身,走到桌边。

"你身上怎么这么脏?"殷修将她上下扫视了一遍,裙子上的血干了,但身上的血黏在白白净净的皮肤上,怎么看怎么瘆人。

"你是说这些血吗?"小女孩一脸无辜地弯起笑容,"是在其他人身上沾到的。"

所谓的其他人大概就是其他房间的玩家了,殷修也不难猜到,所有玩家处于独立空间时,每个人的房间都有一个小女孩,而这些小女孩其实都是同一个。

"先等等。"看着小女孩要上桌吃饭,殷修连忙制止了她,匆匆转身开门出去。

小女孩疑惑地站在原地没动,等了一会儿后,只见殷修拿了一块湿毛巾回来。

"把手伸出来。"

"哦。"小女孩乖乖伸出小手。

殷修用毛巾把她手上的血迹擦干净,顺便把她的小脸蛋也擦了擦:"吃饭前要洗手，你妈妈没有教过你吗？"

小女孩一怔："教过……"

"下次注意点。"殷修把她身上擦干净之后，叠了叠全是血水的毛巾，眼神淡漠，"一会我给你找一件新裙子，睡觉前去洗个澡。"

"好。"小女孩迷迷糊糊地点了一下头，坐到了桌子前准备吃饭。

她转头发现殷修还没走，就笔直地站在旁边盯着她，忍不住发问："哥哥看着我做什么？你也要吃吗？"

"我不吃。"殷修一脸淡然，"但我得看着你吃。"

规则上写着必须要她吃饭，但谁能保证他一出门，这个娃不会偷偷把饭倒掉，然后假装自己吃过了。

见殷修对她不信任，小女孩皱了皱眉，用力地哼了一声，然后拿起筷子吃饭，一边往嘴里送着饭，一边嘀嘀咕咕："坏哥哥，我决定讨厌你了。"一口饭进嘴，她的眉眼又立马弯起，洋溢着幸福，"好吃！坏哥哥，我决定还是喜欢你吧！"

012.

喜怒皆形于色，爱憎分明，小孩子该有的表现小女孩身上都有。

若不是有点能致命的本事在身上，她的确像个普通孩子。

观看直播的玩家看了一眼殷修这边欢快吃饭的"娇气包"，又看了一眼其他房间在凶恶等饭的小女孩，一时间都怀疑这是不是两个人。

"坏哥哥，我吃完啦。"小女孩一口气干掉了塞满整个饭盒的饭，一脸满足地朝着殷修努努嘴，"擦嘴嘴。"

殷修看了一眼自己手里满是血水的毛巾，扯过一旁的纸巾擦了擦她的嘴，然后收起饭盒。

小女孩在一旁抱着兔子玩偶看殷修收拾饭盒，一脸天真："坏哥哥，睡觉前能来给我读故事吗？"

小女孩说出口的要求无法拒绝，殷修就点了点头："睡前我会来的。"

"那我等你哦。"小女孩露出天真的笑脸，看上去心情愉悦。

同期其他玩家的房间里，小女孩吃了一口难吃的饭，就不开心地拉下脸丢下了筷子："好难吃！我不吃了！"

她吃了一口，也算是吃过饭了，完成规则要素，于是玩家匆匆过去收拾了碗筷，没搭理她，也不太敢跟她多接触。

"喂。"被无视的小女孩不开心地一把拉住了玩家的衣服，"晚上来我房间陪我睡觉啊。"

玩家一怔，欲哭无泪："可是我晚上只能待在自己的房间，不然会有危险……"

规则上写着，夜晚待在自己的房间不要去客厅，但玩家的房间去往小女孩的房间必定会穿过客厅，规则写着"不要被它找到"，很显然晚上的客厅会有一个能杀死玩家的怪物游荡啊。

"我不管！晚饭不好吃，你必须来我房间陪我睡觉！"小女孩不悦地盯着玩家，满是血迹的脸上写满冷漠，"还是说你要拒绝我？"

玩家心一梗："……好吧。"

到了晚上再随机应变吧，谁让这个小女孩这么难伺候呢……

此时有弹幕飘过："这么对比的话，殷修房间的小女孩真的好乖啊……"

"她只是要求讲睡前故事，哄睡就能走。"

"我记得所有小女孩其实是同一个人啊，怎么差别这么大。"

"还得是殷修处理得好，人家还知道给小妹妹擦手擦脸。"

"确实，其他玩家都只是做了饭，但没有管小女孩，难道诡怪也有好感度？"

"没有吧……就算有，谁敢去刷啊。"

"反正我是不敢的。"

殷修出屋看了一眼墙上的时间，现在已经是五点多了，窗外还有夕阳的光，离夜晚还有点时间。

他放下毛巾，发现饭菜已经从厨房挪到了客厅的桌子上，而且黎默正规规矩矩地坐在桌边，带着一如既往的微笑，等着殷修。

两人面对面坐着，相对无言，殷修吃饭很安静，但黎默的声音不小。

他的举止很轻，但饭菜进入嘴里后，咀嚼的声音很清晰，从他的表情看，应该跟小女孩一样很喜欢这个味道。

殷修抬眸凝视着黎默启唇的瞬间，口腔里所露出的牙齿的密集度让人有些头皮发麻。

察觉到殷修很在意，黎默抿唇微笑："如果不喜欢的话，我可以变成正常的样子。"

他抿了抿嘴，然后喉咙动了动，再度张嘴时，嘴里的构造与正常人很接近，但仍旧有些不一样，比如过分长的舌头以及牙齿的分布方式。

"事到如今才收一收你的'非人感'是不是有点晚？"殷修漫不经心地夹了一口菜放进嘴里。

他能看出黎默在模仿人的样子。虽然有一身挑不出毛病的人类外表，站姿、坐姿很标准，连笑容都很标准，是一个人类模版该有的样子，但言行举止都很诡异，没有人的个性。

"嘴里不常见，无法参考。"黎默微笑道，"你在意的话，我就改。"

"我不在意。"殷修无所谓，反正对方到底是玩家还是别的什么都跟他没关系，过完这个副本全都得滚出他的房间。

至于其他玩家看了在不在意，他就更无所谓了。如果这个诡怪对他有威胁，他就会毫不犹豫地反杀回去，在那之前他都不会动手的。

"你不在意的话，我就恢复了，这样吃东西更方便。"黎默低头，夹住菜放进嘴里，那阵密密麻麻的咀嚼声再次响起。

夜幕即将降临，窗外逐渐昏暗。殷修试过，屋子里的灯点不亮，到了夜晚就什么都看不清了，那也就意味着，当窗外完全暗下来时，副本内的夜晚就开始了。

在天完全黑下来之前，殷修把小女孩拎进了浴室，让她把浑身的血迹清洗干净，然后找了件干净的裙子给她换上。

"坏哥哥，给我讲故事！"躺在粉红小床单上的小女孩看上去格外兴奋，一点想睡觉的意思都没有。

拿着旧童话书的殷修坐在床前翻了翻："不是读故事吗？"

"不要读故事了，这些故事我都听腻了，我要听坏哥哥讲故事！"小女孩缩在被窝里一脸期待。

殷修思考了一下天完全黑下来的时间，如果不尽快把她哄睡离开，自己恐怕得经过夜晚的客厅了。

他伸手拍了拍小女孩的被窝，眉眼温和，声音低柔，似乎真的像是这个小女孩的哥哥一样亲昵："想听什么？"

小女孩思索着，眨了眨眼，直勾勾地凝视着殷修："我没有哥哥，所以想知道坏哥哥你的故事。"

"我的故事……"殷修垂眸思索，侧脸轮廓柔和，"可我不太记得以前的事了，近两年的记忆越来越模糊，连我在我住的小镇待了多久都忘记了。"

弹幕瞬间飘过数条激愤的消息。

"六年！六年啊！你忘记了我们可记得呢！"

"你知道这六年我们是怎么过来的吗？！"

"天天打鱼晒网不把我们当回事！你连你晚上砍了谁都忘记了是吧！"

"哈哈，前面那几条为什么那么激动，该不会是小镇的诡怪发的吧？"

"笑死了，难道被殷修砍过的诡怪找上门了？哈哈哈哈。"

"是不是你一会儿就知道了，你再笑，我现在就去找你。"

"哈哈哈，你来啊，我还不信你真是诡怪了。"

"住哪儿你说，你看我会不会去。"

"我怕你啊！大半夜的在这儿装诡怪，D 胡同 101，有胆你就来。"

"呵呵，一会儿记得开门。"

"兄弟别惹祸啊，万一真是小镇诡怪发的呢？"

"肯定不会，我在小镇住了一年了，压根就没听说过，肯定是哪位大兄弟装的……啊，门铃响了，我去看看。"

"别去啊!"

"兄弟一路好走。"

"兄弟还在吗?回个话啊?"

"刚才那位怎么不说话了?我害怕。"

"我也害怕……"

小镇广场上,直播投屏下,一群密密麻麻的黑影坐在夜娘娘身边,正激愤地盯着弹幕上的消息,忍住要回复的冲动。

"哥哥失忆了吗?就像电视里常看到的那样?"副本内,小女孩对殷修的话题起了兴趣。

殷修摇摇头:"不是失忆,我能记得我是因为什么来到这个游戏,但很多记忆都随着住在小镇的时间而变得越来越模糊。"

小女孩面露不解,不敢对殷修待的地方有过多探究,便转了话题:"那哥哥是因为什么来了这里啊?"

殷修迟疑几秒,凝视着小女孩,缓缓道:"找人,我是在找人的途中来到了这里,找一个跟你一样大的女孩子……"

小女孩的眼眸立即变得亮晶晶的:"找谁?你的妹妹吗?"

殷修点点头。

"但是都过去六年了,你还没找到吗?"小女孩歪头,问过之后自己也愣了一下,然后往被窝里缩了缩。

直播屏幕上又飘过一片弹幕。

"我可记得太清楚了!十六岁的殷修拿着把刀夜晚在小镇乱逛,遇到诡怪就问他妹妹在哪儿,都给我吓出心理阴影了。"

"哈哈哈哈真的吗?说的我有点想看呢。"

"看什么!你去试试被拿刀指着的感觉就知道了!"

"……打扰了。"

013.

意识到有诡怪混入，发弹幕的人瞬间少了大半。

殷修默不作声地掖了掖小女孩的被子："她还活着，肯定还活着，所以我还在找。"

"等我找到了，会带来给你认识的，所以现在就早点睡吧。"

"嗯……"小女孩支支吾吾地点了点头，乖巧地闭上眼，"哥哥晚安。"

殷修漫不经心地点头，起身离开了房间。

弹幕立马又热闹了起来。

"好了，我现在知道殷修为什么对这个小女孩那么好了，又是擦脸擦手又是带去洗澡的，肯定是把人家当妹妹了。"

"把副本诡怪当作妹妹，殷修怕是在小镇待久了，脑子有点不太好了。"

"是啊……那个小女孩又不是他妹妹，干吗对她那么好，平时对我们可凶了。"

"下次扮作小女孩的样子去找他，是不是能把他从屋子里勾出来？"

"大聪明，你怕是连自己怎么没的都不知道，这是在人雷区蹦迪。"

"就是。"

殷修打开了小女孩的房门，此时天已经黑下来了，客厅的光已经无限接近漆黑，只剩下一点点窗外透进来的微薄光亮，让殷修看清客厅的轮廓。

他关上小女孩房间的门，转身往自己的房间走去。

刚刚走到客厅中央，窗外一阵冷风刮过，吹得窗户玻璃簌簌作响，整个客厅的寒意瞬间上涌，将殷修淹没在了黑暗之中。

察觉到客厅里似乎出现了什么，殷修站在原地没动，单手握住刀柄，慢慢地让眼睛适应黑暗，观察着客厅。

冷白的墙面在夜晚反而是最显眼的，一些家具的轮廓沉浸在暗色里，勾勒出与白天无异的构造。但殷修什么异常都没有看到，只能察觉到一股诡异的阴寒弥漫在整个客厅，明明每次呼吸，这股冰冷都像是有针扎进了肺里，却没有看到它的身影。

副本规则六：夜晚待在自己的房间不要去客厅，不要被它找到。

此刻，显然那个它已经出现在了客厅，却没有直接对殷修发起攻击，而是在周围逡巡着。

是因为自己还没有被它找到吗？

殷修思索着，自己什么无意识的行为让对方还没发现自己？没有出声？还是没有动？

正思考着，一阵撕心裂肺的叫喊声响彻了整个夜晚，有其他房间的玩家遭殃了。

此刻直播画面上，正在观看的玩家能清晰地看到，同样是没有及时回到房间站在客厅，另一边在客厅的玩家瞬间被黑暗中的什么吞噬掉了，整个身体眨眼之间消失在漆黑的客厅里，只留下一阵吞咽的声音。

他们甚至看不见那是什么，几乎是完全无形的东西在瞬间就杀死了玩家。

这过分强大的杀人能力让玩家们出了一身冷汗，目光也不自觉地挪到了正在客厅的殷修身上，完蛋了，这下就算是殷修也得完蛋，再牛的反应能力也没用。这种瞬杀，殷修也没有办法吧。

殷修静静地站在黑暗里没有动，感受着周围的一切，他的确没有看到任何身影，但能感觉到有什么东西在自己身边游走，甚至有黏腻的触感贴过他的肌肤扫过去。

这股无形的压迫感让殷修下意识地静止了将近一分钟，身体杵在黑暗里，几乎与客厅的家具融为一体。

"怎么回事？所有还在客厅的玩家都一动不动？而且没有被杀？"

屏幕外的玩家感受不到那股压迫感的存在，只是愣愣地看着所有客厅的画面都是静止的，没有任何人进行行动。

"前面的你一看就是新人吧？既然规则上写了不要被找到，那显然是有藏起自己的方法啊。"

"这条规则还是蛮亲切的，写了时间地点以及躲避方式，是比较好避免的危险了，不然也不会让小女孩有拖住玩家的情况发生。"

"对，我发现这次的副本规则很喜欢搞矛盾的东西，一边不让玩家拒绝小女孩，一边让小女孩要求玩家进行违反规则的行为，太坏了。"

"而且玩家在客厅遇到了规则上的它，第一反应很可能是快点回房间，可一动，就会被它察觉。"

"记下来了，又一个攻略，但这是新手副本，我早就过了，也不知道用不用得上。"

"记下总是没错的。"

本就是一群要通关副本的玩家在观看，看的同时也会自然而然地研究副本，就算时间已经很晚，也有不少人乐此不疲地看这场直播。

副本内，那股寒意在没有捕捉到什么之后，慢慢地从客厅里退去了，直至气息消失得一干二净。

殷修用余光打量着客厅，确认没有什么东西存在后，才慢慢地放松下来，试探着往前走了一步。

客厅里没有什么东西袭击他，回应他的只有安静。

他便继续往自己的房门口走，浑然没有察觉到，自己每走一步，脚下都跟着一个影子，随着他慢慢进入了房间。

"还在客厅且已经规避危险的玩家都陆陆续续回到了自己的房间，今晚应该没什么事了吧？"

"他们休息了，我也该去休息了，大半夜的爬起来看殷修过副本，怪累人的。"

"我也要去睡觉了，看他们睡觉不如自己睡觉，今晚应该就这么过去了吧。"

"按照这个副本的规则，今晚未必会这样过去哦！你们别忘了还有一条关于夜晚的规则呢。"

"啊……规则七是吧？但触发条件模模糊糊的，根本不知道触发原因啊。"

"根据我的经验,这么没有指向性的规则,触发条件一定跟其他规则是连在一起的。"

"你这么说的话,夜晚的两条规则实则是可以联动的?"

"很有可能。"

"还是你们这些大佬研究规则透彻啊,我这个小新人啥也看不出来。"

"等你能独立通关了就会研究规则了……先活够一年再说吧。"

弹幕安静了下来,殷修的房间也安静了。

他回房间后收拾了一下,就摸黑躺到床上睡觉了。

这个副本的夜晚,室内没有任何灯光,想做点什么都不方便,但他看到窗外是有灯光的,远处朦朦胧胧有一大片光影,像是别的地方还有一处密集的人口居住地。

殷修摸了摸腰间挂着的刀,决定先小憩片刻再翻窗出去查看。他实在是有点累了。

迷迷糊糊的困意落下来之后,殷修睡得很沉。由于屋子里过于暗,他回房间时,压根就没有看到自己的床边落着一对黑色的脚印。

014.

睡到半夜,一股沉重的压力压上他的身体,殷修猛地睁开眼,却发现自己动不了了。

他的房间十分冷,漆黑之中有什么看不见的东西正牢牢将自己的四肢禁锢在了床上,那感受像是四肢抽筋,却又不完全是,因为身上有什么东西在动。

一股冰凉的触感缠绕着他,以殷修感知到的状态,对方好像是长条状且冰凉黏腻的物体。

副本生存规则七：如果感觉有什么进入了你的房间，大声呼叫你的室友来找你，之后两个人必须待在一起，直到天亮。

殷修不知道自己是什么行为触发了规则七，清醒过来并且意识到出状况的瞬间，他张嘴想要喊隔壁屋子的黎默，尽管那也是个危险的存在，但至少是他名义上的室友。

但他张嘴的瞬间，那东西立马蹿上来堵住了他的嘴。

殷修试图发出叫喊，但声音被堵在喉咙里，很无奈。

流动的寒意进入他的口腔，在他嘴里好奇地试探着，像是在研究人类口腔的构造。

殷修拧眉，用力地挣扎了一下，试图夺回身体的掌控权，但能做到的只有小小的颤动。在巨大的压迫之下，他躺在床上几乎毫无反抗之力。

殷修的异常也被弹幕注意到了。

"快看，殷修好像有点不对劲。"

"别说殷修了，从客厅里活着回房间的那几个玩家都不对劲了。"

"我怀疑是客厅里的那个东西，虽然没有杀死躲藏在客厅的玩家，但是跟着他们回房间了，这才会触发规则七。"

"我也是这么怀疑的，否则规则七的触发也太随机了，真就看它心情去谁的房间呗。"

"啊……那个玩家的身体好些被什么看不见的东西扭曲了……"

"活生生扭断了脊梁骨，四肢也……"

"妈呀，我准备去睡觉的，现在睡不着了。"

"另一个玩家也开始被折磨了，好惨啊……"

"他们好像都是没有第一时间反应过来要叫室友，这个时间，如果它在玩家的房间里，那么客厅就是可以通过的。"

"叫室友室友也得敢来才行啊，这个就叫了，但是室友没来……"

"论好队友的重要性，但殷修为什么也没叫？"

"我看他好像叫不了……"

众玩家的视线直勾勾地落在了殷修房间的画面上，可以看出有什么东西在缠绕禁锢着他，让他躺在床上动弹不得，甚至头都像是被什么东西固定着无法动弹。

即便殷修有想挣扎的心，但每次反抗都只能换来一点点扭动。

他像是被蛇缠绕咬住的猎物，无法挣扎无法反抗，只能等待死亡。

"该说不说，他挣扎的样子有点惨。"

"你别说了！我不看我不看！"

"你不看可能就会错过大佬的死亡场面咯。"

"前面那位差不多得了，现在这个副本里被盯上的玩家除了叫来了室友的，其余的都死了，也就殷修坚持了这么久。"

"是啊，同一时间触发规则的玩家该死的都死了，怎么他还活着。"

"你们没发现那个它都没有要杀他的意思吗？就是在折磨他，真要杀他，一下的事。"

"这个副本的诡怪好变态！怎么还学会折磨人了！"

"其余玩家完全不能动，一下就死了，殷修却还能偶尔挣扎一下，时松时紧像是在戏弄他。"

殷修也意识到了这点，身上这个玩意在察觉到殷修不动之后，就会适当地放松下来，一旦殷修开始挣扎，又会立马收紧，将他牢牢禁锢。

殷修喘了一口气，一双淡薄的眸子死死地盯着黑暗中看不见的它，静静地积攒体力，等待下一次的行动时机。

它发现殷修不动之后，就试探着再放开了一点缠绕的力道，又在放开的瞬间立即缩紧，但这一次，它发现殷修根本没有反抗。

猎物失去求生意志不再挣扎的时候是最没趣的，于是它又放松了一些，等待殷修反抗，反正它有的是办法再缠上来。

察觉到对方松懈之后，殷修一眯眼，右手猛地握住自己腰间的刀，瞬间拔出刀，扫过了眼前看不见的区域。

寒光一闪，黑暗中似乎有什么被撕裂了。

殷修不让它有再次缠绕上来的机会，猛地开口喊了一声："黎默！"

他的声音穿过房门，飘过客厅，传到另一个房间里。

正静静坐在黑暗中等待的人忽地睁开了眼，脸上一成不变的微笑比平时更耐人寻味。

黎默垂眸，举起了自己的手，掌心赫然现出一道刀口，一些黑色的液体从割裂的地方流淌而下，但很快就全部缩了回去，连伤口都消失得一干二净。

"原来人的口腔是这样的。"他若有所思地嘀咕着，从椅子上起身，缓缓地打开房门走向了殷修的房间。

下次还有机会的话，他要再研究一下别的地方。

015.

黎默的到来意味着殷修安全了，只要跟他待到天亮，就算是躲过了这一劫。

虽然躲过了那个看不见的东西，但要跟另一个神秘诡异的室友共度一夜，殷修依旧静不下心。

"找我？"黎默推开房门，微笑地站在门口，他的身影与客厅的黑暗融为一体，即便殷修看不清，也能猜到他脸上保持着微笑。

殷修缓缓地吐出一口气，坐起身跟他简单讲了一下刚才的事，以及现在需要他这个室友来履行的义务。

"可以待在这个房间里观赏你一夜，对我而言，乐意至极。"黎默的声音听上去很愉悦，没有丁点拒绝的意思。

"房间里没有别的床，我也不会让你到我床上睡的。"殷修很警觉，他已经做好了今晚在椅子上缩一夜的准备了。

但黎默进屋关上门之后便走向了屋内的椅子，端端正正地坐在了上面，一如既往面带微笑："没关系，我坐在这里就好了。"

殷修沉默地盯着他的身影，屋子里很黑，他的身影也很黑，静悄悄毫无声息，简直跟不存在于这个房间里一样，可那道视线却是明晃晃地落在他身上，不带任何收敛。

就当是自己不小心触发规则的惩罚吧，虽然没死，但被黎默注视一整夜也算是惩罚了。

殷修翻身躺回床上，为了隔绝黎默的视线，用被子将自己裹得严严实实，但仍旧感觉黎默的目光在自己身上游走，没有任何遮拦。

夜深了，直播间大多数人都去睡觉了，只有少数几个人还在熬着，想要看看今晚还有没有什么事发生，偶尔会有零星几条弹幕飘过屏幕。

"殷修的室友感觉好奇怪啊，他为什么一直坐在那儿一动不动地看着殷修？"

"真的好奇怪啊……这都坐了一个小时了吧？他一下都没动过，我差点都要怀疑椅子上是个雕塑了。"

"他都不睡觉的吗？"

"何止不睡觉……不动不说话，一直带着微笑的表情坐在那儿盯着殷修看，这室友有点吓人……"

"殷修的室友也果然不是一般人啊，太诡异了。"

"话说客厅有什么东西出现了……"

伴随着这条消息，还在熬着的玩家立即凑近了屏幕，看到每个玩家的客厅画面上都出现了一个巨大的黑影，在客厅里徘徊巡逻着。

"这是个什么玩意？之前出现在客厅里的东西明明看不见，现在怎么看得见了？"

"不不不……感觉很不对劲啊兄弟们，这个好像跟之前那个不是同一个啊！"

"该不会这个才是副本规则里写的那个它吧？"

"不可能吧……那之前的是什么啊？之前那个明明也按照规则在行动啊，比如悄悄进入玩家房间之类的。"

"但是现在这个更有副本诡怪的味道，而且它遵循副本规则一直待在客厅里巡逻，完全符合夜晚不要去客厅的规则。"

"可之前那个……"

有人思索了几秒后，忽地顿悟了。

"我感觉我可能知道真相了兄弟们！"

"会不会之前那个的确不是规则里的诡怪，而是它在模仿规则里的诡怪啊！"

"为什么这么说？"

"因为我之前就觉得有点奇怪，它能跟着玩家进入房间，明显就是发现了玩家啊，发现却不袭击，不就是跟规则不同了嘛。"

"对方明显是为了顺应第七条规则，而刻意装作没有看到没动的玩家，跟随他们进入房间的。"

"你说得有点道理，但是没有证据。"

这句质疑的弹幕刚刚飘出来，屏幕的画面就立马给出了证据。

那个在客厅游荡的诡怪在转了一大圈之后，慢慢地挪动着漆黑的身影走到了玩家的房门前，然后敲了敲房门。

"谁啊？"屋内的玩家被敲醒，还有点迷迷糊糊的，听到门外传来他熟悉的室友的声音。

"是我，开开门。"

"大半夜的，出什么事了吗？"一听到是室友的声音，玩家放下了戒备，慌慌张张地起身去开了门。

但在门打开的瞬间，那道黑影唰地蹿进了玩家的房间，一动不动地立在了玩家的身后。

开门面对空无一物的客厅，迷糊的玩家打了个寒战，瞬间清醒过来。他哆哆嗦嗦不敢回头看身后，立马按照规则上的信息开始呼喊自己的室友。

在足足叫了几分钟，僵硬在门口几分钟后，他的室友才缓缓地开了自己的房门走出来。

室友出现，玩家身后的黑影瞬间消失了，只剩下玩家眼泪汪汪地奔过去抱住室友，然后立马进了房间。

副本里的这位玩家算是幸运地避免了死亡，但屏幕外观看的玩家们却一时间冷汗直流。

"前面的兄弟……你真是大预言家啊！这个才是规则里写的那个诡怪啊！它的行动模式完全合理。"

"可前面的那个……前面出现的那个看不见的东西到底是什么玩意？它为什么要模仿规则里的诡怪出现啊？"

"它既然出现在客厅，假装自己是规则中的诡怪，兴许就是为了顶替这一身份。"

"不会吧……那等玩家发现客厅里有第二只诡怪，不就明白第一只是假的了吗？"

"我也还没研究透啊，我感觉它不是想杀某个玩家，而是有别的目的，否则它在客厅就动手了，也没必要混进房间，混进房间应该是为了符合规则的描述。"

"至于你说的第二只规则诡怪的出现……"

屏幕前的玩家纳闷了好一会儿，一时间也猜不到想要顶替规则中诡怪身份的这个它，接下来会怎么做。

接着，画面里又出现了新东西。

殷修房门外的客厅里也毫不意外地出现了真正的副本诡怪，它游荡一圈后，规规矩矩地来敲了殷修的房门。

但对方只敲了一下，坐在椅子上一个小时都没有动过的黎默忽地一下起身，大步走向门口，打开了房门。他的脸颊隐在夜色里，面带微笑地提醒着："小声点。"

他的操作吓傻了屏幕前的一大群人。

"他在干吗啊！他为什么要直接打开房门啊！他触犯规则了啊！"

"等等……他就是室友，他已经在殷修的房间里，那……诡怪还进得来吗？"

"等等！隔壁画面有答案了！诡怪直接把室友拖入客厅杀了！这是被

之前那个'假诡怪'骗到的玩家!他的室友也在房间里!"

"那殷修这个室友……"

众人呼吸一滞,就那么眼睁睁地看到站在房门口的黑影瞬间扭动着伸出了手,一把抓住了黎默的肩,将他拖入客厅的黑暗里。

"死了死了……殷修的室友果然是新人啊,第一个晚上就死了……"

"唉,殷修要单刷副本了,不知道他醒来看到室友死在客厅会是什么反应。"

"没有反应吧,他这个人冷漠得很。"

"难说呢,能被殷修接纳为室友的人肯定是让他挺满意的人吧?"

当大家一阵感慨唏嘘之时,一道黑色的人影淡然地从客厅的黑暗里走了出来,平静地回到了殷修的房间,关上了房门。

"殷修的室友……还活着?"

"他……他怎么满身是血,不对……他为什么还活着,我刚刚明明听到了吃东西的声音,不是诡怪在吃他吗?"

"咱就是说……有没有可能,是他吃了诡怪?"

016.

众人感到毛骨悚然,都被这个猜测惊得说不出话来。

"不可能……根本不可能,怎么会有玩家吃诡怪呢,不可能!"

"对啊,一定是在我们没注意的时候,他偷偷地从房间里找到了能消灭诡怪的道具,然后悄悄地干掉了诡怪,没错,一定是这样。"

"是的是的,一定是这样,新人一般运气都挺好的,加上我们都没注意过他,他一定是用了道具啦。"

"新人运气真好啊,我那时候就没捡到过能直接灭诡怪的道具。"

"我来这儿这么久了,连道具都没见过一个呢,哈哈。"

"谁不是呢哈哈。"

众人试图用打趣来破除心底浮现的恐惧。

此时有一条弹幕不合时宜地飘过:"话说,这样的话,是不是殷修客厅里的诡怪就消失了?殷修没有看到刚才的事,就压根不知道他遇到的第一个诡怪是假的?"

这条弹幕几乎肯定了前面的猜测,甚至给所有人带来了更大的恐慌。

它模仿了规则中描述的诡怪的行动,现在又杀死了原本行动在客厅的副本诡怪,可以说它已经彻底代替了副本诡怪。若殷修不与别人谈论这件事,就百分百察觉不到异样。

那有没有可能……现在所有玩家屏幕上看到的这个玩家,这位殷修的新人室友,就是"它"呢。

黑暗之中,这位长相阴冷俊秀的男人正微笑着用毛巾擦拭着自己身上沾到的血迹,像是餐后擦嘴一般举止优雅。

但参考他之前坐在黑暗里一动不动的奇怪行为,以及始终面带微笑的非人感,现在玩家们都基本确认,这个人,就是刚才冒充副本诡怪的它!

现在只有殷修被瞒着。

"好吓人啊!我可不想睡觉的时候有个诡怪在旁边一直看着我啊!"

"希望殷修尽快发现这个人的不对劲吧!警惕着点!"

"我们在上帝视角是很好推断真相,但殷修很难发现,而且这个人在有意隐瞒他。"

"有点恐怖,不知道他有什么目的。"

"他肯定是要折磨殷修到副本最后才会杀啊!变态都是这样的!这个诡怪也是变态!"

发弹幕的玩家们就这样一边哀号着,一边看黎默在屋子里坐了一夜。

天亮之后没多久,殷修就醒了过来。

他本来没打算睡的,起码会保持警惕很久,但不知为何,在黎默的注视之下,没多久就抵抗不住困意睡着了。

"早上好啊。"借着屋子里那点微弱的光亮，黎默笑眯眯地向他打了个招呼。

他还坐在那把椅子上，姿势与昨晚没有任何变化，似乎真的坐了一夜。

"早……"殷修淡声应着，立即起身了。

"该去做早饭了。"黎默提醒了一声。

"你饿了？"殷修没想到他会这么积极地催自己。

"昨晚吃过了，不饿。"黎默弯起的眼眸之中夹杂着意味不明的笑意，"不过隔壁那个饿了，天一亮就开始敲门叫你，我没理她。"

"小女孩？你怎么不叫我。"殷修迅速开门往外走去，黎默也跟着起身往外走。

"她太吵了，我不想她吵到你睡觉。"

殷修站到干净整洁、没有一丝凌乱的客厅，冷淡地瞥了他一眼："下次直接叫我。"

黎默轻轻歪头："可是我不想有人打扰到你睡觉，你睡觉的时候真好看，像一具冰冷的尸体，一动不动的。"

殷修没有理他，直接去了小女孩的房间。

玩家们一边观看一边战战兢兢地讨论："殷修是真的对他奇怪的话一点反应都没有吗？"

"殷修为什么不问他昨晚吃了什么啊！"

"他说喜欢殷修睡觉像尸体啊！殷修为什么不觉得奇怪！"

"殷修太平静了，搞得好像我很奇怪一样！"

"楼上的兄弟你就是怪啦，殷修睡觉的确很像尸体啊，脸色苍白，安静无力，躺在那儿一整夜都不带挪一下的，而且还是很好看的尸体。"

"兄弟你别回我了，我快跟不上你的思路了。"

"是因为他平时就挺像尸体的吧？殷修的表情很淡，遇事也几乎没什么大反应，而且脸色很苍白，真的很像会移动的尸体。"

"你们聊一下重点啊！重点是那个人说喜欢殷修像尸体！他会不会为了能看到殷修真的变成尸体而痛下杀手啊！"

"只能看殷修的造化了……他能及时发现对方不是人,就还有救。"

在众人紧张的视线中,殷修把黎默丢在了客厅,进小女孩的房间了。

这个昨天还温馨完好的小房间,一夜过后已经变得很狼藉,床翻倒在地,书散落四处,地毯被撕得七零八碎,连门上都满是惊骇的抓挠痕迹,似乎昨夜有什么怪物在屋子里闹了一通。

一进门,小女孩就一把鼻涕一把泪地扑到殷修的怀里,柔柔弱弱地说:"哥哥我害怕!"

殷修沉默地看了一眼整个房间,又低头看向了小女孩。

屋子里是有什么怪物撕咬的痕迹,但小女孩一点事都没有,为了防止小女孩出来,他昨晚把门从外面上了锁,所以房门上只有抓挠的痕迹,怪物的破坏范围仅限于这个屋子。

"把手伸出来。"殷修蹲下身,向小女孩摊开手掌心。

小女孩一边抹着眼泪,一边把小手搭在殷修的手上。

她的手完好无损,但指甲缝里有一些木屑,对比门上那些抓挠的痕迹,让人很难不猜测破坏房间的怪物与小女孩有关。

在一早就知道小女孩能够变成怪物,能够杀人的前提下,看到这些也不奇怪了。

　　妈妈的纸条规则五:夜晚一定要待在自己的房间里睡觉,醒来无论看到房间里什么情况,那都是正常的。

很显然小女孩这样也不是一天两天了,是惯犯呢。

"哥哥,我好害怕……"小女孩眼泪汪汪地扑到殷修怀里,"这里好可怕……"

殷修猜测她知道自己会变成怪物,但夜晚的变身是无意识的,所以她自己醒来看到周围的样子也会惊慌失措。

"没事。"殷修拍了拍小女孩的背,"我一会儿帮你收拾干净。"

小女孩缩在殷修怀里微微颤抖,似乎因为恐惧的情绪,她的模样也在变化，眼球之中往外蔓延出黑色的液体，像是眼泪又像是别的，从脸蛋上滑落，所触及的皮肤也在扭曲变化。

她伸手摸了摸自己的脸，声音发抖："哥哥，我好可怕……我是不是快要变成怪物的样子了？"

见她神志动摇，殷修为了避免她说出想要照镜子看看自己样子的发言，抢先一步道："这不是很可爱的女孩子嘛，哪里像怪物了？"

"不像吗？"小女孩揉搓着自己的脸，她摸到了自己脸上扭曲的部分，也摸到了从眼眶溢出的黑色液体，声音都在颤抖，"不像怪物吗？我可爱吗？我真的还可爱吗？我马上就要变成妈妈害怕的怪物了，妈妈不会回来了。"

她的情绪越激动，模样就越扭曲，甚至整个脑袋都没了人形。

面对眼前的怪诞小女孩，殷修眼睛都没眨一下，平静地点头："很可爱，一点儿都不像怪物。"

小女孩的身体颤动了一下，双瞳之中黑色液体涓涓而下，反复询问："真的可爱吗？"

"可爱。"

"不像怪物？"

"不像。"

在殷修一声又一声淡定的确认之中，小女孩的面容逐渐恢复，变回了一个普通小女孩的模样，眼泪也清澈干净了起来。

"哥哥真好。"小女孩哭哭哭啼啼地扑到殷修怀里，似乎一切又恢复了正常。

观众默默地把视线落到其他触发这个剧情的玩家房间里，画面中小女孩独自缩在房间里瑟瑟发抖，在自己的恐惧中不断扭曲着，变成了恐怖的怪物，然后轰的一声打破了房门，冲出去袭击了房间里的玩家，扭曲的姿态相当恐怖，根本看不出一个小女孩的样子。

017.

殷修猜想，小女孩眼中的自己恐怕就是个怪物模样，她也的确能变成怪物。

为了防止小女孩因为自己的情绪而失去理智，妈妈的纸条是禁止她照镜子，以及冷静对待自己醒来后面对的破坏现场。

不要开门以及不要让外面的人发现小女孩，都是为了确保小女孩的安全。

在这个环境里，确保自己的安全，同时保持头脑清醒不变成怪物，妈妈的叮嘱也算是到位了，每天吃饭也是在提醒小女孩过正常的人类生活。

目前来看，三天不是问题，问题是三天后，剧情里明明提及小女孩要生活三天，等待妈妈回家，但妈妈的纸条却说，三天后拿到妈妈放在门口的包裹。很显然，妈妈不觉得自己会在三天后回来。

"我去给你做饭？"殷修拍着怀里哭泣的小女孩，轻声安抚着。

小女孩点点头，嘟囔着从殷修怀里退了出来，糯声道："我饿了，我要吃大碗。"

"嗯。"殷修拍拍小女孩的头发，起身出去做饭了。

玩家们一边看着在殷修这儿撒娇的小女孩，一边看着别的房间里正在攻击玩家的小女孩，默默地吞了一口口水。

昨天一天，从白天进入副本，到晚上诡怪降临，进入这个副本的玩家已经死去了大半，即便有殷修这个大佬当"参考答案"，仍旧会有一些无法避免的死亡因素发生，比如冒牌诡怪。

到了第二天晚上，活下来的则是一些相对研究了规则的玩家，他们察觉到了需要照顾小女孩情绪这一点，虽然不及殷修那么淡然，但也兢兢业业地按照攻略和自己的想法去讨好小女孩。

到了夜里，有了前夜的攻略，加上白天的讨好，这一次小女孩没有再发难,顺利地让所有玩家都在天黑之前回到了房间里。

夜里不作死,安静睡觉则万事大吉。

这一夜几乎所有玩家都很安全,除了殷修。

到了深夜,那个诡异的"它"又出现在了他的房间里,又出现在了他的床上,同样困住他不让他叫室友。

殷修怎么都想不明白,自己到底哪里触发了第七条规则,他明明今晚连客厅都没去,为什么还会让这个应该只在客厅游荡的诡怪进了房间,规则七真就是随机触发?

屏幕外看到殷修处境的玩家心情很复杂,他们也没法跟殷修说,只能看着这位大佬苦闷地缩在被窝里,任由那个看不见的"它"在他周围探来探去。

黑暗之中,殷修微弱地挣扎了一会儿,然后慢慢地消停下去,他在发现这个东西没有要杀死他的意思后,就索性闭眼睡觉了。

诡怪面对毫无反应的殷修,也放弃了玩耍的兴致,渐渐地安静了下去。

一时间整个副本都很安静和谐,屏幕外的玩家都挺茫然的。

"不是,那玩意儿还真就是玩玩,不杀殷修啊?"

"别问,问就是折磨,肯定会杀,但现在还不是时候。"

"所以它的玩法就是缠着殷修?"

"这你就不懂了吧,没看到它今晚劲比昨晚大吗?到了明天晚上,或者后面几天的晚上,它会逐渐加大力度,慢慢勒死殷修!"

"你倒是比诡怪还懂哦。"

第三天清晨,殷修醒来的时候,身体已经能动了,但肌肤上还残留着寒意和黏腻东西滑过的触感,让他很不适。

"看来是循序渐进的杀法。"殷修认定自己无意间触发了第七条规则,导致诡怪会夜夜跑到他房间闹他,可能要不了多久就能勒死他。

"看来得加快副本进度了。"他从床上爬起,先去洗了个澡。

作为副本内的第三天,很多玩家一大清早就爬了起来,匆匆忙忙地给小女孩准备最后一天的饭,然后迎接下一个阶段任务。

妈妈的纸条规则六：三天后，拿到妈妈放在门外的包裹。

许多玩家在给小女孩做完饭后，第一时间就打开了房门，准备拿门外的包裹，但在开门之后，发现门口什么都没有。

正在观看各自小镇画面的玩家迅速把画面拉到殷修这里，生怕是自家玩家少做了什么，导致包裹没有出现。但让人意外的是，殷修的房门前也没有出现包裹。

门外地上空空的，别说包裹，连灰都没有。

殷修垂眸沉思。

妈妈的纸条是写给小女孩，让小女孩遵守的，并不会对玩家生效，而玩家的通关条件有一条是让小女孩完成妈妈纸条上所有的规则，以辅助者的身份。

既然门口没有妈妈的包裹，也就意味着，玩家必须找到妈妈的包裹，然后放在门口，让小女孩按照纸条上的规则拿到。

"要出门？"殷修看向远方，他在天黑之后看到不远处的确有很多灯光亮起，毫无疑问那地方有很多人。

那么不能出门的小女孩必须得留在家里，可要防备第一天那个女人再次出现，就不能留小女孩一个人在家。

殷修用余光瞥向旁边的黎默："你待在家看着她，我出去一趟。"

这话一出口，小女孩就警惕了起来，看了一眼黎默，似乎很紧张。

"好。"黎默微笑着答应了。

"不准伤害她。"殷修又加了一条，小女孩的表情才放松了下来。

"好。"黎默依旧平静地答应了。

"那我先出门了。"殷修看了两人一眼，斜挎着自己的刀就开门出去了。

小女孩连忙奔到窗前，望着殷修远去的背影，有些担忧："不知道哥哥会不会有危险。"

"不会。"屋内的黎默给出了回答。

小女孩盯着殷修的背影看了很久,忽地一回头,满脸疑惑:"你在哥哥身上留下了好多你的味道,这是为什么?"

"不留不行,这副本有变态。"

"……你在说你自己吗?"

第三章
玩家任务

018.

黎默转头向趴在窗边的小女孩投去一个微笑,她立马老实地拉上窗帘回屋坐好。

房间外很热闹,殷修选择出去寻找妈妈的包裹,其他玩家在察觉到规则的深层含义后也会出门,这就意味着这一排房间里的玩家都会出来,此前玩家们以各自房间为单位的独立游戏环境,将转换为多人集体游戏环境。

来自不同位面的玩家聚集在了一起,若没有竞争的规则存在,极大概率是互帮互助一起通关的,所以难免会在彼此碰面后形成一个大团体,团体的领头人也自然而然会出现,尤其是在新人副本里。

直播画面外的玩家看着第一个理解了规则,然后独自出发没有等任何人的殷修走远,又把目光落到了后面慢慢开门出来汇聚一起的玩家团体身上。

"殷修都走远了,这群人才慢吞吞地出来,要错过大佬咯。"

"正常副本是这样的啦,没有竞争规则的话,大家会在第一时间碰面然后交流自己的发现,只有殷修不合群吧。"

"我倒要看看这次新手副本里，有什么能人。"

在玩家差不多都聚集到一起之后，众人先左右望望，熟悉了一下身边人的脸，甚至大家还在互相试探着，想看看彼此对副本理解的深浅。

"咳咳！"在短暂的讨论声响起之后，忽地有个人大声咳嗽了两下，吸引了众人的目光，"现在已经到了副本的第三天，我估计出来的人都是意识到任务是要玩家去拿妈妈的包裹了。

"既然这个副本没有竞争关系，那么大家可以互帮互助，我先介绍一下自己啊，我叫王广，有过三次副本通关经验。

"这次是带新人才会进入这个副本的，我在378规则小镇住了有小半年了。新手副本嘛，估计在这里的人应该都没有我的经验多，要是大家相信我的话，我可以暂时作为团体的领队，带大家一起研究规则，早日通关。"

他的态度诚恳，言辞正义凛然，以帮助大家为目的，几乎没有人会拒绝。

但人群里立马响起质疑的声音："巧了，我也是有三次副本通关经验，带新人进这个副本的。"

另一个人顶着众人的视线走到了王广身边，两个人互相打量了对方一遍，都在心里琢磨着彼此。

这一次副本的前三天，许多玩家通过自家小镇的弹幕提示意识到他们同期有一个大佬也在通关，只是其他小镇的玩家不知道那个大佬叫什么名字，也不知道大佬长什么样子。

而现在有两个三次通关经验的人站了出来，他们互相打量着，心想如果没有其他更多副本经验的玩家再站出来的话，很可能对面的人就是那个诸多位面小镇玩家嘴里的大佬。

"请问你叫……"察觉到跟前这位可能是那个大佬，王广立马放软了态度，很是欢喜地上前迎接这个人。

那人本来也是出来寻大佬的，想法基本跟王广一致，目前就两个多副本经验的玩家，自己不是那个大佬，那对面就肯定是弹幕一直在提的那个人了，他也连忙欢喜地迎了上去："我叫张思，大佬幸会幸会啊。"

"哪里，能跟你一个副本我才是幸运。"两个人开始客气起来，都不敢在传闻中面不改色哄小女孩的大佬面前摆架子。

"思哥你要是乐意的话，这次副本还是你来带？"王广客气地让位，准备抱大腿。

"不不不，还是广哥你来，我相信你。"张思也想抱大腿，只当是大佬谦虚。

"感谢思哥的信任啊，但我肯定不如你，带队还是你来吧。"

"这是什么话，我相信你，大家也都相信你，你来吧。"

两个人互相推脱，旁边的新手玩家们不太敢插话，观看直播的玩家却头皮发麻："这俩人在干吗？还在这里你推我攘的，再不去追殷修，一会儿就跟不上了。"

"笑死了，两个三次副本通关的玩家当队长带新人，殷修这个全通关的一个人在外面溜达。"

"话说，他们两个是不是都把对方认成殷修了，都在喊对方大佬啊。"

"也不是没可能……毕竟他们也没见过真正的大佬，也不知道大佬叫什么名字。"

"闹大笑话咯。"

众人很是期待他们后面发现自己现在仰慕客气的人压根就不是传闻中的大佬时会是什么表情。

画面里，那两人推脱了一会儿，最后才敲定了一个两全的方案，就是一起当队长！

"能被思哥看好，我非常荣幸。"

"这什么话，能跟你一起做队长，我才是很高兴。"

两个人勾肩搭背，已然认定对方就是那个大佬，且大佬很欣赏自己，甚至愿意把队长的位置让给自己。

"好了，不说了啊，我们先来聊一下妈妈的包裹吧。"

等关系打好之后，两个人才转身准备对着新人们讲副本，但一回头就发现，有个等得不耐烦的新人已经脱离群体准备自己先走了。

"哎！你！别乱走啊！"见人要走，王广立即拧眉叫喊，但新人压根不想搭理他，直接离开了。

王广骂骂咧咧道："看看现在的新人，真是傲气，一个人想去哪儿啊？没见识的东西，这种时候不跟着有经验的人就等着死吧。"

张思也在一旁搭腔："就是，真以为自己活过三天就有能耐独立过副本了，不把过来人放在眼里。"

两个人絮絮叨叨，但那个新人已经走远了。

他在晚上看到过远处的灯光，也猜测出这片偏远的平房之外肯定还有一个背景里提及的真正的小镇。

作为新人，他的确很紧张害怕，第一天要不是有弹幕的攻略提醒，他可能在第一个女人那儿就死了。

虽然他没有看过那位提供了攻略的大佬长什么样，但看弹幕的描述，那是个很冷淡的人，平静理性又带着一丝难以察觉的柔和，绝对不是刚才那两个人。

他即便要跟，也要跟真正给予了他帮助的人。

沿着破旧的小道往外走着，新人观察着周围的场景，小镇之外是田地跟树林，而他们醒来的那一排平房就藏在树林之中，只有一条蜿蜒小道通往小镇的方向。

四周杂草丛生，田地荒芜，两侧是废弃的老旧茅屋，像是很久没有人到这一块来了，寂静之中透着破败与阴森，让他没由来得心里犯怵。

走着走着，他忽地在道路的尽头捕捉到了一个白色的身影。

郁郁葱葱的茂密树叶之下，斑驳的光影落在了那个人身上，他身形单薄，沐浴着光影显得气质很是柔和，但腰间斜挂着一把黑色的长刀，散发着无形的锋锐之气。

男人抬着头，与树上的一只黑猫对视，双方都沉默着，像是在对峙，却没有半点紧张感。

一时间画面和谐到压根不像是副本内的场面。

"你好？"新人试探着出声。

一瞬间，男人跟猫都忽地转头看向了他，两道目光齐刷刷地落到了他身上。

019.

男人的表情看上去很平静，侧目过来的睫毛上落着光影，不带一丝波澜。

猫也很平静，倒是新人被吓了一跳。

三方在沉默几秒后，新人再度小声地向殷修试探道："请问你也是玩家吗？"

殷修点了点头，把目光从新人身上收了回来，继续抬头看着猫。

猫也不再看新人，而是在殷修的注视下舔了舔爪子，然后在树枝上跃跃欲试，有要跳下来的意思。

"正好，我也是玩家，刚从那边出来，你在这儿看猫做什么？"新人小心翼翼地挪了过去，不自觉地靠近了殷修几分，在这个地方看到玩家让他很意外，他以为自己是第一个出来的人。

殷修身上的淡漠让他没由来地有些激动，感觉就像是自己先人一步发现了宝藏。

"它应该是带路的猫，但只有我一个人的时候完全不动。"殷修微扬下颚，后退了一小步，猫唰地从树上跳了下来，动作十分灵巧。

"看来起码得两个人来才会有反应啊……"殷修用余光瞥向身边的新人，他猜测可能是因为这次的副本必须要有一个室友，因此连这里的猫也必须得两人在场才有反应，但他为防万一把黎默留在了家里，要是这个新人没来，自己还得再等一会儿。

"你怎么知道它是带路的猫啊？"新人跟在殷修身后，看着他跟着猫。

"猜的。"殷修平淡地回答道。

猫咪跳下来之后，一边摇晃着尾巴，一边身姿优雅地迈着步子朝小镇的方向走去，脖颈上的白色项圈在它黑色的身体上十分显眼。

新人盯着盯着，忽地恍然大悟："它有项圈，是被人养着的吧？"

"可能是吧。"殷修应着，望向远处的小镇。

白天远观过去，那片镇子就已经透着一股微妙的不和谐的气氛了，明明夜晚的灯光很多，按理说镇上的人也不少，但不知为何这里特别安静。

整条道路上只有他们的脚步声显得这里有点人烟气，风扫过树枝沙沙作响，没有虫鸣，没有鸟叫，在他们已经快要走到小镇出入口的位置时，依旧没有听到镇上正常人生活的声息，这很诡异。

新人深呼吸了一口气，结结巴巴地说："我……我是第一次进副本，没什么经验，有可能会拖你后腿……希望你不要嫌弃我。"

殷修冷淡地应了一声，目光直视前方，跟随着黑猫进入了小镇。

这片小镇还不是很发达，地面有许多地方是青石板铺的路，石缝之间杂草丛生，但整体也算看得过去。地面干净，房屋牢固，每家每户都圈出一块地留作自己的院子，乍一看没什么问题，就是太安静了。

一踏入这个小镇，殷修就感觉到这里弥漫着一股冷意，阴森暗沉的感觉扑面而来，甚至瞬间就隔绝了明媚的阳光。

从他们进来后，两侧的房屋玻璃后就有很多人在盯着他们，视线紧紧地依附在他们身上，晦暗不明。

殷修停在了小镇入口处的路边，盯着一块长满青苔的老旧石碑查看。

墓镇规则

一、夜晚时，小孩子严禁触碰广场上的祭坛，无论你看到什么都要装作看不见，赶紧离开。

二、镇上没有女鬼，若你在镇上不小心看到白衣女人，请回避她的视线，也不要听她的声音。如果对方缠上了你，请寻求其他小镇居民的帮助。

三、白天小镇里会有奇怪的东西伪装成小镇居民,请小心分辨,不要被招呼进它的家。白天遇到奇怪东西的概率很高,所以请尽量不要出门。

四、小镇居民对外来者必须保持热情,但若是对方触犯规则,也请不要手下留情。

五、可以让外来者观看献祭仪式,但要叮嘱他们绝对不要触犯第一条与第二条规则。

六、对于意外触犯规则的外来者,不要让他们活着离开。

殷修的视线落在了石碑刻着的规则上,一些规则已经在风吹雨打之中变得模糊,而一部分规则十分清晰,像是前不久才刻上去的。

比如第三条的后半段"白天遇到奇怪东西的概率很高,尽量不要出门",这一排字就很新,在段落之中也显得拥挤,是最近才刻上去的,那说明这个遇到奇怪东西的概率也是最近才升上去的。

"这个……这个第六条……感觉好危险,而且这里居然还有献祭仪式?"新人的面色有些苍白,从最后一条就能清晰地感觉到镇上居民对违规外来者的态度是十分无情的,而他们就是外来者。

"嗯。"殷修匆匆地在脑海里过了一遍规则,差不多记住之后,便转身继续跟上了猫。

道路两侧的视线久久不散,这些原住民死死地盯着他们,兴许是有规则叮嘱白天尽量不要出门,他们也都藏在家里不露半个头。

在两人跟着黑猫逐渐靠近广场那一带时,一侧有人嘎吱一声打开了房门,半张脸浸在黑暗里,半张脸露在阳光下。

那是个看上去面色苍白、很是虚弱的老人,他伸出干瘪的手,朝着殷修招了招,声音嘶哑:"你们两个小伙子是外来的吧?看过门口的石碑了吗?白天很危险,不要在镇上乱走啊,快来爷爷家里躲一躲。"

新人愣愣地投去视线看了一眼，又把目光转回到熟视无睹、继续往前走的殷修身上："不理他吗？"

"理他就死了。"殷修淡淡地道，"看他脚边。"

新人把目光投向了那个老人的脚边，在他身后的屋内，脚后没多远的地上躺着一个人影，被掩盖在屋内的昏暗之中，难以辨认。

新人眯起眼睛努力地看着，在看清那是什么之后猛地倒吸一口凉气，颤颤巍巍地靠近了殷修几分："是……是尸体……跟那个老人一模一样的尸体……"

"嗯。"殷修声音冷淡，对尸体以及那个来历不明的"老人"都没什么反应。

规则三明确写了白天会有什么伪装成镇上居民招呼人进屋，但没想到这么快就招呼上了，这要是有人没看到规则，再大意些，恐怕现在就上当了。

"年轻人，我说真的，最近小镇里危险得很，爷爷我一把年纪了，又能对你们做什么呢？快进来吧！"老人依旧坚持不懈地向他们招手，干瘪无神的眼球死死地盯着两人渐渐远去的背影，散发出一丝怨念。

见两个人都不上当，"老人"恶狠狠地咬紧了牙，哐当一声关上了房门。

道路两侧再次回归宁静，殷修跟随着黑猫走到了广场中央。

一进入这块区域，就更为明显地感觉到有一股寒凉笼罩着整个小镇，让人喘不过气的阴冷就是从这里散发出去的。

广场中央，竖立着一座雕像，是一个女人的头，这颗雕像脑袋上还有一根巨大的钉子，钉子直直地插入了雕像的脑门。雕像女人的瞳孔呈放大状，直直地盯着天空，眼神像是散发着临死前的幽怨一般，整个雕塑看一眼就让人背脊发凉。

雕像上贴着黄色的符咒，根根红线串联缠绕着整个巨大的雕像，符纸密密麻麻，上面刻着不知名的阵法，扭曲的沟壑之间残留着黑褐色的痕迹。

雕像前摆放着一个青石台子，上面有黑乎乎的一大片黏腻的毛发缠绕在一起，散发着恶臭。

这恐怕就是小镇规则里提及的献祭场了。

020.

"喵！"清脆娇软的猫叫声在寂静之中响起，也转移了两人被诡异雕像吸引的注意力。

只见猫猫在雕像旁落下的黄符纸堆里一阵扒拉，然后拱出了个小小的、脏兮兮的袋子，上面沾满了土，被符纸盖着几乎无法察觉。

"这就是妈妈的包裹？"新人疑惑地蹲下身，想要捡起地上的袋子，手还没伸出去，身后陡然响起了一道巨大的喝止声。

"放下！"

两人一回头，见到那群姗姗来迟的玩家终于出现在了小镇上，三天下来，活着的人还不少，成群结队乌泱泱地来到了小镇，瞬间驱散了镇上弥漫着的诡异氛围。

为首的王广怒视新人，一眼就认出这是之前不等他说话就先一步跑掉的那个不识趣的家伙，声音都拔高了几分，带着训斥的味道："你一个新人，都不知道那是什么还敢碰？找死是不是？"

"这是妈妈的……"

新人惨白着脸试图解释，还没说完一句话，边上的张思就迅速喝止道："怎么跟大佬说话的！大佬能不知道那是什么吗？大佬这是有通关经验，提醒你一声而已，说你不谨慎就是不谨慎，你懂副本还是大佬懂副本啊！"

两个人互相抬举着，仿佛真把自己抬举成了趾高气扬的老玩家，放眼这群新人，哪个不听他们的话，都是在副本里找死。

被莫名训斥的新人怔了一会儿，还是想伸手去捡袋子，但手还没碰到，袋子就被王广一脚踹到了一边："让你别碰了还要碰，等你出事了，我肯定不管你，没点自知之明的东西。"

张思赶紧上前捡起袋子，一抬头这才注意到旁边还站着个人，悄无声息的，也不说话，仿佛一点存在感都没有，着实让他吓了一跳。

"你又是谁啊？跟他一起提前跑过来的新人？"张思看了一眼神情冷淡的殷修，打算给他个下马威，"我可是通关三次副本的老玩家，你听着点我的，肯定能顺利过副本，别捣乱啊！"

殷修微微勾起唇角，冷漠的脸上出现了一丝意味不明的笑，看得人有些发怵。

"笑什么笑啊，笑得跟个鬼似的。"张思连忙转身，把袋子交到王广手里，"来，广兄拿着，这个先给你看。"

"哎哟，这……这合适吗？"

"有什么不合适的，你看得肯定比其他人明白。"

两个人笑嘻嘻地推脱着，后面一大群新玩家不知所措地看着他俩，谁也不敢说什么。

妈妈的包裹只有一份，玩家这么多，每个人都想比其他人先获得一手信息，这样才能更好地保全自己。只是现在包裹落到这两个人手里，估摸着也不会给其他人看了，到时候研究出什么，传递给他们的也是二手消息。

被赶到一边的新人憋屈地站到殷修身边，见殷修都没说话，也默默地闭嘴，不与他们争论了。

他们这里很安静、很隐忍，弹幕区倒是炸了锅。

"哎哟这两个傻瓜在干吗啊？就这还是通关三次的玩家？"

"有眼不识泰山啊，给我看笑了，他居然让殷修听着点他的话。"

"我看其他位面的老玩家差不多都是这样，遇到新人就傲得不行。"

"这要是在我们小镇，指定不会给他们两个好脸色，咱小镇的老玩家都是给新玩家当苦力的好吧。"

"看了一夜的直播还没睡，就怕这副本出了什么我们不知道的新花样，回头漏了攻略又要被那个人教训。"

"别说了，困意一下就上来了。"

王广跟张思两个人推脱了一会儿，最后还是决定，这个袋子由王广打开。

"那我就不客气了啊。"王广笑呵呵地接过袋子,准备打开来看看。袋子看着也不大,不知道里头装的什么东西。

他刚把袋口拆开一点,一阵阴凉的风忽地吹过了广场,扫过了人群,惊得每个人都哆嗦了一下。

"呜呜呜……"一阵低沉的女人哭声在广场上响起,伴随着阴风刮过,一股雾气弥漫开来。

"什么声音?"有人惊慌起来。

"起雾了……我……我看不见了!"

"好冷的风啊!"

面对人群的惊慌,为首的两个人大声嚷嚷着试图安抚众人:"大家别慌!冷静点,还记得我们来时在门口看到的石碑吗?"

"所有人都给我牢记,一会儿不管听到什么、看到什么,都要给我装作没看到!"

"实在害怕就给我把嘴巴闭牢了!什么声音都别发出来!"

但新人们并没有因为他们两个的话而冷静下来,反而在让人不安的白雾之中变得更乱了。

"我……我感觉好像有人摸了我一下!"

"头发……有头发扫过我的后颈了!"

"是……是那个人,是那个女……"

"闭嘴!不准提!"王广大声呵斥着,被周围不安的情绪影响,他都跟着害怕了起来,忍不住咽了一口口水,往张思身边凑了凑——这种时候大佬肯定会出手的。

张思也是这么想的,也在等着王广发力,带领团队脱险。

雾气越发地浓,能见度低到连身边的人都看不清了,模模糊糊的人影在白雾之中晃动,一时间敌我难分,而那道女人的哭泣声仿佛越来越近,越来越清晰,像是在每个人的身边响起一般。

"你……看到我的孩子了吗?"一道幽森的声音响起,冰冷的呼吸和声音一起，贴在了一个玩家的耳根。

玩家尖叫着捂着耳朵后退："女人！有女人在我身边！"

"住口啊！"张思气得骂骂咧咧，明明都让他们看了石碑，注意不要提及女人的存在，装作没看见，竟然还有人吓得叫出来。

"哈哈哈……你们看见我了……你们……都能看见我……"女人低沉的笑声一转，变得阴森可怖，"那就来跟我玩捉迷藏吧，就像我的宝宝一样。

"我数十声，就来找你们哦，千万……千万不要被我抓到了。"她的声音带着笑意，却让人毛骨悚然，说完就自顾自地开始数数，"一……"

伴随着女人不断在雾中飘荡的声音，玩家们立即四散开来："跑啊！快跑啊！再不跑就要被杀掉了！"

可是雾很大，他们根本找不到离开小镇的方向。

"二……"

"快点儿！随便找个地方躲起来！"

"对了，小镇规则里说，被她缠上，可以寻求小镇居民的帮助！"

"快快快！找个小镇居民！"

"三……"

一群玩家四散而逃，纷纷朝最近的房屋奔去，然而大雾泛起，女人开始狩猎之际，镇上不但没有任何居民敢给他们开门，还死死地堵住房门不让他们进，不仅不会帮助他们，甚至比他们更害怕那个女人。

女人咯咯地笑着，声音从破碎的喉咙里发出，嘶哑似催命符："四……"

玩家们在此刻乱成一锅粥，无论王广和张思怎么试图汇聚混乱的人群都无济于事。他们索性放弃，也开始寻找自己能躲藏的地方，不断地敲打着镇中居民的房屋。

"救命啊！请救救我们！"

"开开门吧，让我进去！"

"求求你们了！"

在一片无助的哀号声中，殷修站在原地反复思量着。

这个女人存在于小镇规则之中，似乎对这个小镇至关重要，到底能不能杀?

021.

"快点,我们也快点逃啊!"见殷修一直站在原地没动,新人有些着急地拉了殷修一把。

殷修默默放下搭在刀柄上的手。

算了,副本跟以前比改动过不少,还是不要贸然杀死规则之内的存在比较好。

看看情况,要杀怎么都能杀,不急在这一会儿。

"我们走吧。"殷修收敛起身上的杀意,转头朝某个方向直直走去。

"去哪儿啊?"新人愣住,下意识地跟在了殷修身后,却不知道这一片雾气之中,还有什么地方能让他们躲藏。

殷修抬眸扫视四周,寻找着这镇上看上去最大的房子。

规则上写了可以寻求其他小镇居民的帮助,虽然这条是给他们自己人看的,但一定对这个女人有效。

看这些小镇居民全都大门紧闭不肯接纳玩家,可以确定他们屋内是安全的,否则也不会有白天尽量待在屋内的提示。

殷修注意到雕像后方距离最近的房子是一栋比小镇其他房屋高上两层的木楼,看外形已经有些年头了,屋子修修补补,满是岁月的痕迹,但依旧坚固。看面积与高度,似乎这里的功能不止住人那么简单。

殷修穿过混乱的人群直接走了过去,他打量着紧闭的房门,又看了看拉上窗帘的窗户,果断搬起了地上的一块石头对准了门。

既然小镇居民不想帮助他们,那就强迫小镇居民帮忙。

他先是礼貌地举着石头敲了敲门:"你好,有人在吗?"

屋内没有回应,但门板后却传来了几道呼吸声。

殷修继续道："我知道里面有人，现在我数三声，如果你们不开门，我就把门砸坏进去。反正不开门，我会死在外面，不如把你们也一起带走。"

他的声音轻飘飘的，听不出什么情感，却让里面的人一哆嗦，瞬间脸色煞白。

"你们应该清楚，门坏了，那个女人就能进来，到时候你们也得死，所以希望在我动手之前，你们能自觉开门，以确保门是完好的，这样我们才都能安全。"

里面的人没吱声，旁边的新人也跟着紧张起来：这样的威胁真的管用吗？真的可以这样吗？

"不回应的话，我就要砸门了。"

"三……"殷修死死地盯着房门，幽幽倒数，"二……"

"一！"

话音落下，他猛地抬手举起手上的石头，咚的一声用力砸在门板上，重重一下，整个门板都在颤动。

接着，殷修又举起石头，准备来第二下。

"等等！别砸了！"门内的人意识到他是真的会砸门，是真的打算同归于尽，连忙慌张地打开了房门，"进来吧进来吧！"

"谢谢。"殷修礼貌地点点头，放下手里的石头，进了屋。

新人也连忙跟着进了屋。

里屋的人试图关上门，却被殷修一把拦住。

他冷着脸幽幽道："你家还蛮大的，不介意我多带两个人来吧？"

屋子里的人不敢拒绝。

在他们不远处的玩家看到他们进屋，连忙飞奔过来，一脸惨白地跟着挤进了屋子："行行好，让我也进去躲一躲吧！"

这门一旦打开，想要活命的玩家就会源源不断地涌进来。在殷修周围的玩家几乎都注意到这里的门开了，立即奔过来钻进屋子，其中包括反应很快的王广和张思。

"九……"

女人催命的倒数还在继续，越来越多的玩家奔向了这座大房子，但远处的玩家反应不及，察觉到的时候已经有些来不及了，只能带着恐慌的表情竭力向屋子靠近。

"救救我！再等我一下！"

玩家哭丧着脸，看距离已经来不及了，只能大声求救。

在他前面最后一个进屋子的是王广，他气喘吁吁险险进屋，听到声音想要回头拉上狂奔的玩家一把，但远处女人的声音却响起。

"十！"

伴随着女人的咯咯笑声，王广毫不犹豫地关上了房门，扣上了锁，不再让外面的人进屋。

"我来找你们了。"女人迅速地在白雾之中穿行起来。

那个匆忙奔向木屋的玩家，在一瞬之间被一双大手抓住，随即鲜红的血液喷涌而出，宣告玩家死亡。

"啊！"屋内玩家被吓得发出尖叫。

雾气朦胧，已经在屋子里的玩家看不清外面具体发生了什么，活下来的他们心有余悸，心想还好及时进入了这所房子，但凡晚一点，现在就和外面的玩家下场一样了。

外面声音不断，屋内的氛围也变得格外凝重，大多数新人玩家还是头一次见到这样的场面，无一不是脸色惨白，情绪有些崩溃。

王广和张思也觉得十分心惊，没想到这个副本现在变得这么残忍了，跟他们当初通过的时候完全不一样，早知道就应该再谨慎点了。

"咳……副本嘛，就是有危险的，不小心的话就会立即死亡出局，你们进来前就已经知道了，不过看到这样的场面会害怕是正常的，大家先缓缓吧。"王广试图缓解屋内凝固的氛围，对刚才那个玩家的事只字不提。

现在所有玩家都面色铁青，不敢再看窗外，心里惶恐不已，也没时间去担心别人，有些人抱着头蜷缩在角落瑟瑟发抖，听着外面不断响起的声音，已经濒临崩溃。

一眼望过去，整个团体的气势都散了。

"唉，"王广摇摇头，"这届新人真是不成气候，死了也活该。"

他一转头，就发现角落里那个刚刚被他训斥的新人正怒视着自己，新人旁边站着之前那个存在感很低的男人。不过因为只有他腰间挂着一把刀，格外与众不同，王广就记住了他。

此刻整个大厅的玩家之中，只有那个男人正仰头观看着墙壁上的画，丝毫没有其他玩家身上的颓废感。

新人里头倒是就这两个人特别点，一个对自己有敌意，不服管教，另一个从来没正眼看过自己。

刚才一片混乱，他也不知道是谁先打开了这屋子的门，但自己没有帮上什么忙，最后还把别人关在了外面，作为领头人威信堪忧，怕是凝聚不起这群新人了。于是他打算挑个人管教管教，杀鸡儆猴，才好让新人们继续听从他安排。

"你！"王广一抬手，指向一直盯着自己的那个新人，"你瞪着我干吗？你这是对领头人的态度吗？"

新人冷哼一声，作为第一个从团队里脱离的人，他本来就一身反骨，之前被这个人训斥已经很不满了，现在这人还敢拿他开刀，他当即瞪了过去："瞪你怎么了？把差点就能活下来的玩家关在外面，你也好意思自称队长？一点儿用都没有，跑得比谁都快！"

"当时女人已经开始行动了，我不关门等着她进来把你们都杀了？说得好像你有用似的，在副本里，像你这样不把老玩家的话当回事的新人，死得最早！"

"我现在不是活得好好的？你这个趾高气扬的领头人，还不如我身边这个开门的人有用呢！"新人猛地伸手指向了一旁安安静静看画的殷修。

众人的视线唰地落到了殷修身上：这门是他打开的？

殷修把目光从画上收了回来，摁回新人指向他的手指，冷淡道："我去别处看看。"

说完就一副事不关己的模样避开人群，去了安静的角落，看样子并不想参与争吵。

王广沉默了下，没想到门是殷修开的，随即嘴硬道："他一个新人，只是侥幸而已，哪有我的经验多？你们跟着他，说不定下一次他就带着你们死！"

王广的狠话对于现在害怕死亡的新手玩家而言很有威慑力。

比起实力不清的新人玩家，他们肯定更愿意相信老玩家，虽然王广在关键时刻无情了点。对比起来，殷修似乎根本没有要参与这场纷争、夺取领头人身份的意思，而王广的气焰依然很足。

新人气得咬牙切齿，只能转头去了殷修身边，不打算跟王广争辩。

门外的惨叫声渐渐停息，女人咯咯咯的笑声在玩家死亡之后也停了下来，白雾消散，代表着外面没有活着的玩家了。

屋内寂静，氛围很是凝滞，但没人想现在出去。

这时，从二楼缓缓走下来一个身影……

022.

那是个中年男人，他身形挺拔，步子稳健，脸颊轮廓硬朗，剑眉星目，一脸细碎的胡茬给他平添了几分男人韵味。他一脸和气地笑着拍拍手："哎呀，今天这么多外来客光临我们墓镇啊，真荣幸啊。"

众玩家瞬间对这个陌生男人产生了警觉。

"大家不要紧张，我是这个小镇的镇长，代表这个小镇的居民欢迎各位的到来。"镇长连忙解释，压下了众人心里的紧张。

"这里是我的房子，平时也用来招待一些客人，既然大家都进来了，就干脆在这里住下吧。"镇长十分善意地提醒道，"我想现在有些人也不是很想出去吧……"

一听能在这里住下，已经不想再出去的玩家们眼眸瞬间亮了起来。

"真的可以吗？"张思立即询问，他现在也不是很想出去了。

"当然可以了，来者是客嘛，我一会儿就让人给大家安排房间住下，只要大家遵守这个房子的规则，这里就是绝对安全的。"镇长提及了规则，也就意味着这里也是副本涉及的场所之一，现在能在这儿住下也算是误打误撞了。

"好好好，能住下就好。"王广开心地点头，他也不想每天在小女孩的房子和小镇之间来回了。玩家太多，不可控因素也多，能在镇上寻得一个安全的地方，万一再有同样的情况，他们直接往这里奔就好了。

"既然安排大家住下了，我就继续去忙了，房子需要遵守的规则就贴在大堂的柱子上，大家一定要看看啊。"镇长说完笑眯眯地转头，准备上楼离开。

然而他在转身的一瞬，视线忽地捕捉到了角落里的殷修。

那个人与其他神色警惕的玩家不同，他完全没有理会自己的出现，而是一动不动地立在角落里望着墙上的画，像是一座冰冷美丽的雕塑。

那张苍白的面颊被窗外透过来的朦胧光线勾勒着，整个人仿佛都氤氲在光晕之中，静谧而美好，却又毫无生气。他站在那儿就像是一幅画，阴郁危险，却极为吸引人。

镇长的眼中闪过一丝躁动，接着就看到殷修转头与自己对视了一眼，眼中虽波澜不惊没什么情绪，但确实对自己的视线做出了防御的反应。

镇长连忙致歉地笑了笑，匆匆地转身上楼，嘴里嘟囔着："原来是活的啊。"

殷修凝视着镇长离开的身影，若有所思。

"大佬大佬，我叫钟暮，你叫什么啊？"新人在安定下来之后，连忙跟殷修搭讪。

殷修淡淡地回应："殷修。"

"哦，我看你好像是一个人啊。"钟暮意味深长地搓搓手，"你的室友呢？是已经死了吗？"

"没。"殷修懒懒应道,"把他留在小女孩身边了。"

钟暮一愣:"你把他跟那个小女孩留在房间里了?"

"嗯。"

钟暮头皮发麻:"那你室友一定吓坏了,真惨。"

殷修不解。

被这么一提醒,殷修倒是忽地想起来今天的真正目的,便转头看向拿着妈妈包裹的王广:"得回去把包裹交给小女孩,看看下一步行动才行。"

在场的玩家这才想起,他们还得回去看小女孩。

"确实得回去一趟……"张思纠结地看着其他人,现在所有玩家都不想离开这个安全区域,也没人愿意回去。

王广一看大家都不情不愿,觉得是时候体现自己领头人的作用了,于是立即站了出来。

"我觉得大家不用都回去,可以先找人把包裹送回去,看看下一阶段要做什么,再回来通知其他人,不然这么浩浩荡荡地回去很危险。"王广也不想再带着这些拖后腿的人一起行动了,于是如此建议。

大部分新人都不想再出去了,便纷纷放弃回去的选择。

拿着包裹的王广肯定是要回去的,张思作为领头人之一,得留下来照顾其他新玩家,否则没个老玩家在身边他们心慌。

除此之外,殷修要回去,钟暮就跟着回去,其余就没有人再有回去的想法了。

于是最后,是王广、殷修、钟暮三个人一块回去。

"怎么是你们两个不怕死的?"王广不太喜欢这两个人,不想跟他们一起回去,但一个人回去没个人照应,又确实有点危险。

钟暮哼了一声,他对王广没什么好感,殷修一如既往不想参与纷争,对王广的话都不搭理,这份冷漠看在王广眼里便是傲慢,让他很不爽。

三人开门离开了镇长的房子,一出去,房子里的玩家就立即关上房门,生怕再有丁点差池。

雾已经消散，女人的身影也不在了。

小镇广场上寂静无声，没有任何惨烈的痕迹，昏黄的光笼罩着整个小镇，和谐宁静，就好像刚才的喧闹根本不存在，那一群少了的玩家一开始就没出现在副本一样。

"真邪门。"王广哆哆嗦嗦，心里有些发毛。

三个人顺着来时的路回到小女孩所在的平房区。

在触发"接收妈妈的包裹"任务之后，所有玩家房间里的小女孩就变成了一个，她正待在殷修的房间里。

一听到远处传来脚步声，小女孩就连忙掀开窗帘趴在窗户上，兴奋地指道："回来了！是哥哥回来了！"

小女孩明朗欢快的声音响起时，王广差点没认出她来，这娇甜清脆的声音，可跟自己屋里那个凶恶至极的小女孩不一样啊！

接着殷修打开房门，看着屋子里甜美可人的小女孩，王广跟钟暮都怔住，连忙转头看向其他的房间，生怕自己漏看了真正的小女孩。

小女孩开心地扑到了殷修怀里撒娇："哥哥你可算回来了！我好担心你啊！"

"殷修……这是你的室友？"钟暮怎么都不敢想象，这个可爱的妹妹是那个凶残的小女孩。

"不是，我的室友在里面。"殷修冷淡地指向屋内。

钟暮立即探头往屋子里看去，就见到那个穿着黑色西装、浑身散发出诡谲气息的男人正微笑着转过头来看向自己，生硬的转头动作让钟暮打了个寒战。

这位比小女孩更像是副本诡怪啊！

"哥哥，妈妈的包裹呢？"小女孩蹭了蹭殷修，提醒道。

一旁发呆的王广连忙把手里脏脏的袋子递了过去："这儿呢这儿呢。"

"怎么这么脏！"小女孩看到袋子一愣，声音瞬间变得尖锐了起来，瞳孔紧缩，"是不是你弄脏了妈妈给我的包裹！！"

"不……不……不是啊！"王广吓得一哆嗦，这熟悉的阴晴不定的性格,果然就是那个小女孩啊,在他屋子里天天都是喜怒无常的样子,这怕是又要异变了。

"你敢说谎我就吃了你!"小女孩怒喝道,还没凶完,就被殷修拍了拍脑袋。

"找到的时候就是这么脏的,先看看里面吧。"

"哦。"小女孩瞬间变乖,听话地拆开袋子,从里面取出一张纸条。

她还没来得及看纸条上写了什么,纸条就被旁边的殷修抢了过去。

王广一愣,忽地反应过来,里面的纸条可能是第二张纸条规则,要是刚刚被小女孩看到,就是触犯规则,还好殷修反应快。

"哥哥,你干吗啊,我都还没看呢!"小女孩瘪起了嘴,妈妈留给自己的东西好不容易到了手里,都还没瞧上一眼,就被抢走了。

这可说什么都要生气吧?

王广的眼神变得幸灾乐祸,等着看小女孩异变。

023.

殷修平静地伸手摸了摸小女孩的头,低声道:"我先看,看完给你总结。"

小女孩不情不愿地皱着她的小脸,十分犹豫。

王广在旁边攥紧了拳头,心里默默给小女孩加油,祈祷她快点生气!

但小女孩只是在纠结之后,幽怨地晃了一下身体,勉勉强强地应下:"好吧……那就听哥哥的。"

她那幽怨扭捏的动作,甚至还有点撒娇的味道。

这过分乖巧的样子让旁边两个人看傻了眼,钟暮跟王广都不敢相信,这是在他们房间里动不动就发怒,动不动就会威胁到他们性命的诡异怪物。

殷修无视了两人的惊异,展开手里的纸条。

妈妈的第二张纸条规则：

宝贝，当你拿到这张纸条的时候，妈妈或许没能及时回来，从现在起，你需要自己前往镇上的外婆家。

为了让你能够平安到达外婆家，妈妈给你留了一张新规则，你不用参考原来那张规则了。

规则一：去外婆家的途中不要进任何怪物的房子。
规则二：清理外婆的家，找到外婆的日记。
规则三：去往地下室拿到你常吃的蓝色药丸。
规则四：必须在夜晚时离开小镇。

在书写规则的黑色字下方，还有一段清秀娟丽的字迹，看上去与规则不是同一个人写的。

雅雅，妈妈的乖女儿，妈妈或许不能帮你什么，也无法再陪伴你，但妈妈希望你能活着离开小镇，就算独自生活也能快乐长大。

你一定要记得，你常吃的药是你最爱的颜色，一定要记住。

爱你的妈妈

第二张规则比第一张还要简单，只有四条，每条的目标都写得明确直白，比起规避什么危险，更像是引导小女孩去做什么。

至于最后一段……

殷修反复对照了纸条的前提叙述跟最后的叮嘱，觉得似乎是两个不同的妈妈写的。

他研究着纸条，钟暮也凑过去看，王广与两个人不太熟，且有点隔阂，就没有靠过去，但嘴上催促道："看完了没有啊？看完了赶紧给我看看啊！"

他刚一开口，两道目光就齐刷刷地落在了他身上，带着些许威胁的狠戾。一道是小女孩的，一道是屋子里的黎默的。

这两道目光看得王广背脊一凉，连忙闭上了嘴。

"看完了。"殷修将最后一段叮嘱折了一下，沿着折痕完整地撕下来，递给了小女孩，"给你，你妈妈留给你的。"

他这一举动惊得王广连忙大喊："你在干吗！作死吗？不能给她看啊！"

他说着伸手就要抢，却被钟暮推到了一边："走开，大佬操作还要你来提醒是吧！"

"你！"王广气得双眼通红，刚要起身骂人，就感受到背后针扎一般的目光刺了过来，他立即噤了声。

"哼！"钟暮报了刚刚的仇，简直舒坦极了。

"放心吧，那不是规则，的确是她妈妈留给她的信。"殷修语气平淡地解释着，一手将妈妈的叮嘱给了小女孩，一手将规则递给王广，"这才是规则，自己看吧。"

王广悻悻地接过纸条，他被身边两位莫名散发着危险气息的人盯着，就算心里不爽也不敢多言。

"真的是妈妈的字！"小女孩接过纸条，开心地举起来转了一圈，然后认认真真地捏着纸条看。

殷修盯着小女孩沉思。

规则跟末尾的叮嘱明显是两个人写的，现在从小女孩嘴里确认，叮嘱才是她的妈妈写的，那么前面的规则明显不是。

小女孩认得她妈妈的字。

副本生存规则第一条就是不要让小女孩看到副本内的规则，包括妈妈的纸条。

如果小女孩第一眼就看到了纸条，然后认出那不是她妈妈的字，兴许接下去事情的走向会发生翻天覆地的变化。

只有玩家才能发现规则不是小女孩的妈妈留的，只有玩家才能辅助小女孩完成纸条内容，那也就意味着，副本内小女孩的结局会掌握在玩家手里。

殷修回忆副本的通关规则。

第二条是让小女孩完成妈妈纸条上的所有规则，也就是起码得完成明面上的东西。

但第一条是，把怪物的尸体留在小镇祭坛上。

有怪物的尸体说明怪物死亡，如果这个怪物是指小女孩的话……

殷修垂眸凝视着认真查看妈妈叮嘱的小女孩，妈妈的纸条里写着让她夜晚离开小镇，而通关规则里并没有提到必须让她活着离开，也就是说，她的死亡对通关并不影响，即便是尸体离开了，也算离开。

唯一提到"希望她活着"的是妈妈的叮嘱，但那不在规则内，不是必须去做的事。

"看来第二次规则还是挺简单的嘛。"与殷修长远的担忧不同，王广看完规则后常舒一口气，"果然还是新手副本啊，没有我想象中的难。"

他放松警惕的样子让钟暮不爽起来："我一个第一次进副本的人都知道，第二阶段肯定会比第一阶段难，之前的诡怪都那么凶残了，之后怎么可能会简单啊！"

"我就经历过第二阶段比第一阶段简单的副本！你一个新人还来教训我了？见识短浅就别说话！"王广骂骂咧咧地凶了他一顿。

钟暮很讨厌王广每次说不过就提副本经验的事，但自己的确没有什么副本经验，王广说的他都无法反驳，只能不爽地盯着他。

"看完了吗？"殷修向来不参与他们的纷争，只是蹲下身询问着小女孩。

"看完啦，但是……看不太懂妈妈的意思，妈妈没有说她什么时候回来啊？"小女孩展开纸条苦恼着。

"等你长大就看得懂了。"殷修伸手拿过她手里的纸条，在她面前将纸条叠成了小飞机，放进她兔子玩偶的口袋里。

"那我什么时候长大啊？"小女孩开心地询问着，对殷修毫无防备，被拿走纸条也不哭不闹的。

"每天都能长大一点，等明天你就又长大了。"

殷修哄完小女孩，起身看了一眼身边的几个人，伸手朝屋子里的黎默招招手,"过来。"

被点名的黎默终于从屋子里出来了。

他先前跟几个人保持了一点距离,只是散发出一点诡异气息,并没有让人不适。

直到殷修把他从屋子里叫出来,站到了王广跟钟暮的身边时,两个人才发觉不妥。

这个人,走路的声音很固定,动作很僵硬,身边的空气都凉幽幽的,散发着诡谲的寒意。更重要的是他的脸,眼神晦暗,毫无笑意,嘴角却始终勾着弧度,这种皮笑肉不笑的感觉有点恐怖,蛮让人不适的。

他一站到两人身边,就显得王广跟钟暮有些矮小,不仅是视觉上的身高差异,还有点气质上的。

对方一过来就挤在殷修身边,让钟暮不得不往旁边靠,他笑眯眯地盯着殷修:"需要我做什么?"

"把外套脱给我。"

"只是这样?"

"嗯。"

即便是这么诡异的人,殷修开口,他就会照办,这种离谱的听话跟小女孩异曲同工。

钟暮表情复杂地看着殷修两侧,一边站着天真无邪但会杀人的红裙小女孩,一边站着惊悚诡异的黑衣神秘室友。

关键是这两位还在殷修没有注意到的时候互相警惕着对方。

嗯……怎么说呢,三个人站在一起,危险又和谐。

024.

黎默把西装外套脱下来递给殷修。

殷修接过外套，转而盖在了小女孩身上。

这一瞬间，钟暮清晰地看到，小女孩跟黎默的表情同时变得很微妙。

"我才不要盖他的衣服呢……"小女孩嘟囔着，很是嫌弃地把身上盖着的外套扯了下来。

"不可以扯下来，你妈妈交代过，不能让镇上的人发现你，去外婆家的路上可是很危险的。"殷修温声叮嘱着，把外套又盖了回去。

"一定要盖吗？"小女孩不情不愿地问着。

"一定。"

殷修给予肯定的回答之后，小女孩就妥协了。

王广神情复杂，这个小女孩真的挺听殷修的话，换作是别人过这个副本，恐怕就没那么轻松了。看来钟暮说得对，殷修的确比他更适合当领头人，可是要真让一个新人来做领头人，他在旁边跟着过副本，回到小镇肯定会被人笑话的，那必然不行。

"走吧，该去镇上了，趁天还没黑。"殷修牵起小女孩的手，抬头看了一眼天色，他们得尽快回去了。

"要哥哥抱。"小女孩扯了扯头上盖着的西装外套，怎么想怎么不爽，故意撒娇地拉着殷修的手晃了晃。

"行。"殷修不做多想，伸手将小女孩抱了起来，完全无视身后黎默散发出的阴冷气息。

"走走走。"钟暮汗如雨下，生怕这个奇奇怪怪的室友生气，连忙催促着殷修离开。

殷修抱着裹着黑色外套的小女孩走在前面，旁边跟着黎默，后面跟着钟暮，只有王广一个人神色复杂地走在最后面。

几个人顺利地回到了小镇入口。

先前来的时候，两侧只感觉到有视线投来，很安静，但这一次却大不相同。

从小女孩进入小镇开始，小镇的氛围就忽地变得阴冷了起来，连下午的阳光都瞬间暗沉。道路两侧嘎吱嘎吱传来许多开门的声音，一道道目光、一个个身影像是受到牵引，不约而同地从房子里出来。

"这……这是怎么了？"钟暮慌张地四下望去，警惕地盯着两侧的小镇居民，心里没由来得发凉。

先前很多不愿意开门的小镇居民现在很是热情地打开了房门，他们微笑着，朝着殷修等人招手，一道道阴恻恻的声音接二连三地响了起来。

"年轻人，白天外面很危险，赶紧来我屋子里坐坐吧。"

"累了吧？在外面逛很累啊，快来我屋子里休息一下。"

"镇上很久没有外来客了，要不要来我房子里坐一下啊？我给你们准备些好吃的，快来。"

他们纷纷保持着热情洋溢的笑容，站在门口朝殷修一行人招手，浸在阴影里的部分是正常人的面孔，笑眯眯的，格外温和，但有些人的一小部分脸庞暴露在阳光之下，就赫然显露出不同于正常人的样貌。

阳光下的皮肤上长着密集的黑毛，瞳孔收缩，像野兽一般可怖，即便如此，他们就像没有察觉到一般，依旧带着笑意朝殷修他们招手："来我屋子里啊，来啊。"

此起彼伏的呼唤回响在小镇的街道中，犹如潮水从两侧滚来，人们的视线带着寒意黏在他们身上，不断地朝他们挥手，缓缓地靠近。

钟暮哆嗦了一下，被这诡异的场面吓得不敢再走了，瞬间挤到了殷修身边，声音发颤："这镇上的居民都不是人吧！"

"嗯。"殷修应了声，无视那些人，继续往前走。

毕竟在副本开始时的前景提要里就说了，小女孩跟妈妈搬到了外婆居住的怪物小镇，就算这里的人全部突然异变成怪物，他都不觉得奇怪。

"来啊，快到我的房间里来，你们为什么不来？"

"过来，快点过来啊！"

"我会给你好吃的，好喝的，绝对不会对你做危险的事。"

"是啊，我会好好招待你的，快来吧。"

"哈哈哈……如果你们不来的话，我可就过去了……"

随着他们漠然前行，两侧的声音变得越发癫狂，那些人像是按捺不住一般，都往门外迈了两步，整个人暴露在阳光之下，模样也没了人形，一个个都变成了浑身长着黑色毛发的怪物，伸出尖锐的爪子朝他们挥舞着，引诱着。

眼前的人一个个从诡异的小镇居民变成了怪物，伴随着不断呼唤着他们的声音，怪物们已经从房屋门前爬到了道路上，铺天盖地挡住了殷修等人的去路。

"来……来跟我走吧。"

"去我家里，到我家里去。"

"把她给我，把她给我，把她给我……"

密集而低沉的声音在寂静的道路上荡开，不断重叠的声响有点扰人心智，让人有一瞬的恍惚。

殷修停住脚步，护着小女孩没有再继续前进，他的目光变得冰冷，盯着那些挡住去路的怪物，若有所思。

镇上居民那么多，杀一两个应该不会影响到规则吧？

他不动声色地把小女孩换到左手抱着，右手覆上了刀柄。

"哥哥……我害怕……"怀里的小女孩声音颤抖，殷修将手中的刀柄握得更加紧。

"不用怕，哥哥会保护你。"

"给我……把她给我……"

"来我家……来死在我家……"

"好可怜，你们就快要死了。"

"哈哈哈……外来者，触犯规则的外来者，你们迟早会死的……"

那些小镇居民的声音有时哭号有时癫狂，脸也逐渐变得扭曲，一点点向他们靠近，包围圈越来越小，他们几乎无路可逃。

"怎么办？我们被拦住了啊？"钟暮哆嗦着贴在殷修身后，有些惶恐，毕竟规则里写了，途中不要去往任何怪物的房子，可他们现在被拦住了，不去也走不掉啊。

"杀出去？"王广的声音抖了抖，有些恐慌。

实在不行，他找个机会抢走小女孩直接跑吧……他好歹也通关过两个副本，身上有自保的道具，把这几个碍事的丢在这儿死了也没关系，反正小女孩在，就不会影响副本进度，一会儿带着小女孩直接跑吧！

这么想着，他立即就把目光锁定在了殷修的身上。

"谁杀？你来杀啊，说得那么轻巧。"钟暮白了他一眼，就算有人能干掉怪物，也没办法应对这么多啊，这可是整个小镇的居民啊。

画面里的玩家恐慌不已，屏幕外观看直播的小镇玩家却格外兴奋，满是期待。

"终于要到殷修出手的时候了吗？我等很久了！"

"好期待啊，我只见过一次他跟诡怪缠斗的样子，帅极了啊兄弟们！"

"你们这么说，我也好期待啊，这种情况换作别人肯定要被团灭了，但殷修在我就很安心。"

"我对殷修是很放心啦，但他旁边那个叫王广的让人不太放心。"

"你们也看到了哦，他刚刚好像在口袋里摸什么东西。"

"希望他老实点，别拖了殷修的后腿啊！"

怪物们不断前进着，号叫着，密集的黑色身影宛如潮水，涌动着从四面八方向他们靠近。

"哥哥……"怀里的小女孩慌张地抱住了殷修的脖颈，有些害怕。

只是她没害怕几秒，就被黎默摁着头推了下去。

"别怕。"殷修没有注意到黎默的小动作，轻声安抚了一句，看着不断靠近的怪物群，紧紧地捏住了刀柄。

一旁的王广哆嗦着，余光瞥向殷修怀里的小女孩：要不还是抢了小女孩跑吧？反正他们也会死在怪物群里。

局势紧迫，战斗一触即发。

在最前面的怪物扑上来的一瞬间，原地站定的殷修后退了半步，目光微沉，拔出了腰间的刀。

025.

寒光一闪，怪物的身体被一分为二。

黑色的躯体瞬间掉落到了地上，也几乎是同时，殷修的左手被人一扯，小女孩忽地从他怀里一歪。

"哥哥救——"小女孩慌张地尖叫着。

殷修下意识地想要护住左手的小女孩，但她消失得极快，甚至连求救都没喊完就不见了踪影，同时消失的还有殷修身后的王广。

"殷修！注意前面啊！"钟暮尖叫着提醒了一声。

殷修一回头，黑色的怪物已经扑到了他跟前，张开血盆大口，锋利的牙已经对准了他的头颅。

然而下一秒，长刀回旋，刀锋狠狠地刺透了怪物的嘴，怪物的身体被殷修一脚踢了回去。

然而迅速处理掉两个怪物后殷修才发现，后面的怪物更为凶恶，正红着眼盯着他。

殷修微沉一口气，眼神冰冷至极，他望着那些怪物，捏着的刀柄微微作响。

钟暮都能察觉到他现在很生气，吓得后退了两步，惶恐地跌坐在地上，眼睁睁看着殷修持着长刀，冲入黑色的怪物群。

怪物没主动攻上来，他就自己上去了，这对于连吵架都不参与、喜欢以静制动的殷修而言很奇怪，能想到的原因就只有他生气了，他可能以为小女孩是怪物抢走的。

怪物群里血液四溅，观看直播的玩家们甚至看不见殷修的身影，却能捕捉到那把长刀，长刀所到之处便会响起怪物的嘶吼声，凄厉至极。

这场面与其说是怪物们袭击他，不如说是他在屠杀怪物们。

"幼年诡怪请在成年诡怪的陪同下观看。"

"……这战力，怪不得通关了所有副本。"

"这场面有点惊悚啊兄弟们，不知道为啥，我看得有点害怕。"

"嗯……杀红眼了，我肯定这不是正确的副本通关方法，但……现在拦不住他了吧？"

"虽然都是怪物，但要是他把小镇居民杀光了会不会影响副本啊？"

"可能会……"

"都怪那个王广啊！我刚刚看到他用道具抢走了小女孩！"

"他是想丢下这几个人跑路吧。"

"话说谁去拦一下啊，我真害怕他把小镇居民都杀光了影响副本。"

"拦不住吧，话说这里本来应该怎么过啊？"

"看规则，带小女孩去镇上触发这个危机无可避免，但肯定会有解法，只要按照规则上说的那样，不进居民家就好了。"

"你说的解法是不是那个？"

在与殷修一通厮杀之后，怪物们纷纷后退，有点想跑的意思，然而殷修不会让它们离开。

场面一度陷入了僵局，正在此时，怪物群外忽地响起一道熟悉的声音："大白天的！谁让你们从房子里出来的！都不想活了是吧！"

那道声音一响起，怪物们就像是完成了任务，谁也不想多待，瞬间四散开去，逃回了自己的房子里，哐当一声关紧了房门。几乎是一眨眼工夫，人群密集的街道就空了，仅留下一个人影站在道路中间。

来的人是镇长。

他的目光扫视了一圈四周，便集中到了道路中间的人影身上。

殷修持着长刀站在怪物的尸首之间，白色的衣衫上血迹遍布，泛着猩红，一滴滴血顺着刀锋滑落，犹如他此刻的气息，散发着危险和锋锐。

"有什么事吗？"殷修盯着镇长，眼神晦暗至极，语气冰冷得不像活人。

突然被质问，镇长有些尴尬地搓搓手："听到这边很吵，来看看你们……你们没……"他用余光瞥向殷修四周，那声关怀的询问也问不出口，就只能慢慢地靠近殷修，试图缓和现场的气氛，"看到你们没事就好啊。"

这个看上去很有魄力的中年男人笑眯眯地摊手，一脸温和："别紧张，我作为镇长，为没有管理好镇上的人向你道歉，你先把刀收起来怎么样？"

说着往前一步，然而滴着血液的刀尖唰地点到了他的喉咙处。

殷修目光冰冷："雅雅呢？"

镇长一脸无辜："雅雅是谁？我不认识啊？"

殷修目光一沉，镇长连忙解释："我真的不认识啊！"

后面的钟暮也迅速走过来："殷修，那个小女孩不是怪物们抢走的，是王广！"

殷修目光微斜，看向了身后，王广的确不知何时不见了，不过同样不见的，还有黎默。

"原来是他。"殷修闷闷地沉吟了一句，伸手卷起自己的衣服下摆，擦拭着刀身上的血迹，然后把刀收了起来。

他的杀意是收起来了，但周身依旧萦绕着冷意，像是刚从死人堆里爬出来一般，毫无生气，钟暮待在他身边都没由来得哆嗦。

镇长依旧笑眯眯的，他无视钟暮，定定地站在殷修跟前，饶有兴致地在他身上上下打量了一番后，亲切地向殷修伸出了手："希望你别太在意他们，害怕的话，我来带你回去吧。"

殷修没有理会，越过他径直往前走去，完全不搭理镇长。

镇长尴尬地笑了笑，转身跟在殷修身后："你要去哪儿？回房子那边吗？小镇上还很危险，我跟你一起回去吧？"

他一边在殷修身边转悠着，一边把目光黏在殷修身上。

如果说平常穿着白衫的殷修，安静时像美丽的雕像，那么现在浑身沾满血迹的殷修，则透着一股惊悚的美。

白色衣衫上有猩红点缀，神情冰冷漠然，跟小镇上那些丑陋的怪物相比，他简直是高洁的艺术品。

"真的，我带你回去吧？"镇长无比雀跃的声调几乎压不住，他一把把手搭在了殷修的肩头，语气似威胁又似劝导。

然而在他触碰到殷修身体的瞬间，一股无形的寒意爬上镇长的背脊，有巨大的压迫感在一瞬间袭来，无声地向他施加着恐吓。

他慌张地一抬头，看到殷修前方站着一个人，那是个面带微笑的男人，他一动不动地立在那里，牵着一个头顶着黑色西装外套的小女孩。

"我回来了。"黎默微笑着轻声打了个招呼，他舔了舔指尖残留的血迹，仿佛在宣告自己刚刚离开都做了什么。

这人面上看着平静，然而一股阴森恐怖、难以掩盖的寒意却幽幽地从他身上散发出来，充斥着威胁恐吓的意味，惊得四周房屋里的居民纷纷缩了起来。

镇长脸上的笑僵住，背脊附上阵阵凉意。

……不是说好只有玩家的吗？

现在面前这个恐吓他的男人是谁啊？

这根本就不是这个副本里该有的人吧？

第四章
奇怪的镇长

026.

"欢迎你们来到小镇。"镇长脸上冒出虚汗,一边尴尬地笑一边缩回自己搭在殷修肩头的手。

黎默牵着小女孩走了过来,把小女孩交给殷修之后,自己转而伸手一把握住镇长刚才搭在殷修身上的那只手,友好地微笑道:"初次见面,幸会。"

"幸会。"镇长弯起笑容,嘴上敷衍了一句,试图抽回自己的手,但整只手像是被禁锢在黎默的掌心里,怎么都抽不回来。

他脸上的笑容瞬间僵住,抬眸盯着眼前正在微笑,却暗暗透露着恐怖气息的男人,心里有些慌。

"哥哥!"小女孩跌跌撞撞地扑到殷修怀里,哭着说,"我们赶紧走吧,我讨厌这里!"

"嗯。"殷修点头,眼神温和了几分,抱起小女孩就走。

"你们……"钟暮不知所措地看着还在原地握手的镇长跟黎默,选择跟上了殷修。

他们一走，镇长身上的冷汗就更多了。

屏幕外的玩家盯着道路中间的两个人，看着他们一动不动，黎默微笑地盯着镇长，镇长保持着僵硬的笑，两个人面对面笑着，画面有些诡异。

"虽然知道镇长可能不是一般人，但面对面站在一起的时候，总感觉殷修的室友更恐怖一点啊。"

"那还用说，他可以生吃诡怪。"

"看到过，之前夜里……话说原来那个人叫殷修啊？"

"哟，这是有其他小镇的玩家来这边发弹幕了啊。"

"来打听打听那个大佬的消息。他叫殷修？通关过几次啊？十次？二十次？看上去真的好牛啊。"

"哈哈，格局太小了兄弟，他是全通关大佬。"

"别当我是其他小镇的人就敷衍我，不愿说就算了！"

"人家真是全通关。"

"瞎扯，全通关的人早就走了好吧，谁还会回副本啊，你们小镇真是，要编也编点靠谱的啊。"

"不信就算了，有本事你们别把殷修的操作当游戏攻略用啊！"

弹幕里正争执着，忽地有人打断："哎哟别吵了！你们看画面啊！"

直播画面里，黎默还抓着镇长的手不打算放开，镇长在沉默片刻之后，无奈地叹息一声。

"好了，是我不该碰你盯上的猎物，送上一只手当作赔礼可以了吧？"镇长一边摇头，一边抬起另一只手，手上的指甲瞬间变得锋利无力，果断地切下了自己被抓住的那只手。

鲜血喷涌而出，他却面无表情："拿走吧。"

黎默面上始终保持着微笑，他抓着那只被切下来的手用力一扯，就转身离开去找殷修了，没有多看镇长一眼。

这种游刃有余的傲慢让镇长脸色铁青。

对方特意断了他碰过殷修的这只手作为警告，但他偏偏不听，在这个副本里他才是领主，所有东西都得是他的，更何况那个殷修，可真是难得一见的、非常符合他口味的艺术品啊。

黎默走后，镇长脸上才露出些许疼痛的反应，瞪着黎默的背影咬牙切齿，"凭什么你先盯上就是你的，我副本里的猎物，还能让给其他诡怪不成？我非得拿到不可。"

他沉着脸抱着手臂转身离开了。

没一会儿，黎默就跟上了殷修的脚步，他轻飘飘地从后面挤开了钟暮，到了殷修的身侧。

他跟上来之后，就在抿唇咀嚼着什么。殷修用余光瞥了他一眼，很清楚他应该是偷偷去搞东西吃了，而且多半是副本诡怪，他问都懒得问。

后面的钟暮脸色青白，他看到黎默嘴角挂着一抹殷红的液体。

"那个玩家怎么样了？"

"解决掉了。"看来是已经死亡出局了。

殷修回道："行。"

两人的对话让钟暮瞬间抬手捂住了耳朵：听不见听不见！

"你想先去外婆的家，还是先休息一下？"殷修侧头询问怀里的小女孩。

"休息一下吧？"小女孩疲惫地靠在殷修的肩头，"哥哥一定要跟我一起去外婆家。"

"嗯。"殷修点头，忽然想起什么，看向了黎默，"那个玩家身上的规则纸条呢？你也一起解决了？"

黎默沉默了几秒之后，低头从身上找出一张沾满血迹的纸条，微笑道："在这里，就是有点脏。"

殷修看着那张黏糊糊的纸条，不太想接，就指了指后面的钟暮："给他吧。"

"啊？"突然被点名的钟暮还有些迷糊，他不想听前面两位的诡异交谈，就直接堵着耳朵走路了，结果一抬头就被黎默塞了张纸条。

他颤抖地看着手心里躺着的血纸条，不想碰，但不得不碰，这可是很重要的东西啊。

四人回到镇长的房门前敲了敲，没一会儿，门就从里面打开了，一个玩家从门缝里往外望，一眼就看到了浑身是血、抱着小女孩的殷修，吓得打了一个哆嗦，嘭地一下关上房门，尖叫着："外面有个怪物啊！！"

"什么怪物啊！"钟暮奔到窗前，砸了砸窗户，"看清楚点！是我们！"

张思凑过来看了看，认出他是跟王广闹不愉快的钟暮，便打开了门。

"我广兄呢？"张思一开门就寻找着王广的身影。

殷修没搭理他，冷漠地进屋，黎默跟着进屋，倒是钟暮停下，塞给了他一张血淋淋的纸条："出局了，这是他遗物。"

张思瞬间怔住，呆呆地盯着手里的纸条，缓了好几秒都接受不能。这副本唯一的大佬出局了，接下来可怎么过啊！

"等等！"他忽然想到什么，瞬间回头死盯着殷修等人，"为什么就他一个人出局了，你们全都好好地回来了？"

他质疑的目光在几个人之间游走，随即幽幽地说出了他的怀疑："你们在危急关头把他卖了？"

不然他想不通，王广一个大佬，出去一趟怎么可能就他死了，这几个都好好地活下来了，不合理！

一听到他们的领头人被卖了，屋子里的玩家目光瞬间变得犀利了起来。

027.

副本里的玩家只是因为利益聚在一起，到了关键时候，出卖队友自保的情况也会有，只是这种做法很容易受到其他玩家的孤立，毕竟谁也不想自己成为下一个被出卖的。

但假如被出卖的是一个团队的领头人，这问题就大了，出卖者会成为整个团队的眼中钉。

还在大厅休息的玩家几乎立即与他们产生了敌对的意识，虽然大家没有明说，但眼神却是这么认定的。

"我们可没卖掉他。"钟暮双手环胸，不甘示弱地瞪了过去，"我们哪敢卖掉一个自带道具的大佬呢，是他把我们丢下，一个人跑掉了，结果自己没活下来，真的活该。倒是我们，在怪物群里活下来了。"

张思满脸写着不信："广兄不会轻易丢下队友，而且按照你们的话，他一个人逃跑，就更不可能死了，肯定是你们把他丢下了。"

"你以为只要卖掉一个，其他人就能活下来吗？这副本的怪物未免太好说话了，反正我是看着他逃跑的，至于他是怎么死的……我哪知道。"钟暮挪开了眼。

张思依然不信，句句紧逼："那么在怪物群里的你们又是怎么活下来的？我们不信你们被袭击了，还能没一个人受伤，安然无恙地回来。"

钟暮抬手指向了殷修："你看他满身是血，叫安然无恙？要不是他挡住了怪物群，我现在都不会站在这儿跟你说话好吧。"

众人的目光落到了浑身是血的殷修身上，一时间说不出话来。看上去他们的确遭遇了袭击，但这个结果怎么都不能让人信服。

一个看上去毫无生气也毫无力量感的人，怎么能挡住怪物群？

张思皱眉，还是坚持咬定是他们出卖了王广，他一副信誓旦旦的样子，看得屏幕外的玩家很是着急。

"到底什么时候才能让这个人看到我们的弹幕啊！我急了！"

"进入副本的主区域，玩家就不能看到弹幕了，是副本怕场外玩家给提示吧，但我也看得好着急啊，他能不能认清谁是大佬啊！"

"他们要真的把王广当成大佬，然后孤立了殷修，我是要笑得睡不着的。"

"看这发展还真有可能。"

"我现在就希望这个张思好好活着，最好是活着出副本，然后让他那个小镇的玩家给他两巴掌，让他认清谁才是大佬。"

房内大厅里气氛紧张，殷修懒得再跟他们纠缠下去，索性眼一抬，扫向四周："人是我卖掉的，你们又能怎么样？"

"你！果然是你！我就觉得不对劲，你浑身是血，他们几个都没有，一看就是你遭遇了危险，王广为了救你，被你卖掉死了。"张思瞪着殷修，语气咄咄逼人。

"所以，你又能怎样？"殷修盯着他，"来杀我？"

张思一哽，在殷修说出这句话的瞬间，殷修怀里的小女孩以及旁边穿黑衣的室友都唰地一下看向了他，那目光阴森森的，像是要吃人。

先不论他室友怎么样，这小女孩可是真的会吃人。

"你……你把这个小女孩给我们，以后我们去做任务的时候你别跟着我们。"张思不敢动殷修，只能退一步，试图用别的方法将他隔离出人群。

"那你们得问问她愿不愿意跟着你们了。"殷修抬手，捏了捏怀里小女孩的脸颊："你要不要跟着他们？"

"不要！"小女孩果断地摇头，然后歪头靠在殷修的胸口，声音极甜，"我要跟着哥哥。"

她这反应让周围的玩家看傻了，这个乖巧的小女孩是谁啊！可不是那个做饭不好吃就立马翻脸的小怪物啊。

而且她为什么这么听殷修的……

玩家们彼此对视，似乎在思考什么，他们记得在副本前三天里，弹幕里提到的那位提供攻略的大佬就是一个能驯服小怪物的男人，从现在的结果来看，会不会那个人就是……

他们还没确认，张思就猛地出声打断了他们的想法，对殷修厉声道："你这个人到底用了什么手段，害死了王广兄，还从他身边抢走了小女孩，明明王广兄才是大佬，你一个新人算什么东西！"

他的恶言恶语让黎默和小女孩的眼神瞬间阴沉了下来，大厅里弥漫出一股寒意，冰冷至极，让玩家们的每一次呼吸都仿佛针扎一般难受。

"好了，我要回去休息了，随便你们怎么想吧。"殷修淡淡地出声打断了他们，随即走到大厅柱子前扫了一眼柱子上的规则，便转身去往了二楼。

他一走，其他人也就跟着走了。

直到殷修的身影彻底消失在楼梯口之后，萦绕在大堂里的那股寒意才散去。

玩家们面面相觑，最后得出一个结论，即便不喜欢他，也还是尽量别招惹他，他似乎真的不简单。

殷修上了二楼，一边在走廊上转悠，一边回忆着刚才看到的这个房子的规则。

欢迎外来客入住本镇最大的旅馆，这里入住免费，吃喝免费，服务免费，请尽情享受本镇对你们的优待。

在入住期间，请遵守旅馆的以下规则：

一、必须双人入住房间，禁止以其他人数入住。

二、正常时间内，你有任何需要都可以呼叫本屋行走的服务员，但零点以后不要搭理他们，请无视他们直到天亮。

三、夜晚听到走廊上有奇怪声响时，绝对不能开门。

四、厕所在楼梯口处，可以的话，尽量有人陪同前去，单人也可以去，但千万不要理会任何声音。

五、不要长时间与房屋内画像人物对视，不要理会它们发出的声音。

六、不要去地下室。

殷修很在意第六条，很显然这里还有一个地下室，不让任何人去的地方，通常都藏着秘密。

几个人转悠了一圈，二楼的大多数房间都已经有人住下了，直到走到二楼尽头才找到了两间靠在一起，且都还没有人入住的房间，大概是因为这里是走廊的尽头，离楼梯口的厕所有点远，谁都不愿意住在这边。

"刚才在楼下看过规则，这里的房间必须两个人住。"殷修抱着怀里的小女孩，指向了其中一间，"我跟雅雅住一间。"

钟暮猛地一颤，瑟瑟发抖地看向旁边沉默的黎默，必须双人的话，是不是他得跟这位神秘的室友住？

"我不同意！我申请换一个人！"钟暮第一时间反对，黎默跟着点头。

"没得选。"殷修冷漠地丢下一句话，就抱着小女孩进了房间。

钟暮一脸惶恐地看向身侧安静不动，但浑身散发着幽怨的男人。

救命……

028.

旅店的房间不是很大，里面有两张单人床，有洗漱的空间，但没有厕所，装饰简朴，正好两个人居住。

墙壁上除了一幅画以外就只有一扇窗户，窗口不大，往外看去能看到小镇的广场及那个女人的雕像，视野倒是意外地好，能够俯瞰整个广场。

"哥哥，这幅画好奇怪哦。"进屋就活蹦乱跳、满屋子乱转的小女孩忽地抬手指向了墙壁上的装饰画。

画像上是一个闭着眼的美丽女人，长相明媚艳丽，一头金发，肌肤白皙，双手交叠在胸口，看着像是在闭眼祷告，画面栩栩如生。

殷修进来时就在楼下大厅的墙上看到过一幅类似的画，但上面不是女人，而是一个很清秀的少年，也是相同的闭眼的模样。

同样类型的画在走廊、楼梯口都有，画像里的人有男有女，年龄各异，共同点就是全闭着眼。

殷修想到规则里那一条——不要长时间与房屋内的画像人物对视，不要理会它们的声音。

首先，要怎么和闭着眼的画像人物对视？

更何况还有声音，一看规则就能百分百确认，整个屋子里的画像都不简单，但偏偏它们到处都是。

"哪里奇怪了？"殷修轻声询问着，想知道小女孩眼中的画像有何不同。

"为什么要画这个姐姐躺着睡觉的样子啊？"小女孩指了指画，又看了看殷修，一脸单纯。

殷修抬眸看着画像，里面的女人闭着眼的模样一派岁月静好，被画像永远地定格在这一瞬间。第一眼无论是谁看着，都会以为她是在站立祈祷，但小女孩口中的躺着睡觉的姿势，倒是让殷修的思路打开了一些。

仔细看的话，的确能发现头发是顺着脑袋往四周散落的，只是因为摆得很好，不那么容易看出来。

也许画上真的是一个躺着沉睡的女人，因为画面是正上方的视角，才显得她栩栩如生。

甚至越看画像越觉得怪异，画像之内的空间逐渐扭曲，像是要把人吸进去一般，他感到一阵眩晕。

"可能是她睡觉比较好看吧……"殷修连忙偏过头，不再去看画像，嘴上简单地敷衍了一句后，牵起小女孩的手，"一会儿天就黑了，我们先去楼下吃饭。"

"好。"小女孩笑眯眯地点头，临走前还回头朝画像上的女人挥挥手。

殷修余光一瞥，即便没有继续看着画像，画像中的扭曲感仍旧还在。

他连忙打开房门，想要出去透透气。

一抬头，一双碧蓝的眼眸赫然闯入了他的视线，门对面走廊的墙上挂着一幅画，画里是个与他年龄相仿，模样清秀的男人，此刻他正惊恐地趴在画框上盯着殷修。

目光相撞，原本微微有一点的空间扭曲感瞬间加重。

不能与画上人物长久对视……指的就是这个吗？出现得过于猝不及防了。

殷修迅速偏头，淡然地牵着小女孩出门，没有理会那个男人，转身就走。

但画像里的人却死死地盯着他，注视着他的一举一动，在殷修临走之前，他的声音幽幽地飘了出来："请小心，请小心，请小心他……"

那道低沉的碎碎念在走廊上飘荡，与视线交叠在一起，落在殷修的后背上，犹如针扎。

"你很危……危险……你……比他们都危险……"

"夜晚不要回应他,不要回应……不要回……回……"

"快离开这儿,快……快走……走……"

层层叠叠、含糊不清的声音一瞬间让殷修有些头昏脑涨,尖锐的杂音侵入他的脑海,在他耳侧不断地盘旋。走廊里的寒意透过他的皮肤缓缓侵入身体,殷修忽地感到身体十分沉重,动弹不得。

他感觉到胃里一阵翻涌,冷汗直流。

先前萦绕在周身的空间扭曲感在此刻变得更为严重,整条走廊在殷修眼中开始扭曲,他的身体好像一并被拖入了扭曲空间之中,变得无比沉重,半天也不能挪动一步。

"走走……走……"

"离……离开……"

"他……他……危险危险危……"

"哥哥!"小女孩一声清脆的叫喊让殷修回了神,她天真的脸上满是疑惑,"你怎么啦?"

殷修一怔,身上的寒意与沉重瞬间消失。他猛地回头看向了那幅画,画像很正常,画面里的男人闭着眼,安静美好,像是永远不会凋零的花,定格在这一刻。

"哥哥,怎么了嘛?"小女孩疑惑地拉了拉殷修的手,"不舒服吗?"

"没什么。"殷修回头,对画像里男人说的话感到困惑。

那种无法动弹的沉重感散去之后,视线感却依旧存在。

殷修牵着小女孩继续顺着走廊往外走,两侧画像上的人仿佛投来一道道密集的视线,但抬头看去,却都是闭着眼的人。

画像上有青春靓丽的年轻少女,有风韵犹存的妇女,有阳光朝气的少年,也有古板又不失书卷气的中年男人,统一特征就是人物好看,不难看出这些画的主人是个颜控。

"好多好看的哥哥姐姐哦……"小女孩望着那些画像小声嘀咕着,"可惜都死了。"

一楼除了进出休息的大厅，还有一个食堂，现在快到晚饭时间了，有不少玩家在楼下等着，顺便研究一下柱子上的规则。

他们看到殷修下来，都没什么好脸色，纷纷想要避让，但看到小女孩下来了，又想凑上去，毕竟小女孩可是通关的重要条件之一。

殷修带着小女孩坐在角落吃饭，一群玩家在周围走走停停，想靠近又不敢靠近，只能三三两两地聚在一起，一边盯着他们一边小声地议论。

"你说那个小女孩为什么只跟他那么好啊？我记得小女孩还挺凶残的。"

"估计是人家有什么特殊手段吧。"

"但他不也是个新人吗？怎么跟我们不一样？一点新人的感觉都没有，你说他会不会是那个大佬？"

"那个前三天提供攻略的大佬已经死了，肯定不是他。"

"我总感觉这个更像一点啊。"

"但咱们的领头人都确认那个是大佬了，还能弄错不成？张思可是有通关经验的，比我们会认人。"

"这倒也是，但我总感觉……"

"我敢打赌肯定不是他，那么招摇地带个小女孩，肯定活不过今晚。"

"你也不至于说得这么肯定吧？"

"你没注意到吗？墙上的那些画偶尔会睁眼，但是他们只看向一个人……就是那个男人啊。"

"根据我的感觉，他今晚必出事。"

029.

被提醒的那人连忙惊恐地转头看向墙上的画。

一张张闭眼的画，偶尔能在一眼扫过去的瞬间看到一张睁眼的，而画中人的视线方向，的确就是殷修的方向。

"好恐怖……还是离他远点吧……跟着他没好事。"

"听张思的准没错，别靠近他就对了！"

说完，玩家们收拾了自己的碗筷，走到一边去了。

殷修在无意识间又被玩家群体孤立了。

弹幕上满是为殷修不平的评论——

"殷修怎么在哪儿都不合群啊。"

"上面的少胡说，是殷修孤立了他们。"

"虽然能理解他们，但上帝视角看着好气啊，我就等着他们发现那个张思才是废物。"

"哈哈哈，同样在等，还是殷修脾气好，谁要这么针对我，我就上去哐哐两个大耳光。"

"我赌殷修记仇。"

"赌！"

晚饭过后，玩家们老老实实地遵守规则，纷纷回到屋子里，毕竟他们的通关条件就是护着小女孩完成任务，以及把尸体放在祭坛上，现在没事就别出去乱晃，容易触犯规则。

殷修把小女孩带回屋子后，就独自在外晃悠了一圈，顺便检查了一下房屋的构造。

他记得规则里提及有地下室，就找了一圈，最后在一楼大堂发现了一个暗门。暗门在楼梯的下方，不算太隐蔽，但不特意寻找的话的确难以发现，这大概就是所谓的地下室入口。

入口附近的墙壁上也挂了许多的画像，几乎挂满了整面墙，无数的视线从殷修出现在这里开始就聚集到了他身上，挥之不去，但抬头看去，却只是大大小小的画框里无数漂亮精致的脸。

一张张人脸出现在一面墙上，且都是一个表情，难免有些瘆人。

殷修没有继续盯着画看，他转头摸了摸墙壁上的缝隙，试探着轻轻推了一下，门很轻松地往里陷，根本没有锁。

会不会去地下室完全就看玩家自不自觉了。

规则上写着不要去地下室，且这么危险的地方却没有任何守备，说明这个地方百分百是危险的，一旦踏入很可能遭遇变故。

现在还不是进去探索的时候。

殷修松开手，后退了一步，准备离开。

他一转身，身后咚的一下传来细小的物品掉落声，回头看去，发现墙壁上挂着的一幅画掉了下来，画的背面似乎粘着什么东西。

殷修蹲下身捡起来查看，发现是一张照片。

照片拍摄的是这里以前的模样，阳光明媚的小镇，小镇居民们笑容满面，欢欢喜喜地在广场上拍照。照片的背景里没有那个女人的雕像，也没有现在他们所住的这座房屋，所有人脸上的表情看上去都是和谐幸福的，照片里的小镇丝毫没有现在白天镇上阴沉紧张的氛围。

甚至照片里还有一两张看上去略微眼熟的脸，抬头还能在周围的画框里找到相同的模样。

这个充满怪物的小镇在以前似乎只是个普通小镇，变故大概发生在广场上那个女人雕像以及他们现在所住的这座房子出现以后。

周围视线的注视感没有散去，画像里的人虽然没有像之前那样直接侵入他的意识，但气息也一直往外延伸着，试图再度引起殷修的注意，殷修总感觉脑袋不是很清醒。

他低头捡起刚刚掉落在地上的画像，画的竟然是二楼画像里的那个男人。

画像里的人此刻仍然是闭眸安静的模样，画框背景是一片漆黑，跟其他画像一样，画面里的他是躺着的。

殷修细细地研究起那漆黑却隐隐透出一点纹理的背景，这是躺在什么东西上面？

大面积的黑色略微反射出一点暗沉的光，些许模糊的竖向纹理，是涂了黑漆的木板。

在沉思几秒后，殷修意味深长地把画像挂回到墙上："是棺材吧。"

画像里的男人咻地睁开了眼，跟殷修的视线对上，他的眼睛是蓝色的，面容是带着一点混血的东方面孔，清秀且纯洁，但此刻他脸上只有恐慌，盯着殷修一遍又一遍地重复着之前在走廊上说过的话。

"离离离开开……"

"他他他……"

话还没说完，大厅里骤然降下一股难以言喻的冰冷，让殷修打了个哆嗦。

头顶的视线如针一般幽幽悬落，惊得殷修迅速抬头看去。

是镇长。

他不知何时出现在楼梯上，正依靠在栏杆上，低头望着殷修。

在大部分玩家都已经回自己房间后，整个一楼大堂格外冷清，惨白的灯光下，只有他们两个人的身影。

镇长扫了一眼殷修手上的照片，面上勾着一丝不明所以的微笑："你是对小镇的过往很好奇吗？"

"嗯。"殷修冷静地淡声回应。

"外来客会对镇上的一切感兴趣是很正常的，不过比起自己研究，来问我更好吧？我可是镇长啊。"镇长一边说着，一边缓缓地从楼梯上走下来。

他逆着光，面颊浸在阴影里，嘴角勾起不怀好意的微笑："如果你愿意陪我一起喝喝茶、聊聊天的话，你想问什么，我都会告诉你的。"

殷修警惕地盯着他，看着他靠近。

镇长倒是不紧不慢地踱步到殷修身侧，自然地勾住他的肩，顺手拿走了他手里的照片。

镇长的到来让周围陷入一股诡异的寂静，原本有隐隐吵闹声传出的画像此刻全都安静下来，冰冷的气息也让殷修的头脑清醒了几分。

这股萦绕在他四周的寒意让殷修想到了夜晚闯入他房间的那个诡怪，两者的相似之处就是会驱除其他诡异的存在，然后在殷修身边留下自己的气息。

只不过这位镇长的目的性更强,气息也相当凛冽。

"去哪儿聊?"殷修反问。

镇长眼眸一亮,显然对殷修的态度松动感到愉悦,他立即抬手指向门外:"一会儿广场上会举行献祭仪式,我可以带你去近距离观看并参与其中,参加仪式的同时,我也会告诉你镇上的信息,如何?"

这个条件对于需要情报的玩家而言还是蛮诱人的。

献祭仪式是写在规则里的,对这个小镇至关重要,能观看并参与一下是最好的。

"只有我跟你去?"

"当然。"镇长眯眼微笑,勾着殷修肩膀的手缩紧,"如果是别人,我连理都不理,但你是特别的。"

030.

殷修垂眸沉思,没有直接答应。

毕竟对方摆明了有目的,肯定不会只是为了给他信息,这多半是个冲着他来的陷阱。

"只是花费一点时间跟我走而已,对你来说,并不亏吧?"镇长见殷修毫不动摇,开始低声劝说。他一边说着,视线一边紧紧地落在殷修脸上,不放过他每一个表情变化。

"想要高完成度通关这个副本,就得了解小镇的全部背景,只靠你一个人探索的话,可是很慢的,也许走完流程也未必窥得真相,你说对吧?"

他无声无息地拉近了与殷修的距离,但也不敢太过靠近,毕竟从他出现后,殷修的手就没从刀柄上放下来过。

"如果我不去呢?"殷修抬眸盯着他,幽幽地反问。

镇长唇角微勾，注视着殷修幽暗瞳孔之中倒映出的自己，轮廓深邃的面庞在灯光下忽闪出一丝阴冷："在这个小镇上，没有人可以拒绝镇长的邀请。"

殷修沉默，两个人之间的气氛开始凝固，变得局促。

"如果我一定要拒绝呢？"

"没有人可以拒绝。"

"拒绝的结果是？"

"你不会想知道的。"

"这是威胁？"

镇长的表情略微一松，语气中带着淡淡的温和："怎么会？只要你配合，就不会是威胁。"

殷修瞬间冷了脸，屏幕前的玩家一片心惊。

"进入小镇的当天就跟镇长开战是不是太危险了点儿？"

"感觉这个不是好走向啊，但殷修被威胁了，好像除了跟他撕破脸没别的选择了。"

"我就说这个镇长不是好人，他连装都不装一下。"

"现在最好是赶紧来个人打破一下这个局面啊！"

众玩家死死注视着直播画面。

殷修明白他跟镇长之间已经完全陷入僵局，捏着刀柄的手一紧，同时，镇长也后退了一步。

剑拔弩张，一触即发。

然而下一秒，一个画框从天而降，直直地落到了两人之间，哐当一声重响，让两个人都愣住了。

"高空抛物，谁这么没有素质啊！"弹幕上有人骂骂咧咧，紧接着就在楼梯上看到了黎默。

"丢得好！"

"出现得很及时！"

"你们改口改得也太快了……"

黎默的突然出现让氛围转瞬变得更为诡谲起来，他低头盯着楼梯下的镇长,镇长也望着他。

两道视线在空中碰撞撕扯,周围墙壁上的画纷纷颤动了起来。

殷修的目光在两人之间扫过,随即平静地弯腰捡起地上被丢下的画框,里面是空的,没有图像,参考周围墙上的画像,这副空画框就像是提前为谁准备的一样。

很显然,黎默在提醒他,镇长对他的谋算。

"这个……只是房子里还没来得及用上的画框而已。"镇长见殷修打量画框,连忙解释了一句,反倒显得更可疑。

"嗯。"殷修懒懒地应了一声,将画框放到了一旁。

他余光瞥了一眼楼上的黎默,短暂沉默几秒后,看向了镇长:"献祭仪式什么时候开始?"

镇长一愣:"你要跟我去?"

殷修点头。

屏幕外的玩家们蒙了。这摆明是陷阱,他居然还真要去。

"他对你有目的……"黎默眼眸晦暗。

"我知道。"殷修回答得很直接,"有些信息只有从他嘴里才能知道。"

明眼人都能看出,来历不明的黎默和不怀好意的镇长都是有目的地接近殷修,现在无非是两个狩猎者争夺同一个猎物的局面。

镇长,等于小镇信息来源。

黎默,等于合作伙伴,尚且没有引爆的炸弹,偶尔会起到帮忙的作用。

但目前对殷修而言最有用的,是小镇信息。

得到殷修的回答后,黎默一言不发地从楼梯间离开了,留下了殷修跟镇长两人。

"这是……"

"虽然知道殷修进退两难,但我怎么感觉室友比镇长要稍微靠谱一点点呢。"

"对啊,而且室友还提醒殷修呢,之前也帮忙抢回了小女孩。"

"他俩差不多吧,他要是没问题,也不会隐藏自己的身份。"

"你是镇长那边的吧！少污蔑室友！他只是神秘而已！至今为止还没对殷修做过什么吧！"

"你们别吵，依我看都不是好人！"

"我也是这么觉得的，怎么会有人在坏人跟坏人之间非要选一个好的呢？"

"殷修这么做肯定有他的道理吧，比方说……镇长他能应付？"

"他最好是能应付啊，不然就麻烦了。"

黎默一走，镇长的目光变得更加肆无忌惮，他无比雀跃地向殷修道："献祭仪式差不多要开始了，我带你去吧。"

殷修没有说话，面无表情地直接越过镇长走了。

镇长心情很好，也没有理会他的冷漠，转身跟了上去。

在天色完全暗下来之后，小镇相比白天热闹了许多，家家户户亮起了灯光，也有居民在外走动，一片欢声笑语，仿佛这是一个普通又和平的小镇。

一些居民正在布置广场上的祭坛，用一圈新的红线缠绕上去，再贴上符纸，围绕着女人的雕像转圈，一边转圈嘴里一边念念有词，却听不太清。

"他们在做什么？"殷修没有靠近，而是站在房门前远远地望着。

密密麻麻的人群围绕着诡异的雕像转圈，嘴里叽里咕噜念叨着什么，在夜晚看起来的确有几分不正常。

"在做献祭仪式前的准备工作，夜晚时，那个女人的力量是最弱的。"镇长语气平静地回答，也不打算藏着掖着，"就是白天袭击你们的那个女人，她被封印在了雕像下面，每天晚上需要小镇居民加固封印才行。"

殷修若有所思："谁封印的？"

镇长微微一笑："我。"

殷修侧目看向他："那她一定很想杀你了。"

"那是当然。"镇长看向远处正在准备的献祭仪式，"但是她杀不了，每晚贡献一次祭品，就能让她的封印变得更加牢固，她没法杀我。"

殷修点点头，不再言语，倒是镇长主动继续了这个话题："你知道她是为什么被封印在那儿的吗？"

"为什么？"殷修靠着墙懒懒地问道，语气显得漫不经心。

"因为她是镇上最早出现的怪物，她的出现导致白天镇上变得很危险，她还给镇上所有人施加了会变成怪物的诅咒。作为镇长，我必须保护这个小镇，但我赶不走她，就只能把她封印住，但要维持住这个封印，就只能靠居民们自己了。"

殷修在脑海里整理信息，细细地琢磨着规则里的第一条通关条件：把怪物的尸体放在祭坛上。

规则上没有明说怪物是谁。这里是怪物小镇，哪里都是怪物，起初他以为规则上说的这个怪物是身份最特殊的小女孩，但现在看来……是这个怪物起源？

031.

殷修不敢直接确认，只是在心里种下了这个可能性。

至少从居民们的反应来看，他们的确很讨厌白天出现的女人，准备献祭仪式也相当乐意。

"你来的时候看过镇子口的石碑吗？"见殷修沉默，镇长聊起了别的话题。

"看过。"殷修点头，上面记录的是这个小镇的规则，他不仅看了，还牢牢地记下了。

"那你还记得第一条吗？"镇长又笑眯眯地询问。

"不准小孩子在夜晚触碰广场上的祭坛？"

"对。"镇长把目光从殷修身上收回，落到了远处的祭坛上，"那个女人在封印之前，很喜欢吃镇上的小孩，但是封印之后，她没什么力量去吃，唯一能做的就是通过祭坛把人变成怪物，且只对小孩子生效，因为小孩子没有抵抗力。所以，小孩子在夜晚绝对不能触碰祭坛，否则会沾染上诅咒，变成怪物。"

殷修垂眸沉思。

副本提示里说，幸福的小女孩跟随妈妈住进了外婆所在的怪物小镇。

小女孩跟着妈妈来到小镇，也就意味着他们是外来客，并不算这里的居民，而这个时候小镇已经成为怪物小镇，镇上只有居民会变成怪物，而外来客的小女孩及她的妈妈并不会。

但小女孩现在却会变成怪物……

难道她碰了祭坛？殷修能想到的只有这个，因为小镇规则第五条就是可以让外来者观看献祭仪式，只是不要触犯规则。

那么小女孩有可能是参加了献祭仪式，触犯了规则而变成怪物的。

小镇规则第六条：对于意外触犯规则的外来者，不要让他们活着离开。

这便是妈妈的纸条上不断提示要隐藏小女孩的原因吗？

因为小镇居民会处理这些触犯规则的外来客，不会让他们活着离开，小女孩也必须得死。

镇长简短的话给了殷修很多的提示，他现在揣测，怪物应该是指那个女人，而不是原本是人的小女孩。

仪式似乎开始了，围绕着祭坛周边的火把被一一点亮，昏黄的光在清冷的夜晚十分瞩目，也给阴森的小镇添上一丝暖色。

不少在房子里的玩家纷纷从窗户探头往外看去，注视着这场仪式。

"现在要跟我过去看看吗？"镇长脸上依旧是热情的笑。

殷修在心里思量了一下刚才那些信息的价值，沉默地点了点头。

镇长带着殷修穿过人群进入了中心，小镇居民们围绕着祭坛站成一个圈，此刻正有两个人抬着一个大麻袋走进圈子，在居民们的欢呼声中将麻袋抬到了祭坛上。

殷修打量着那个麻袋，很大一捆，需要两个人抬，袋子表面有溢出过暗红液体的痕迹，里面的东西他差不多能猜到是什么了。

东西一放到祭坛上，四面八方忽地弥漫起了白雾，跟白天的景象几乎没有差别，是那个女人出现了。

玩家们都吓得缩回房间关上了窗户，但此刻居民们的表情相对白天却十分冷静，没有一个人从祭坛前离开。

"献祭仪式开始！现在开始三声以后，所有人都闭眼，中途切勿睁眼，直到通报声响起！"

"三！二！一！"

伴随着仪式领头人的倒数声，祭坛周围的小镇居民赶紧闭上了眼，殷修虽然困惑，但也跟着迅速闭上了眼。

有了白天的经历，就算身处楼房里，不少玩家也立即闭眼，不敢再招惹那个女人分毫，有一两个想要看看等会儿会出现什么的，也紧闭门窗，缩在房间里。

在倒数之后，周围安静了半分钟左右，白雾依旧弥漫，带着一丝冰冷萦绕在广场上的每个人身边。

殷修静静地听着、注意着，一片寂静之中，人群外忽地响起一道脚步声，有人缓缓地穿过人群，向祭坛走来。

那人走来的一路上都伴随着黏糊糊的液体滴落声，血腥气与潮湿的寒意让人不敢想象她的模样。

白天女人出现的时候，大雾弥漫，加上殷修在对方还没靠近之前就已经进屋了，因此并没有看到女人长什么样子。此刻女人从他面前经过发出的声音，让他产生了一些好奇。

从脚步声可以推断，这人走路时双脚落地轻重不一，其中一条腿大概是瘸了，步伐之间夹杂着一点什么东西在地上拖拽的声响，滴滴答答地从众人面前走过。

脚步声停在祭坛上之后，空气中响起了麻袋被撕扯开的声音，血腥味顿时弥漫开来。

弥漫四散的血腥味令人头皮发麻，让紧闭双眸的人瞬间联想到恐怖的画面，越是不让睁眼，越是忍不住往恐怖的方向揣测。

殷修始终笔直地站在人群前方，一动不动地听着黑暗里的声音。

他起初以为，这个献祭仪式是以镇压的方式来加固封印，但现在听来……祭品是给镇压在封印中的女人投喂的？

这显然是一种关押形式的封印，就像把野兽关进笼子定期投喂，让对方没有反抗的兴趣，若是再谨慎点，恐怕还得给封印加上别的条件，确保她完全不会反抗。

想到祭品，殷修觉得这个镇上可能没什么正常人了，那麻袋勒出来的形状明显是人，这样的仪式每晚都会进行。

女人似乎是吃完了，但她没有离开。

她的片刻停留让周围人的呼吸变得急促起来，显然这是意外情况。

直到那道脚步声再次响起，众人才长舒了一口气，但也没有放松几秒，人们的精神便再次紧绷起来。

女人并没有离开，而是开始在居民之间走动，在走动声持续了半分钟之后，女人走到了殷修跟前。

忽然，她停下了。

032.

一瞬间周围所有人都倒抽了一口凉气。

殷修没有睁眼，他什么都看不见，却能清晰地感受到女人的视线在他身上停留，冰冷的言语里没有杀意，却十分无情："明晚，是他。"

"这可不行。"旁边迅速响起了镇长的声音，听上去十分急躁，"他不是镇上的人，你不能选他。"

女人没有离开，阴沉地笑了两声："昨天不行，但今天可以。"

镇长的声音一瞬就冷了下来："那也不行，他是我选中的人。"

女人笑着说道："规则说我可以，我就可以。"声音里充满了挑衅，"我一定要选他，你又能怎么样呢？触犯规则？"

镇长沉默着没有应声。

女人嗤笑着再次动了起来，她从殷修面前离开，随着她的远去，脚步声也消失了。

"睁眼！"

周围响起一道提醒，居民们的声音打破了寂静，殷修也缓缓睁开了眼。

他一抬眸，面对的就是周围居民们冷漠的视线，大家如同看死人一般望着他，目光冰冷至极。

殷修转眸看向了身侧的镇长，他正面色难看地垂眸沉思着什么，目光恍惚。

"她说的选我是什么意思？"

殷修开口询问，镇长惊了一下，随即转移话题："没什么，你不用在意……"

"是选我当祭品的意思？"殷修的话一出口，镇长的神色就复杂了起来。

差不多算是验证了殷修的想法，他感受到周围人紧张的反应，不难猜出女人停在谁面前，谁就要倒霉。

每天献祭一个人，人选由前一天献祭结束时女人亲自选择，恐怕就是献祭的规则。

但问题是，他不是镇上的人，祭品的选择就不应该包括他，女人的选择也出乎镇长的预料，她在离开前却说："昨天不行，但今天可以。"

他今天做了什么可以成为祭品候选人的事？

是单单他可以，还是所有玩家都可以？

"你带我来参加献祭仪式，就是为了把我卖给她？"殷修意味深长地投去一个眼神，镇长连忙否认。

"仅参加献祭仪式是不会被选中的，如果她愿意，就算你待在屋子里，也一样会成为祭品……"镇长抬眸看了一眼房子里的其他玩家,"不过我倒是把那件事给忘了,你的确有成为祭品的资格。"

"什么事?"

殷修笃定,一定是白天的什么事能够影响玩家,让玩家有概率成为祭品,但他还不知道具体是哪件事。

镇长没有回答他这个问题,似乎也不打算说。

他看向殷修的目光变得晦暗不明:"事到如今,我可不能让你先一步被其他人杀死。"说完镇长又自顾自地嘟囔道,"你可是万中无一的艺术品,你落到别人手里就可惜了。"

他望着殷修怜惜地摇头,然后转身:"我还有些事要去做,先走了。"

说了两句莫名其妙的话之后,他就离开了。

周围的小镇居民在完成献祭仪式后也纷纷离开,没一会儿,广场上就只剩下殷修了。

他望着祭坛前留下的沾血麻袋和一团团血渍发呆:似乎自己得加快副本的进度了。

回到房子之后,殷修注意到玩家们已经从房间里出来了,纷纷聚集在了一楼。

似乎因为刚才的献祭仪式,他们也坐不住了,今天是殷修,明天就会是他们之间的一个人,献祭仪式每晚都会举行,只要在副本多待一天,就会多死一个玩家,谁也不希望轮到自己。

"真是谢谢你替我们发现这一点,不过可惜,你也只能活到明天晚上了,出卖人的玩家迟早会遭报应的。"玩家之中有人对路过的殷修冷嘲热讽。

殷修懒得搭理他们,转身上楼。

他一离开,刚刚说话的那个人好像猛地被什么看不见的东西掐住了脖子,一直翻白眼。

周围的玩家顿时慌乱成了一片,想要去帮忙,却因为什么都看不见而无从下手,只能眼睁睁地看着那个玩家被什么无形的东西掐着,在众人面前咽了气。

大堂里一片安静，玩家们面面相觑，都噤了声。

遭殃的只有说了殷修坏话的人，其他人没事，看来殷修这人的确诡异，招惹不得。

殷修上了二楼，他一踏上走廊，就见走廊尽头站着一个漆黑的人影，在一条两侧挂着画像的悠长走廊深处，黎默黑色的身影显得格外阴森。

他的脸浸在黑暗里，面上带着那副固定的微笑，一动不动地站在门口盯着殷修，像是在等他。

"有什么事吗？"殷修听着楼下惶恐的喧闹声，顺着走廊往前走，手缓缓地落在了刀柄上。

黎默没有应声，只是盯着他笑。

殷修继续往前走，眼眸却不自觉地一沉："你也急了？"

两个对他有着不明目的的人，肯定不会让第三个人先杀死他，他们一定会在明晚之前采取行动。

镇长临走之前的目光就很阴冷，很不善，而黎默的打算却不得而知，现在这么突兀地出现在这儿迎接他，殷修能想到的就是，他比镇长还要着急。

面对他的询问，黎默依然没有回答，始终一动不动地站在原地，身型笔直，双手交叠在胸前，面带微笑等待他靠近。

脚步声在走廊上回荡，周围的画像寂静无声，一张张闭着眼的脸对此刻的殷修没有任何反应，整条走廊上全是黎默的气息，阴冷的寒意从他身边散开，不断地蔓延至整条走廊，压制着所有其他诡异的存在。

殷修走到自己的房门前，黎默还是没有动，就站在他身后，一动不动地盯着他，投来的视线让殷修不敢放下半分防备。

"如果没事的话，我就进屋了。"殷修一边询问着，一边缓缓抬手去握门把手。

在他伸出手的瞬间，身后猛地伸来一只手，咚的一声抵住了门，也几乎是同时，殷修抽出一小截刀。

寒光在夜色里闪烁，倘若刚才黎默的手是伸向殷修的，现在他的手绝对没了。

"有事你就直说。"殷修僵在原地没动，浑身戒备着。

身后黎默的气息完全笼罩下来，寒意几乎贴上了他的背脊。

033.

殷修疑惑地盯着黎默，只见他缓缓地弯腰，凑近了殷修几分，在他的耳侧轻轻地吐出一句："墓镇规则二：镇上没有女鬼，若是你在镇上不小心看到了白衣女人，请回避她的视线，也不要听她的声音，如果对方缠上了你，请寻求其他小镇居民的帮助。"

殷修有些疑惑，但耳侧微凉的气息喷洒在他的耳根上，让他难以集中精神，完全不清楚这人好端端的，给他念规则做什么。

"墓镇规则五：可以让外来者观看献祭仪式，但千万要叮嘱他们，不要触犯第一条与第二条规则。"

殷修："……"

他一瞬间意识到，白天起的那场屠杀了大部分玩家的白雾，其实是因为有人触犯了规则二！

有人说破了女人的存在，就是触犯了规则。

只是规则上写了应对方式，惩罚也当场降临，以至于殷修本能地认为这条规则的惩罚到此为止了，却忘了其与第五条还有联系。

他之所以能成为祭品，就是白天那件事，让现在所有玩家都成了触犯规则的外来者。

见殷修沉思，黎默又微笑着继续道："规则四：小镇对外来者必须保持热情，但若是对方触犯规则，请不要手下留情。"

殷修意识到，他们只要已经成了触犯规则的外来者，那么其他规则便都是针对他们的。

"原来问题出在这儿……"殷修嘀咕着，感觉自己的思路打开了一些。

"别死在这儿。"趁殷修晃神的工夫，黎默凑到殷修耳侧，低沉地道了一声。

随之而来的寒意让殷修一哆嗦，忍住了拔刀的冲动："可以让我进去了吧？"

黎默笑眯眯地伸手，拧开了殷修身后的房门。

房门瞬间打开，殷修身形不稳，往后一个趔趄，险些和黎默一起摔倒，还好稳住了。

屋子里面对面坐着的钟暮和小女孩呆呆地望着他们。

小女孩看到殷修出现，立即跳下床飞奔了过来，一下就贴到了殷修腿上："我要哥哥抱抱。"

殷修摸了摸小女孩的头，看向了屋内的钟暮："你怎么在我房间里？"

钟暮挠着头站起身："刚才你参加献祭仪式的事，其他玩家都看到了嘛，大家为了加快进度就聚集起来研究副本规则了，这不是我们都挺不招人喜欢的，没有人要跟我们一起，我就过来找你单独聚一聚，讨论一下呗。"

说实话，殷修回来之前，他跟两个诡怪一个屋真的很心惊好吧。

还好殷修一回来，黎默就离开了房间，小女孩嘛，倒是乖乖地玩着自己的玩偶，没有再像前三天那么恐怖。

"正好，我也有些新思路想整理一下。"殷修点头，转身关上了房门，拖着腿上挂着的小女孩大步往房间里的桌边走去，一边问钟暮，"你身上还有妈妈的纸条一吗？"

"有有有，我这个人真的记不住那么多规则，不带在身上很容易出事，所以把纸条保留下来了。"钟暮连忙从口袋里摸出纸条，递给殷修前，谨慎地看了一眼他旁边的小女孩。

殷修弯腰把小女孩抱到了床上，叮嘱道："乖乖在这儿坐着，我一会儿有事问你。"

"哦。"小女孩乖巧地坐在那儿抱着玩偶，很老实。

钟暮这才放心地把规则纸条交给了殷修。

殷修把纸条展开，放在了桌上，开始整理思路："现在已知的副本内规则有六张，副本生存规则、副本通关规则、妈妈的两张纸条、墓镇规则，以及这个房屋的规则。

"副本规则的纸条，是副本限制玩家的，这份规则玩家必须遵守。

"妈妈的纸条是妈妈给小女孩的，小女孩必须遵守，但不对玩家生效，可如果小女孩触犯纸条规则，玩家也会因为副本规则而死亡，毕竟玩家的规则上就有一条——帮助小女孩完成纸条的规则。

"墓镇规则是小镇限制居民跟外来者的，外来者包括玩家、小女孩和小女孩的妈妈。"

钟暮一愣，余光瞥向床边的小女孩："小女孩居然也是外来者？"

"也是，因为小女孩不算这里的居民。"

钟暮拧眉："可是她也会变成怪物啊，就跟这里的居民一样。"

殷修从口袋里摸出从小女孩房间里带出来的纸笔，罗列出墓镇规则及现在这个房屋的规则。

"我跟镇长聊过，墓镇规则一，就是小孩不能在夜晚触碰祭坛，否则会沾染上诅咒，变成怪物。"殷修回头看向床边的小女孩，"所以你之前在某天晚上碰过广场上的祭坛对吧？"

突然被问到的小女孩一愣，掐着怀里的兔子支支吾吾："嗯……摸了……"

钟暮若有所思："原来小女孩之前是人啊……"

"没错，触犯规则的外来者会遭到小镇居民的追杀，所以她的妈妈才会把她藏在镇外的房子里，防止被其他人发现，而现在，我们这些玩家也是触犯规则的外来者了。"

殷修把自己刚刚在门外的发现告诉了钟暮，然后指向了副本通关规则。

副本通关规则二：让小女孩完成妈妈纸条上的所有规则。

他的手指又挪到了妈妈的第二张纸条。

妈妈的纸条规则四：在夜晚时离开小镇。

最后他指向了墓镇规则。

墓镇规则六：对于意外触犯规则的外来者，不要让他们活着离开。

钟暮在盯着三条规则沉思了很久之后，缓缓问道："如果我们按照妈妈的规则让小女孩离开小镇的话，小女孩会死？"

殷修一点头，床边的小女孩瞬间惨白了脸。

钟暮在扫视一遍所有规则后恍然大悟，指向了副本通关规则的第一条。

"副本通关规则一上说把怪物的尸体留在小镇的祭坛上，是指小女孩的尸体吗？！"

一旁的小女孩哆嗦了一下，小脸煞白。

第五章
旅馆的夜晚

034.

殷修听完却摇摇头:"起初我也是这么认为的,但现在已经确认小女孩是因为诅咒才变成怪物的话,我更倾向于规则上指的怪物不是她。"

"那这个规则里的怪物指的是谁啊?"钟暮盯着那张通关规则,无论过程如何,达成通关规则才是离开副本的最重要条件。

"我还不太清楚。"殷修摸摸下巴,目光微沉,"如果被封印的那个女人的确是镇上怪物的起源,那就极大概率是她,不过……目前我们获得的信息不全,还没有带小女孩去她外婆家,所以不能确认。"

"也是,还有第二张纸条没有完成。"钟暮抬眸看向了殷修,神情复杂,"不过我们得尽快了,毕竟你明晚就……"

殷修淡然地点点头:"来得及。"

他无所谓自己会不会成为祭品,也不在意身陷危险,比起这些,他更想揭开这座小镇藏着的秘密,墙上的那些画像、地下室、封印着女人的雕像,以及这栋房屋的构成。显然,小镇的秘密跟镇长、女人和小女孩脱不了关系。

当然，探究过往也不是他的兴趣所在，他最在意的就是……能否五星通关副本。

五星通关得到的副本奖励是普通通关的五倍，他的副本资产是35.8，连给夜娘娘买个好点的祭品都不够。

这是多年不参与副本的结果——穷。

好不容易进来一次，他就一定得拿到五星，带着丰厚的副本资产回去，确保夜娘娘短期内不会来打扰他睡觉。

"那今晚好好休息，明天一早，我们就带小女孩去她外婆家，看看她外婆家到底会有什么！"钟暮还是挺担心自己遇到的这个大佬的安危，语气很是振奋地道，然后转头看向一旁安静很久的黎默，"……回房间？"

安静坐在椅子上的黎默若有所思地看向小女孩，小女孩假装没注意到他的视线，偏过头去。

殷修出声道："她是副本里很重要的一环，不能让她有危险，所以我得带在身边，如果你乐意的话，我也可以跟钟暮一个房间，你把她带在身边。"

一旁的钟暮有些不好意思地挠挠头："真的吗？我还挺想跟大佬你一个房间的。"

他一说完，黎默就直接起身往外走，不带一丝停留。

钟暮略微遗憾地望着黎默的背影，然后笑看向殷修："那我就先回去睡觉了。"

"嗯。"殷修点头，目送钟暮离开了。

没多久，楼下大堂的玩家也纷纷上楼回到了自己的房间，谁也不敢在即将接近零点时在房间外停留。

副本目前的发展已经有些出乎玩家们的预料了。

如果原本只是探索副本，老老实实按照规则办事，谨慎一点的话，他们就能稳扎稳打地通关，无非就是辅助小女孩完成妈妈的纸条上嘱咐的事，然后根据线索推断出通关条件中所说的怪物是谁。

新人副本，总不会太难的。

但现在的情况显然已经超出了新人副本的难度范围，甚至所有玩家都成了小镇的祭品备选人，待久了，迟早会轮到自己死。

这让副本内的玩家很是心慌，也让副本外观看的玩家心神不宁。

"这个副本变化好大啊，我记得我第一次通关的时候没有这么多东西的。"

"是的，那时候通关条件也只有一个，就是辅助小女孩完成妈妈纸条上的事，哪有什么怪物的尸体，还有献祭之类的……"

"对啊，晚上我们都不能出房间，窗户也是涂黑的，多余的东西一点儿都没看到。另外，这个房子里的画也没有这么多吧？"

"总感觉这个副本变得好危险……"

"问题是殷修他能不能在明晚之前通关副本？我觉得悬。"

"他目前拥有的信息是最多的，小女孩也倾向于待在他身边，如果他都不能通关副本，那这一批的玩家全部都得出局。"

"虽然平时压根没跟他接触过，但我还是希望他能活下来……全通关大佬啊，多稀有啊……"

"是呢，因为没接触过，都不知道他脾气这么好，其他玩家眼力见儿那么差，他都不生气的。"

"希望大佬没事。"

夜深之后，大部分玩家都已经熄灯睡觉，整个小镇陷入了一片死寂。

住满了玩家的房屋二楼，有穿着黑衣的服务员在走廊上挨个敲玩家的房门，用清脆甜美的声音询问："您好，客房服务，请问是您刚才打电话要毛巾的吗？"

　　房屋规则二：零点后不能理会服务员。

凡是看过规则的玩家都不会搭理门外的声音，能挨到今天的玩家夜里多半是谨慎的，谁也没有去开门，就老实听着服务员一间一间地询问过每个玩家的房间。

许多玩家被服务员的声音吵醒，便一直警惕着，想等声音结束后再睡。

深夜里门外不断重复响起同样的话，就算那声音再甜美，听久了也依旧让人毛骨悚然。

走到走廊中间位置的时候，声音忽地停了一瞬，玩家们的心也跟着停了一瞬。

整条走廊上开始泛起莫名的寒意，丝丝白雾从门缝底下隐隐钻入。

"您好……客房服务，请问是您刚才打电话要毛巾的吗？"服务员的声音再次响起，但这一次似乎没有那么甜美了，声音里隐隐透着一丝颤抖。

敲门声在寂静的夜里响起，没有人回应她，接着她走到了下一扇房门前。

"您好……客……客房服务……"

"请问……请问您……是您刚才打电话要毛巾的吗？"服务员的声音颤抖得比刚才还要厉害，她似乎很恐惧。

这下连房间内的玩家都开始恐慌起来，外面发生什么事了？怎么连伪装成服务员迫害玩家的副本诡怪都在害怕？

寂静片刻之后，服务员缓缓地挪动着脚步，僵硬地走到下一间房门前站住。

"您……您好……客房服务……"

服务员僵硬地询问着，出声的同时，余光忍不住瞥向了走廊深处。

观看直播的玩家此刻都能清晰地看到，走廊上泛起了白雾，一个身穿白衣但衣衫上满是鲜血的女人正站在走廊上。

她一动不动地站在那儿，浑浊的眼睛死死地盯着服务员，看着她一间一间地敲门，一间一间地挪动，离自己越来越近。

035.

服务员每敲一次房门，声音里的恐惧就加深一分，因为她离那个女人越来越近了。

"您……您好……"

"客房服务……"服务员的呼吸大幅度颤抖着,她哆哆嗦嗦地敲了敲房门,低下头不敢往旁边看。

女人与她只有一步之遥了。

房间里寂静无声,没有任何回应,她就只能往下一个房间走去。

在女人的注视下,她缓缓地走到女人的身旁,战战兢兢地敲响了跟前的房门:"您好……客房服务……"

"请问……刚才是您打电话要毛巾的吗?"

寂静了两秒后,服务员身后飘来了女人冰凉的声音:"是我……要的……红色毛巾。"

在一阵短暂的沉默之后,所有玩家都听到了门外传来服务员的凄厉惨叫,叫喊声又在一瞬间戛然而止,随即呜咽声传出,听上去极其恐怖。

"啊……救……命……"

"救救……我……"

门外传来服务员的呼喊声,她一边用嘶哑的声音喊着,一边拍打着玩家的房门。

"开开门……请救救我……"

"求你们……开开门……"

规则三:夜晚听到走廊上有奇怪声响时,绝对不能开门。

玩家们此刻别说开门了,连床都不敢下,惊恐地缩在被窝里盯着门口,生怕房门太单薄,不小心被拍坏,让门外的诡怪进来了。

求救声、拍打声一间一间地在每个玩家的房间外响起。

寂静的夜里,这样恐怖的声音响彻整条走廊,玩家们与外面看不见的场面只有一门之隔,所有人都惶恐至极,只能祈祷这一切快点结束。

正当痛苦的呜咽和拍门声再次响起,走廊里忽地传来一道嘎吱的开门声。

　　声音瞬间惊到了这一层房间里的其余玩家。

　　规则上都写了不要开门，居然还有人作死！

　　满身是血的服务员愣愣地看了一眼开门的小女孩，一时间不知道该不该继续开口。

　　准确来说，是脑袋已经变得丑恶扭曲，身型也崎岖到几乎看不出人形的小女孩。她眼里泛着恶光，极其凶狠地瞪着服务员，喉咙里发出嘶哑的低吼，显然是进入了攻击状态。

　　服务员咽了咽口水，缓缓地后退了一步，准备离开。

　　一退后，已经变成怪物的小女孩猛地扑了上去，一把将她摁在了地上。

　　惨叫声再度响起，甚至比第一次更为凄厉。

　　小女孩在夜晚会变成怪物已经是所有玩家都知道的事，而且凶残至极，这服务员诡怪算是碰瓷碰到硬茬了。

　　殷修的身影缓缓出现在门口。

　　他打了个哈欠，一脸困倦地靠在房门边望着走廊上正在攻击诡怪的身影。

　　小小一只，穿得通红，身体变得扭曲不堪，长满了黑色的毛，跟镇上的居民白天暴露在阳光下的模样一致，看来镇长说得不差，居民们与小女孩的诅咒同源，都来自那个女人。

　　"吃饱了吗？"殷修拖着懒懒的调轻声询问，"吃饱了回来睡觉。"

　　小女孩扭曲的头唰地转了过去，直勾勾地盯着殷修，双眼猩红。

　　她顿了几秒后，又继续转头攻击变成诡怪的服务员了。

　　殷修眯着眸子靠在门口打瞌睡，小女孩在走廊上攻击低吼，这画面怎么看怎么诡异，让屏幕前的玩家都感到有些不适。

　　"殷修对诡怪的包容力真强……"

　　"只能说殷修的心理素质真的好，这小女孩放在别人那儿还真不行。"

　　"他养诡怪有一手的，小女孩也就在他这儿听话，换作别人，现在已经在走廊上躺着了。"

"殷修过副本的画风真跟普通人完全不一样啊。"

屏幕外的玩家们感慨着，殷修一脸困倦地又打了个哈欠。

副本外睡不好，副本内也睡不着，前三天夜夜有奇怪的东西来缠着他，今晚好不容易那东西没来，又有服务员来敲门，他都快习惯夜晚被各种情况吵醒的状态了。

小女孩结束攻击之后，打了个饱嗝，满足地转身爬回殷修的脚边，长满黑毛、扭曲细长的小手扒拉着殷修的裤腿，咿咿呀呀地蹦出几个字："厕所……尿尿！"

殷修心道：还真把他当妈妈了是吧。

他抬眸看向走廊那头。

  规则四：厕所在楼梯口，可以的话，尽量有人陪同前去，单人也可以去，但千万不要理会任何声音。

他开门时走廊上就萦绕着一股白雾，妨碍视线，现在顺着走廊往另一头看，除了雾蒙蒙的一片，什么都看不清，去厕所的途中会遇到什么还真说不清。

"哥哥……厕所！"小女孩又拉了一下殷修的裤腿，声音有些着急，她变成怪物之后，小小的身体弯曲成一团，四肢细长，浑身黑毛，像极了小动物，连说话都有些口齿不清。

"行，我带你去厕所。"

屏幕前的玩家们眼睁睁地看着殷修一脸平静地弯腰，把地上那团黑乎乎的诡异怪物抱了起来，转身一脚踏入了白雾里，往楼梯口的方向走去。

"他真敢去啊！"

"不是，他真敢抱啊！他居然真的面不改色地抱着变成怪物的小女孩啊！"

"我刚从副本出来，今天刚开始看他的副本画面，请问他一直这么勇猛吗？"

"是的，一直都是。"

"大半夜怀里抱着个怪物穿过这样的走廊，我光是看着，鸡皮疙瘩都要起来了！"

"兄弟们我有点害怕，不敢看了。"

在弹幕的讨论声中，殷修左手抱着小女孩，右手压着刀柄，一步步走在充斥着白雾的走廊上。

寂静的走廊里回荡着他一个人的脚步声，一步一步，顺着走廊，在各个房间门前回荡。

二楼的房门没有门牌号，殷修经过的每一扇房门都一模一样，每一扇房门对面都挂着一幅人像，但画在雾气里模糊不清，难以分辨。

殷修估摸着走廊的距离，心道厕所应该快到了，但他面前仍旧没有楼梯口的影子。

他停下脚步，回头看了一眼。

长廊一侧是一扇扇房门，另一侧是一幅幅画，外形相似难以作为路标，雾气弥漫又看不到尽头。回过头望向前方，也是同样的画面，他站在中间，似乎不管前进还是后退都差不多。

殷修低头看向怀里的小女孩，她正偎依在自己的胸膛上酣睡，吃饱喝足之后还咂巴着嘴，安安静静没有任何异常反应。

他又继续往前走了一小段，掐算时间，自己已经走了一分多钟了。

什么走廊走上一分钟还没走到头呢，显然是有问题。

走着走着，殷修的视野里终于出现了什么东西的模糊轮廓，但在看清那是什么的瞬间，他停住了脚步，没有再往前走。

白雾里出现的不是楼梯口的影子，而是一个人。

036.

对方浑身散发着威压，一动不动地站在那里，没有靠近，也没有说话，可视线却穿透雾气，落在殷修的身上。

殷修抱着小女孩站在走廊上，没有再往前，他沉默片刻，注意到对方没有要动的意思，试探着开口："有事？"

那个身影没有回答他，而是缓缓地往前挪动了一步，这下殷修才看清对面到底站了什么人。

那大概就是封印里的那个女人。

她站在雾气之中，穿着一袭白色长裙，头发散乱，鲜红的血液浸染了她的裙摆，正顺着她的腿流淌到地上。

女人的其中一条腿是瘸的，整条小腿红肿扭曲，像是被什么东西硬生生夹断，清晰的伤痕落在青白色的肌肤上，看着异常可怖，同时也让那些青紫交加的伤痕异常显眼。

殷修还是第一次跟这个女人面对面，他细细打量了一下女人身上的痕迹，眉头微皱。

传闻中可怕到需要封印才能镇住的怪物，看上去居然是一副受害者的模样？

女人幽幽地盯着他，出现在殷修的视野里后，她就没有再靠近。

殷修望着她，若有所思："你已经选择我当祭品了，没必要这么着急吧？"

女人目光冰冷，声音嘶哑低沉："你以为我选你当祭品是在害你吗？我是在帮你。"

殷修微扬下颚："怎么说？"

"那个男人盯上你了，被他看中的人全都没有好下场。"女人缓缓看向了墙壁一侧挂着的画像，"他们就是最好的证明，被那个男人视为艺术品，永远地关在画像里，被囚禁着，连消失都做不到。"

殷修顺着她的目光转头，看向了墙壁上的画像。

白天那些一个个都闭眼安静的人，此刻都睁开了眼，他们趴在画像里，就像之前走廊画像里的那个男人一样，惊恐无助地望着殷修。

基于不能长久与画像对视的规则，殷修又把目光落回到了女人身上："那么，你选我当祭品又为什么算是在帮我？明晚我可就要死了。"

"反正你们迟早会死的，你死在他手里，还不如死在我手里。"女人望着殷修的目光十分冰凉，"成为我的祭品，死后就能成为我的人，还能有复仇的一天，被他杀死的话，就永远没有机会翻身了。"

殷修微微沉了一口气。

看来两个都不是善茬啊，这不还是想他死吗？

"而且他为了把你留下，一定会说谎欺骗你，让你无法通关。"女人通红的眼瞳死死地盯着殷修，脸色阴沉，"我猜他一定跟你说了很多我的坏话。"

殷修平静地点点头："他确实不可信，但想让我死的你也没有好到哪里去，你现在不也算是在说他的坏话吗？"

殷修的话让女人脸上浮现出几分薄怒："我已经看过太多被他欺骗的人了，没一个有好下场，你要是不相信我，你也一定会死！"

殷修默默地抬手指向了怀里的小女孩："她身上的诅咒是你的吧？"

女人一瞬沉默之后，点了点头。

"镇上居民的诅咒也是你的吧？"

提及小镇居民，女人的眼神瞬间变得凶狠起来："那是他们活该！他们都是那个男人的同伙！"

"他杀死了我！明明所有人都知道，大家却都熟视无睹！我不过是对他们进行报复而已！把他们变得和他们的心一样丑恶！"

"那么她呢？"殷修再度指向在自己怀里酣睡的小女孩，"她只是一个孩子，应该涉及不到你死时的事吧？她可是后面才来的。"

提及小女孩，女人再度沉默："她是复仇必不可少的……"说着，便缓缓后退了两步，似乎想要结束这个话题，"等你去了这个房屋的地下室就知道那个男人究竟做了什么。他在骗你，他是个恶人，我来只是为了告诉你这件事。

"只有我的祭品才能知道真相。"

她盯着殷修,身影缓缓地消失在了雾气之中。

过了一会儿,殷修的眼前开始出现一些物体的轮廓,他往前踏了两步,就看见一直走不到的楼梯口就在面前,楼梯旁挂着一个男女厕的标志。

殷修轻叹一声,看向了怀里的小女孩。

现在他可以确认,女人跟镇长是敌对的,他们算是小镇上的两股势力,互相牵制,而跟随妈妈来到这里的小女孩才是真正无辜受牵连的一方。

真相在那个规则上写了不能去的地下室里,这就让他有点难办了。

"雅雅,醒醒,到厕所了。"殷修伸手轻拍了两下小女孩的脸。

小女孩迷迷糊糊地睁眼,依旧是一副怪物的模样,转头看到厕所后,就立即跳出了殷修的怀抱,迅速钻进了女厕里。

殷修便站在门口等她。他找了个靠墙的位置倚着,望着走廊上的雾气缓缓地闭眸小憩,思考着刚才的对话。

然而小女孩进去没两秒,女厕里忽地响起了一阵诡异的低沉叫声,语气中带着惊慌失措。

殷修咻地睁眼,握着刀转身进了厕所,一进门就看到小女孩正趴在洗手台上,极力地抓着一个镜子里的黑影诡怪往外扯,那诡怪惶恐地想要爬回去,但一边爬一边被小女孩攻击着,嘴里发出惊恐的叫喊声。

显然,厕所镜子里的诡怪是给玩家安排的,但没想到先进来的是小女孩,挑错恐吓对象的结果就是,现在想要回去都不可能了。

"赶紧上完厕所出来。"殷修看到小女孩没事,丢下话后又转身出去了。

一出厕所,他就跟一个人影稳稳撞上。

走廊上黑漆漆的一片,对方无声无息地站在门口,着实出乎殷修的意料,一头撞到对方的西装领口,他这才发现,面前这面墙原来是个人。

"你出来做什么?"殷修抬头,对上了黎默微笑的脸。

黎默很平静地回答:"上厕所。"

殷修审视着他，若有所思。

"男厕在隔壁，去那边吧。"殷修抬手指向旁边的入口。

"我知道，我只是看看你在干什么而已。"黎默微笑着看了一眼厕所里小女孩跟诡怪搏斗的样子，转身朝着隔壁的厕所入口走去。

他一让开，殷修这才注意到走廊上的雾气散了，变回了一片幽深漆黑，先前充斥在走廊上的寒意也消散了。

他站在门口发呆，忽地隔壁厕所也响起了同样的低沉喊叫，伴随着镜子的碎裂声，诡怪挣扎叫喊的声音越来越清晰，然后突然消失得一干二净。

相比女厕里还在持续不断的挣扎声，黎默那边倒是利索不少。

殷修淡然地靠在墙边，继续闭眸小憩，等着两位出来。

但靠近楼梯口的一幅画像，此时却悄然无声地睁开了眼。

037.

那幅画像上是一张陌生的男人面庞，他望着安静闭眸靠墙站立的殷修，幽幽地出声道："那个女人说的话不能全信。"

殷修睁开眼，抬眸望了过去，跟画像上的人视线对上后，又将眼睛闭了回去："的确不能全信，但镇长的部分我觉得还是可信的。"

男人趴在画框上直勾勾地盯着殷修："镇长管理着整个小镇，一切都是为了镇上的居民，那个女人完全就是在污蔑镇长。"

"你难道不是被镇长杀死，然后关进画像里的人吗？还替他说话？"

画像里的人立即反驳："当然不是了，画像里的人都是被镇长保护着的，她选择我们当祭品，吃掉我们的肉身，镇长就只能用这种方式保存我们的灵魂。"

殷修垂眸轻笑："你这个说法倒是又有些不同啊。"

"你要相信我，被那个女人杀死才是毫无用处，去找镇长吧，只有他才能留你一命，镇长是心善的人。"画像里的男人竭力地劝说着。

殷修再度抬眸审视那幅画像，收回视线后漫不经心地提起："我之前在走廊上看到过另外一个跟我说话的男人，他很好看，跟白天挂在走廊上的那些画一样，面容精致又有个人特色。"

"那又如何？"

"你却没有那么好看，显然不符合镇长的审美。"

"……我都说了镇长是心善的人！他帮助人不会看模样的！"突然被攻击相貌的画像男人莫名有些恼火。

"可能他帮助人不会看模样如何，但他想将对方做成艺术品的时候，一定会看的。"殷修嘴角噙着微笑，"看样子，你肯定是被他心善帮助的那类人吧？"

"你！"男人更恼火了，"你老是提长相做什么！"

"我只是在提醒你。"殷修幽幽地抬眸，视线冷冷地盯着那个男人，"你这种被女人复仇成为祭品后，作为同伙被镇长收留在画像里的人，就别代替那些受害者说话了。

"他要真的心善，白天的画像里就不该全是那些好看的人，至少要有一些你这样的人。"

画像里的男人脸色一冷，发现自己的谎话被殷修识破之后，索性摊牌了："你已经被那个女人选中了，劝你不要不识好歹，想活的话你就只能选择镇长！"

"是镇长派你来劝说我的？"殷修冷淡地斜睨了他一眼，"回去告诉他别费心思了，我宁愿死在副本里，也不会进画像的。"

男人目露凶光："那也由不得你！"

他作势要从画像里扑出来，刚刚动了半截手，像是猛地感受到了什么，唰地缩了回去。

殷修正疑惑着，忽地感受到身旁出现了寒意，他一转头，黎默又无声无息地出来了，一点动静都没有。

"你比诡怪还吓人……"殷修只要稍微一松懈就注意不到黎默的动静，

不禁感叹要防范他着实有些棘手。

　　黎默平静地微笑着，对于吓到殷修这点毫无歉意，目光一抬，落到了那幅画像上，又漫不经心地看向殷修，提了一嘴小女孩："她还没出来吗？"

　　"还没有……"殷修转头看向女厕的方向，略微皱眉，有些担心地转身再度进了女厕，"怎么一点儿声音都没有了，我进去看看。"

　　黎默微笑着目送殷修离开，人一走，他瞬间转头，视线直勾勾地落到了刚才说话的那幅画像上。

　　画像上闭着眼的男人很是心虚，悄无声息地想要从画像之中退去，结果还没来得及走，一只手猛地伸来，瞬间击碎了画框的玻璃，一把掐住了他的脖颈。

　　男人惶恐地睁开眼，就见黎默站在画像前，正微笑地看着他。

　　"那个老男人叫你来的？"他一边说着，一边掐着男人的脖子，把他往外拽。

　　男人一脸惊恐。

　　不可能！能把他们取出画像的只有镇长！面前这个男人为什么也做得到！

　　"放……放开我！"男人慌张地想要留在画框里，但脖子被黎默硬生生拽住，轻轻松松地就将他整个人从画框里拽了出来。

　　接着，男人看到黎默缓缓张开了嘴，一排可怖的牙齿正在等待着他，他的大脑瞬间被恐怖填满。

　　"救……救命！镇长！救救我！"男人惶恐的声音响彻整条走廊，所有画像都开始颤抖，无声表达着恐惧。

　　他们眼睁睁地看着那个男人被黎默从画像里拽了出来，将灵体盘成一团，然后一口塞进了嘴里。黎默甚至都没嚼一下，咕咚一声就将灵体咽了下去。

　　走廊上的其余画像噤若寒蝉，不敢有一点动静，生怕下一个就轮到自己。

黎默吃完舔舔嘴，有些意犹未尽，目光缓缓地落到走廊上的其他画像上。

画像们颤抖得更厉害了，层层叠起来的恐惧透过画框，瞬间传达到了地下室中的镇长身上。

这种充斥着寒意的激灵他很久没有感受过了，直冲天灵盖的威压也让他打了一个冷战。

"你是想告诉我，即便我把他装进画框，你也能取出来？"镇长压下心头浮现出的不悦，冷笑着伸手抚摸着面前这个为殷修精心定制的美丽画框，眼眸在昏暗的灯光下变得阴冷，喃喃自语，"放心吧，我会把他藏起来，藏到一个你绝对找不到的地方。

"谁也不能把他从这个副本里带走。"

正当黎默准备走向下一个画框时，身后的厕所突然传来了脚步声。

殷修抱着小女孩出来了，他一出现，黎默就转身回去了，画像们长舒了一口气。

"她居然吃完之后就在台子上睡着了，这是我完全没想到的。"殷修微沉一口气，抱着怀里的小女孩往外走，一出门就注意到了之前那幅画像前碎了一地的玻璃。画框里空荡荡的，没有了男人的影子。

之前外面的动静他也不是没听到，发生了什么已了然于胸。

他看看画像，又看看黎默。

黎默抿着唇没有吱声。

弹幕迅速滚过，很是期待："终于让殷修看到他的犯案现场了！殷修那么聪明，肯定知道刚才发生了什么！"

"对于他室友是诡怪这件事，他会怎么看待呢？"

"我赌殷修会赶他走！毕竟那是危险的诡怪！"

"前面的，你看看殷修怀里的小女孩再说话，我赌他不会。"

"人家小女孩是副本的诡怪，身份殷修一清二楚，这室友可就不清不楚了，我还是赌他会赶走室友！"

"我赌不会！"

在弹幕热热闹闹一阵押左押右时，殷修终于开口了。

038.

他盯着黎默，声音凉幽幽地道："别什么诡怪都吃，至少挑一下。"

然后低头点了点怀里小女孩的脑袋："你也是。"

弹幕一片哗然。

"殷修早就知道他室友的身份是不是？"

"他为什么会把吃掉诡怪这种事说得跟吃零食一样轻松啊！没有人替诡怪发声吗？"

"这是什么家庭教育的温馨画面啊，哈哈，这是副本吗？尊重一下现在躲在房间里瑟瑟发抖的其他玩家好不好。"

"所以他早就知道自己身边天天跟着俩诡怪？然后什么反应都没有地过副本？"

"有迹可循啊兄弟们，殷修肯定是早就知道了，他对室友的诡异行为从来都是不过问的！"

相比于弹幕的震惊，副本里的画面就平静很多。

黎默抿唇微笑不语，小女孩缩在殷修怀里嘟嘟囔囔："晚上肚子会饿的嘛……我现在都还没有吃饱呢。"

殷修抱着她沿着走廊往回走："你已经吃了两个了。"

"第一个还没吃完呢，我一会儿再回去吃干净，妈妈教育过我，不能留剩饭。"小女孩靠在殷修怀里蹭了蹭。

黎默跟在两人身后，时不时扫视一眼周围的画。

这些画像偶尔会散发寒意，给经过走廊的人施加压力，之前殷修就经历过，是恶心眩晕的感觉，来的时候也感觉到了，只不过当时有女人在，它们的存在感较低，而现在和黎默一起经过，就完全没有那种感觉了。

画像里的人都很安静，像是变成了普通的人物画挂在那里。

"啊！我的夜宵呢！"一回到走廊尽头的房门前，小女孩忽地惊叫起来，从殷修怀里跳了下去，扑到之前服务员诡怪死掉的地方，眼泪汪汪地回头，"我的夜宵被人偷吃了。"

地上确实已经没有了诡怪的尸体，只剩一片血迹，这条走廊上，还能有谁跟小女孩吃同样的东西？

两道目光缓缓地落到了后面的黎默身上。

黎默一顿，脸上的笑容微微往下垮了几分，表情变得似笑非笑："我没有……"

小女孩噘着嘴，她不敢抱怨黎默，只能抱住殷修的腿，委屈巴巴。

殷修的目光落到了黎默身上："怎么连人家的剩饭都要吃。"

"我没有。"

"张嘴看一下。"

黎默犹豫了一秒后，张开了嘴，露出的不是他之前那一圈密集的牙齿，而是自己刚刚研究出来的正常人类的口腔。

殷修看了两秒，点了点头："口腔构造倒是越来越像人了，但舌头不是蓝的，是红的，下次注意点。"

黎默微笑着闭上了嘴，心情很愉悦。

殷修转头摸了摸小女孩的脑袋："可能尸体被副本清了，别吃了，回去睡觉吧。"

"好。"小女孩抱着殷修的腿点头。

三人分开，小女孩跟殷修回了屋，黎默也回到了自己的房间。

一直在等黎默回来的钟暮缩在被窝里总算松了一口气，半夜听到黎默起身开门出去的时候，他魂都快吓没了。

那人关灯后不睡觉一直坐在床边就算了，还会突然起身往外走，他甚至都不敢问发生了什么，直到听到外面有殷修的声音响起，他才放心了些。

但现在这个人回来了,似乎也没有要睡觉的意思……

钟暮探头偷偷地看了一眼,黎默一直坐在床边闭着眼。

一察觉到钟暮的视线,他就唰地一下睁眼看向了这边,吓得钟暮连忙缩进被子。

拜托,半夜不睡觉一直坐在床边的室友真的很吓人好吧,为什么殷修要把这样的室友分给他啊!

回到房间后,没一会儿小女孩就变回了原本的模样,等殷修把她塞进被窝,熄了灯,屋子里这才彻底安静下来。

临睡之前,他又看向了对床被窝里正准备挪个舒服姿势睡觉的小女孩:"睡前问你一件事。"

"嗯?"小女孩从被窝里探出了脑袋。

"你不是主动想要去摸祭坛的吧?"

殷修突然提到这事,小女孩连忙缩进了被窝,小心翼翼地探出半个脑袋:"哥哥怎么知道我不是主动去的?"

"你看上去不像半夜跑到广场上的小孩,你很乖。"

得到夸赞的小女孩很是开心的,她犹犹豫豫地点头:"我的确不是主动过去的,是一个在我家门口哭的姐姐叫我过去的。"

"一个穿白裙的女人?"

"对,她想让我帮她,我就摸了……"小女孩稚嫩的脸上浮现出迷茫,"妈妈跟我说,帮助别人是好事,但是我摸完之后,大家都不喜欢我了,妈妈也时常露出难过的表情。"

她小心翼翼地看向殷修,眼神黯淡:"哥哥……我是做了一件坏事吗?"

"这不是你的错。"殷修轻声道。差不多可以确认了,小女孩触犯规则,是那个女人故意引诱的,她是故意骗小女孩打破规则,跟镇长相同,都不是什么好人。

"但是大家现在都很讨厌我,妈妈也不知道去哪儿了。"小女孩脸上浮现出难过的表情,眨了眨眼睛,嘟嘟囔囔道,"我想妈妈了,我要去哥哥那边睡觉。"

殷修沉默了下,道:"行吧。"

小女孩立即开心地从床上弹起,抱起自己的小兔子准备过去,然而一起身,她冷不丁地瞥见殷修身后漂浮出黑影,正张牙舞爪地散发出威胁意味。

"……"小女孩嘴一瘪,死心地一倒头,把自己埋进了被窝,"算了,我睡了。"

"不过来了?"

"不了,我自己睡好了。"小女孩嘀咕着,翻了个身面朝墙去了。

殷修默默地躺下,正纳闷着,突然感觉到那股熟悉的寒意又攀附到了自己身上。

怪不得小女孩突然不过来了。

这个诡怪到底要缠他多久啊,真烦。

殷修已经学会无视它,闭眼睡觉。

后半夜相当安宁,直到天亮都没有再发生什么事。

其他玩家睡得很香,天刚亮,大家纷纷爬起来去吃了早饭,而殷修起得稍晚一些,洗漱过后,他给小女孩编了个小辫,再牵着她出门。

门外的钟暮跟黎默已经到了,就等着他们一起去吃饭,然后去完成小女孩要遵守的第二张纸条规则。

四人一下楼,整个大堂的玩家唰地转头,把视线集中到了他们身上。

这些玩家也在等殷修下来,只是从不悦的表情上看来,他们没有好意。

等殷修一下楼,就被其余玩家团团围住,大家在张思的带领下气势汹汹地围住了殷修,语气凶狠地威胁道:"把小女孩交出来!"

殷修有些无语。他低头看了一眼腿边的小女孩,她正欢欢喜喜地把玩着殷修给她扎的麻花辫。

别弄得他好像人贩子一样,他就是想把人交出去,也得她自己愿意啊。

第六章
外婆的家

039.

殷修懒懒地抬眸看向了最前面的张思："为什么？"

他这么一问，倒让张思哽住了。

"什么为什么！小女孩是副本通关的重要人物，不能总让你一个人带着，我们其他玩家怎么办！还要不要通关了！"

殷修耷拉着眼皮，微扬下颚："你要带得走，自己来带？"

张思一顿，有些谨慎地看了一眼正专心致志摆弄自己麻花辫的小女孩，犹豫地上前一步："小妹妹，要不要跟我们走？我们带你去找妈妈。"

他一出声，小女孩立即瞪向了张思，小脸不悦地一皱，开始龇牙咧嘴："滚！"

张思被吓得一个后退，前三天小女孩给其他玩家留下了不小的心理阴影，以至于他们现在还是有些畏惧这个妹妹。

殷修伸手摸了摸小女孩的脑袋，低声道："不可以不礼貌。"

"哦。"小女孩乖巧地点头，"可是有怪叔叔要拐走我怎么办？"

殷修又继续温柔地道:"要是有坏人试图拐走你,记得反抗,一口咬掉对方的手就好。"

"好!"小女孩立即笑了。

其余玩家们一身冷汗,殷修都在教她些什么!想害死他们是不是!

殷修抬眸扫了张思一眼,随即淡然转身去食堂吃饭了。

眼看着强行带走小女孩不成,张思又转变了策略,向殷修道:"人你带着可以,但任务总得一起做吧,她是唯一的通关条件,如果完全不让我们接触她,我们的任务进程不够,都会完不成副本,你难道要让我们所有人都死在这儿?"

"那你们等着吧,我吃完饭就会去的。"殷修打完饭,开始坐下吃饭。

张思还想说什么,就被钟暮凶巴巴地赶到了一边:"走开走开,别打扰我们吃饭,想做任务自己做去!"

张思脸色骤变,不听指挥的新人转头傍上殷修就开始耀武扬威,真是完全不把他们这些前辈当回事。

要不是王广死了,哪还轮得到这几个人在这儿掌控主导权。

他看了看吃饭的殷修,又看了看安静的黎默和小女孩,知道这群人不好惹,就退了一步给自己找台阶下:"行吧,那大家就先坐下等等吧,等你们四个吃完饭了再一起出发。"

他们就是不悦,也只能先等着。

一想到晚上殷修就会死,现在浪费的也是他自己的时间,他们的心情又好些了。

"叔叔,你看,哥哥给我编的麻花辫,好看吗?"晚上吃过夜宵的小女孩这会儿还不饿,也不愿意吃食堂的饭,就抱着自己的小玩偶在玩家堆里转圈,开开心心地炫耀着自己两条漂亮的麻花辫。

小女孩正常的时候是可爱的,黑长发大眼睛,小红裙耀眼,像个娃娃一样。

前三天妈妈不在身边,她也没怎么打理自己,直到今早被殷修抱着编了个麻花辫,现在整个人快乐极了,期待夸奖的眸子亮晶晶的。

张思看了一眼她小手拉扯着的两条小辫子，不屑地一撇嘴："一个大男人还给人编什么辫子，这玩意有什么好看的。"

他话一出，小女孩的脸色瞬间阴沉了下来，目光冰冷地盯着张思："不好看吗？"

张思汗如雨下："好看……好看的。"

"哼！"小女孩气呼呼地一转头，又找其他人询问去了。

她满场转悠，但凡表示出有一丁点不满意的玩家全都被小女孩低声恐吓一遍，最终她的辫子得到了一致的赞美。

她开心地转回到了殷修身边，趴在桌边捧着小脸，盯着殷修吃饭。心想着醒来后一脸疲倦，困意朦胧地坐着给她扎小辫的殷修真是绝世好哥哥。

"怎么了？"冷不丁又被小女孩盯着，殷修疑惑地开口询问。

小女孩摇摇脑袋，回道："没什么，等哥哥吃完饭，我们一起去外婆家找妈妈。"

"好。"殷修点头，继续吃饭。

其余玩家神情复杂地盯着在殷修面前乖巧伶俐的小女孩，他们想不通，为什么小女孩单单对殷修那么温顺，诡怪还有这么偏心的吗？

早饭过后，殷修从怀里摸出了自己记录下来的第二张妈妈的纸条，在出门之前，先简单地回顾了一下规则。

规则一：去外婆家的途中不要去往任何怪物的房子。

这点已经经历过，且牢牢记住了。

规则二：清理外婆的家，找到外婆的日记。

殷修想了想，转头看向了小女孩："你记得你外婆的家在哪儿吗？"

"当然了！"小女孩雀跃地点头。

这下殷修也差不多明白为什么其他玩家一定要堵在这儿等小女孩了，没她还真不行，只有她知道外婆的家在哪儿。

规则三：去往地下室拿到你常吃的蓝色药丸。

殷修若有所思，余光瞥向小女孩："你有在吃药吗？"

小女孩点头："以前没有吃，摸完祭坛之后，妈妈才给我吃的，已经有三天没吃了。"

殷修回忆起第二份妈妈纸条上的一小段叮嘱，末尾是让小女孩要记住常吃的药是她最爱的颜色。

"你最喜欢的颜色是蓝色吗？"

"当然不是了！"小女孩迅速否决，"我最讨厌蓝色了！"

殷修明白了什么，再度看向规则三。

上面让小女孩拿蓝色的药，妈妈的叮嘱却与规则相反。

但既然规则上写了让小女孩拿蓝色药丸，那么这药也不得不去找。

规则四：必须在夜晚时离开小镇。

纸条的规则并不多，如果足够快的话，今晚就能让小女孩完成所有规则，至于能不能通关就另说了。

"好了，我们走吧。"殷修揣起纸条，伸手牵上小女孩准备出发。

其他玩家也立即起身，他们现在就是不情愿也不得不让殷修成为整个团队的主导，毕竟小女孩在他手里。

一群玩家准备出发，临走之前，殷修还是让黎默把外套脱下来给小女孩罩着，老老实实地遵守了不让镇上其他人看到小女孩的规则。

白天的小镇很安静，居民们几乎都待在自己的房子里没有出来，以至于他们出门时，外面一个人也没有。

再次路过广场上那个雕像时，玩家们都很谨慎，生怕再发生一次被女人盯上的情况，但今天什么事也没有发生，广场上依旧被一股阴冷笼罩着。

所有人都很顺利地根据小女孩的指示来到了小镇边缘的一栋房子，这里就是外婆的家。

这栋房子虽然陈旧，但打扫得很干净，小院里的花草打理得整洁漂亮，门前没有太多的灰和杂物，至少可以确认，之前外婆还是住在这里的。

"外婆！"一到房门前，小女孩就立即跑到门口，欢欢喜喜地敲门，"外婆！我来啦！"

她的手一碰到房门，门就吱呀一声缓缓打开了。

屋内的场景让在门口的一众玩家瞬间怔住了。

040.

房屋的客厅里有大面积的血迹，屋内的东西凌乱地倒了一地，花瓶摔碎，地毯卷曲，沙发倾倒，墙面、地面上有许多人挣扎抓挠的痕迹。地上甚至还有沾血的斧头及绳索，显然屋子里的人曾经经历了不好的事。

"外婆……"小女孩呆呆地望着屋子里的场景，整个人都怔住了。

殷修上前摸了摸小女孩的脑袋，然后推开了房门，看到屋内的残局，现在他能明白规则二的前半段是什么意思了。

"清理外婆的家，找到外婆的日记"，这就意味着，那张纸条出现时，外婆家已经出事了，看地上的血迹的凝固程度，出事时间起码在三天前。

"愣着干吗？进来清理东西啊？"殷修回头看向了门外一个个被吓得杵在那里的玩家，催促道。

张思对殷修的指挥感到不爽，但也脸色难看地回头看了一眼其他玩家，让众人进屋根据规则开始收拾房间，寻找那本外婆的日记。

殷修则一边坐着安抚眼泪汪汪的小女孩，一边沉思。

看外婆家的情况，显然小女孩的妈妈也没什么好消息了。根据墓镇的规则，作为触犯了规则的一家，这样的结果极大概率是镇上的人造成的。

殷修盯着那些绳索跟斧头，联想到屋内挣扎的痕迹及溅射的血液，缓缓地闭上了眼。

是祭品，她们大概是被小镇居民变成了祭品。

声称被镇长杀死的女人变成了诡怪报复居民，为了压制住女人，镇长将她封印，但付出的代价就是居民们白天不能出门，每晚还得选择一个祭品送上，看似维持住了局面，实际是一步步把整个小镇送入了死局。

这里的人迟早会死光。

但女人诱骗小女孩去摸祭坛这件事，殷修依然想不通。

"哥哥……"小女孩缩在殷修的怀里瑟瑟发抖，目光恍惚地看着屋内可怕的血迹，声音颤抖，"是不是我摸了那个台子，才导致外婆和妈妈被其他人讨厌的？"

殷修摸了摸小女孩的头发："不是你的错。"

"但是从那天之后，镇上的人就想要杀了我，外婆不得已把我和妈妈藏了起来。"小女孩将脸埋进了殷修的胸口，声音沉闷，"他们一定是因为讨厌我才会伤害外婆的，全都是我的错。"

小女孩迷茫无助的声音让殷修一时间也不知道该如何安抚，只能拍了拍她的背。

"哥哥……"小女孩闷闷的声音飘了出来，她询问着殷修，"外婆已经死了是吗？"

她的声音里缺少了之前的兴奋欢快，变得十分低沉。

殷修还没回答，旁边的玩家就立即应道："一看就是啊，百分百是被镇上的人当成祭品杀了，啧啧，看这屋子里的痕迹，手段真残忍。"

小女孩唰地转眸，瞳孔一阵颤抖。

殷修抬眸，瞪了一眼那个玩家，随即伸手捏了一下小女孩的脸："外婆现在怎样还不确定呢，别担心，镇上的事你别管，今晚我会把你送出小镇的。"

"可是他们……"小女孩紧皱眉头，还想说什么，但在殷修的注视下还是收了声。

"妈呀,这里到处都是血迹,乱七八糟的,我已经不想收拾了!"有个玩家表情崩溃地甩甩手上的血,尖叫着奔出了屋子。

其他玩家也很无奈,屋子有好几天没有收拾了,血腥味和食物陈腐的味道交杂,正常人多少都有些受不了。

抬起沙发,发现底下又是一片狼藉,有人已经面色很难看了:"受不了,我得赶紧通关这个副本离开,难受死了,这地方真是多待一天都是折磨。"

"忍忍吧,今晚就能结束了,四天通关副本已经很快了。"

"但我还是……"

在一群人的抱怨声中,终于有人从柜子下面掏出了一本深棕色封皮的笔记本,兴奋地大喊道:"找到了!我找到规则里说的日记了!"

他一出声,其他玩家立即兴奋地放下了手里的东西,立即聚集过去。大家都想要先看看日记,了解一下到手的消息,然而日记本却猛地被人从死角飞速抽走。

"你!"众人瞬间怒视钟暮,刚想要发飙,就看到钟暮把日记本交给了小女孩。

"给你,这是你外婆的日记,你先看。"

他这一交,大家瞬间没了发怒的理由,甚至连吱声的勇气都没有了。

小女孩摸了摸日记,沉思了几秒,又转交给了殷修:"我不认识几个字,还是给哥哥看吧,哥哥看完再告诉我。"

殷修接过,点了点头,在众人的注视下,翻开了日记本。

14 日

不知道为什么,雅雅深夜去了广场,还摸了祭坛。

这孩子平日里很乖,从来不会在深夜出门,一定是那个女人,那个女人哄骗了她,她一直在寻找能够被她利用的小孩。

我可怜的雅雅。

要是让镇上的人发现这件事,他们一定会杀了雅雅的,我得赶紧把雅雅藏起来……

15 日

镇长知道雅雅摸祭坛的事了，镇长很生气，他果然要杀掉雅雅。

但是没关系，我已经把雅雅藏起来了，他们找不到的，只要快点把她们送出小镇，一切都会好起来的。

雅雅因为诅咒已经开始变异了，只能服用一些精神镇定的药让她保持理性，好在药有用。

16 日

镇上的人还在找雅雅，盯得很紧，暂时无法送她们离开，只能再等等了。

因为找不到雅雅，他们已经盯上我了，我想我得赶紧把自己也藏起来。

架子上的药时常会多出几种没见过的种类，混在了雅雅吃的药里，这不是好事，所幸我还记得雅雅吃的药是什么颜色。

17 日

我听到他们说有办法把我女儿叫出来了，只有通过我的女儿才能找到雅雅，不知道是什么办法，有些担心。

盯着我的人也越来越多了，我得赶紧收拾，赶紧离开才行。

上天保佑我的乖外孙女能够顺利离开小镇，希望我的女儿也没事。

我或许已经无法离开了，屋子外面有很多人靠近，我大概知道他们把我女儿叫来的方法是什么了。

日记在这一页停下，甚至页面上还有不少血迹。

17日就是玩家们进入副本的那天,也是妈妈留下规则纸条离开的那天。

按照日记上的内容来看,镇长想要通过外婆把妈妈叫出来,然后问出雅雅的下落。

很有可能就是以外婆的性命要挟妈妈,妈妈才不得不给女儿留下纸条,然后回到小镇。

然而现在从现场的痕迹来看,多半两个人最后都……

殷修看完日记抬起了头,对上了旁边小女孩小心翼翼的目光。

她试探着询问道:"哥哥……外婆跟妈妈怎么样了?"

那双谨慎小心的眼睛看上去极为脆弱,似乎这个回答对她很重要。

041.

殷修略一沉默,垂眸盯着日记看了几秒,最后缓缓道:"……她们被关起来了,关在镇子外面。"

"你只要离开小镇就能找到她们。"

小女孩面上表情略微一松:"真的?"

殷修点了点头。

小女孩的表情总算放松了下来,面露笑容:"我相信哥哥。"

旁边的玩家们在一旁摇头,光是看这个屋子就已经知道有两个人没了,也就小女孩还能傻傻地相信殷修。

不过有殷修抬眸警示了他们一眼,他们不敢再张嘴戳穿。

殷修又低头把日记往前翻了翻,在一大堆模糊的记录之中,找到了隐隐透露出的关于广场雕像的信息。

22日

最近镇上失踪了许多女人,都是一些漂亮的年轻姑娘,大家都很紧张自家的女儿，白天也不敢再把她们放出来。

有人猜测这件事和新镇长有关，因为这种情况是从新镇长上任后开始的，但没有人敢提出来，也没有人看到他与那些女人来往。

消失的人就像从镇上蒸发了一样，连尸体都没有，很诡异。

27日

王家的女儿怀孕了，她还没有结婚。

那个聪明伶俐、十分自强的姑娘很少有这么糊涂的时候，家里人连男方是谁都不知道，谁也问不出。前阵子有人看到她跟镇长走在一起，大家都怀疑她成了镇长的女人，但依旧没人提，所有人都把这个当作秘密放在了心里，或是成为饭后谈资。

可怜的女孩在怀孕之后情绪就变得很差，时常说自己看到了好多死去的人，大家只当她是孕期焦虑，而镇长那边还是没有回应。

24日

已经过去好几个月了，王家的女儿突然失踪了，大家怀疑跟镇长有关，但镇上几个强势的门户都集结起来站在镇长那边，王家人连查清真相的机会都没有，只能整日以泪洗面。

唉，想念我的女儿了。

8日

王家的女儿找到了，同时找到的还有那些失踪者的尸体，在镇外的一栋废弃房屋里。

找到的时候，王家女儿已经疯了，坐在尸体堆里哭着找她的孩子。

她看到镇长的时候情绪很激动，冲上去要杀镇长，但是被其他人摁住了。

真可怕……那些失踪的人全都被做成了标本……

11日

　　镇长说，失踪的人都是王家女儿杀的，这个女人疯魔了，要为死去的人报仇，所以要在广场上杀了她。

　　唉，我不敢去看，大家心里都知道是怎么回事，却没一个人出来说。这几天镇上的氛围也很不好。

　　可怜的姑娘啊，叫得真是凄惨，希望镇上以后不会出现相同的事了。

14日

　　镇上最近仍然有人在失踪，甚至已经不再只是女人，一些模样较好、眉清目秀的年轻人全都失踪了。

　　依旧没有人出来说话。

18日

　　镇上莫名起了大雾，有人说在雾里看到了死去的王家姑娘，一直在找她的孩子。遇上她的人全都死了，镇长开始禁止大家白天出门。

　　小镇越来越奇怪了，大家陆陆续续生病，身上开始长出一些黑色的毛，镇长说，他们被王家女儿诅咒了，所有人都跑到她家门口去闹。

23日

　　镇上死去的人越来越多了，镇长决定挖出王家女儿的尸体在广场上作法，把她封印在阵法里。

　　代价就是每天献上一个祭品，起初没有人同意，但确定第一个祭品是王家人后，他们就愿意了。

　　造孽啊，为了不被王家女儿杀死，镇上开始固定有人牺牲了，这里迟早要完。

3 日

镇长在广场上建起了一栋新房子，说是为了镇邪，但不知为何，那栋房子建成之后，镇上失踪的人变得更多了。

消失的全都是好看的人，甚至偶尔还会在房子里见到不属于小镇的人。

我有时路过那栋房子，好像能听到很多人的叫喊声，太邪门了，我想我得尽快离开这儿。

10 日

恐怕我暂时没法离开镇子了，我的女儿要带孙女来镇上小住一段时间。

先暂缓行程，过阵子再走。

希望一切安好吧。

日记后面几页写的是雅雅来到小镇后的生活，排除掉一些诡异的部分，日子还是幸福和谐的。

直到连接上 14 日，雅雅碰了祭坛之后，就不那么幸福了。

殷修看完日记，已经基本确认，镇上的一切诡异都是从新镇长到来开始的。

他反复翻看那几页，回想起昨晚跟女人的对话，闷声道："看来那个女人说的是真的，镇长的确不是个好东西。"

黎默在一旁点头。

"看完了没有啊，也给我们看看啊。"见殷修跟钟暮一起看完了日记，其他人也心痒难耐，想要赶紧看看日记。

殷修平静地递了过去，然后转头牵起小女孩的手："你知道你外婆家的地下室在哪儿吗？"

小女孩摇摇头："不知道啊，外婆的屋子还有地下室吗？"

小女孩不清楚，那就只能自己找了。

于是殷修牵着小女孩在屋子里晃悠检查，他们先后去了妈妈的房间、外婆的房间，最后逛到了雅雅的房间。

雅雅屋子里的装饰依然很可爱，很多漂亮的布偶，还有花花绿绿的装饰品，打开衣柜，可以看到很多漂亮的小裙子，各种颜色都有，其中红色偏多，叠得整整齐齐，堆放在衣柜的角落。

"雅雅其实最喜欢的颜色是红色吧？"殷修偏头询问。

小女孩眼睛一亮："哥哥怎么知道的？"

殷修微笑着摸了摸她的头发，牵着她转身，继续去寻找地下室。

屋子不大，地下室也不难找，老房子的地下室只要有频繁进出的痕迹，就怎么都遮掩不住。

殷修最后在外婆的桌子下面找到了一个暗道的入口，挪开桌子掀开那块地板，就能看到一个梯子。

怕下面有什么不好的画面，他让小女孩在上面等着，自己先翻身下去看看。

外婆大概是个懂得未雨绸缪的人，地下室里藏着一些食品、罐头、水、药品，还有一些供人居住生活的日用品。

囤放药品的区域还细心地做好了分类，成年人吃的药，儿童用药，各种疾病用药都有分类，其中雅雅吃的药被单独放到了柜子上的格子里，还贴上了雅雅的名字。

就如外婆的日记所言，雅雅的药里混入了一些别的药品。里面不仅有蓝色药丸，还有红色、棕色、白色的药丸。

殷修沉思了几秒，按照规则拿上了蓝色的药，顺手也将红色的药揣进了口袋，然后爬了上去。

他上来之后，没有在地下室入口看到小女孩，她正站在桌前望着桌上的相片发呆。

"在看什么？"

"妈妈跟外婆。"小女孩仰头,指了指照片里的三个人,是她和她的妈妈、外婆的合照,照片是在这个屋子里拍的,和谐的画面与看上去都很幸福的人,跟现在混乱一片的场景形成了反差。

殷修不知道该说些什么,小女孩忽地伸手扯了扯殷修的衣袖,仰起头认真道:"哥哥,我想要一把刀。"

她稚嫩的声音听上去十分平静,没有任何波澜,可话语里寻求的却不是普通的东西。

殷修一愣,真没想到她会突然要这个。

  副本生存规则四:不要给小女孩任何武器。

但……

  副本生存规则二:不能拒绝小女孩说出口的请求。

他一下就陷入了沉默。

042.

见殷修没有回答,小女孩再度拉了一下他的衣袖,开口道:"哥哥,给我一把刀吧。"

她这出乎意料的一句话让屏幕外正在看直播的玩家也有些傻眼。

"这叫什么?在你最没防备的时候给你致命一击?这妹妹还真会要东西。"

"殷修又要面临进退两难的局面了。"

"小女孩要刀,这场面我觉得如果殷修搞不定,换成其他玩家更不行。"

"但我觉得殷修能解决啊,殷修能是一般玩家吗?"

"你就说给不给她刀吧!"

"给了触犯规则,不给也触犯规则!"

弹幕里焦急地讨论着,差点吵起来,倒是画面上的殷修看上去很是平静,他低声询问了一遍:"要刀?"

"嗯。"小女孩点头。

"行,你等我去厨房给你找一把。"他说着,就拉上小女孩回了客厅,把小女孩丢给黎默照看后,直接转身进了厨房。

看着殷修开始在厨房里挑选刀,弹幕一片惊愕。

"他真的在找刀啊!不能给小女孩刀啊!殷修是不是忘记了?"

"殷修也有忘记规则的一天?"

"完了,我记得他看完规则就把规则单塞到了室友的嘴里,肯定没记清楚!就那么一会儿工夫,怎么可能记得住全部规则。"

"希望等会儿有人提醒他一下吧。"

"大家都看着他进厨房,但没人知道他是要去给小女孩找刀啊,想拦也未必拦得住。"

"离谱,我那么看好的殷修,居然要在这儿栽跟头。"

"闭嘴,都别说了!殷修还没给刀呢,你们就盖棺定论了?都安静点!"

屏幕外的众人只能继续看殷修选刀。

他选出一把小巧的水果刀之后,没有直接给小女孩,而是在厨房里转了一圈,挑了一个碗,然后开始拿刀在碗底磨。

"这个我知道,小时候家里人会用碗底磨刀。"

"怎么?殷修还要把刀磨锋利了再给她?"

玩家们一阵迷茫,接着就看到殷修开始磨刀,只是殷修的动作与正常磨刀相反,他竖着刀刃磨碗底,是在把刀磨钝。

小小的水果刀在殷修的一顿乱磨之下,刀刃别说锋利了,都快卷刃了。

折磨完这把刀之后,他把其他刀都收拾起来,藏到了柜子顶上,然后拿着水果刀出了厨房。

"给你，你要的刀。"一出厨房，殷修就把刀递给了小女孩。

旁边的钟暮一看，瞬间被惊吓到，想要在小女孩拿到之前先抢下来，但被黎默拦住了。

"殷修！不能给她武器啊！"钟暮惊得脸色发白，眼睁睁地看着小女孩接过了刀。

房间里其他玩家注意到这个场景，也都吓得白了脸，但凡记得生存规则的都知道不能给小女孩刀，怎么这人知道规则还要触犯规则呢？

"谢谢哥哥。"小女孩开心地接过了刀，刚刚拿到手里，眉头就皱了起来。

刀……的确是刀，但小小一把，还被磨卷刃了，这刀锋别说割人了，切个水果都切不开。

说这是刀吧，怎么不算呢？

说这是武器吧？割手指都办不到，拿去戳人都不一定疼。

规则上明明白白写着，不能给小女孩武器，这刀已经算不上武器了，是玩具还差不多。

"哥哥，我不喜欢这把刀，我想换一个。"小女孩嘟嘟囔囔道，对这把小刀不是很满意。

殷修平淡地转头指向厨房："但是我只在里面找到这一把，没有其他刀了。"

小女孩不信，去了厨房，一通翻箱倒柜都没找到别的，于是她只能瘪着嘴勉强收下了这把刀，把刀揣进了口袋里。

弹幕里刚刚笃定殷修死定了的人这会儿都不敢说话了。

这操作谁能猜得到。

"你要刀做什么？"殷修盯着她，轻声问了一句。

小女孩支支吾吾地藏起了刀："防身……"

她这不知所措的小模样一看就是在说谎，殷修也没拆穿她，只是点了点头。

现在找到了日记，了解了小镇背景，也拿到了给小女孩的药，算是完成了纸条上的前三条，还剩最后一条，让小女孩离开小镇。今天夜晚刚好撞上了殷修成为祭品的前后时间段，这恐怕会成为整个副本最难熬的时间。

"先回去？"张思知道殷修已经拿到了规则里说的药，盯着他问了一声。

现在重要的药在殷修手里，小女孩也在他手里，这群人就是不愿意，也得跟着他。

"嗯，先回那边吧。"殷修想起那栋屋子里的地下室，总是得找个机会去看看的。

"行！那就都回去！"张思喊了一声，一群人不情不愿地跟上殷修，随他一起回去。

殷修这边四个人一向是待在一起的，那边的玩家也聚集在一起，三三两两地凑在一堆低声嘀咕着什么。

眼看着副本要结束了，他们还没能研究出通关规则上的尸体指的是谁，加上主导权在殷修手里，这让他们怎么都有些不乐意。

回到房子的大堂里，玩家们纷纷坐下，开始了副本最后的推断环节，这个时候谁掌握的信息量最多，谁就最有发言权，然而拥有最多信息的殷修却被挤在了角落。

他看了一眼墙上的时间，又看了一眼角落里那扇地下室的门，觉得还不是时候进去，就坐在角落里打瞌睡，听着那群玩家分析。

"看完刚才的日记，我觉得这次通关条件里那个怪物的尸体，肯定是广场上那个被封印的女人。"

"怪物的尸体嘛，肯定得先是个怪物，而那个女人就是镇上怪物的起源。"

另一个立马反驳了："但小女孩也是怪物，而且是跟小镇居民不一样的特殊怪物，还记得进副本时，副本提示里的最后一句吗？"

"啊？"

"你必须按照妈妈留下的纸条来帮助她生存，时刻小心身边的怪物。"

"当时我就注意到，这个怪物明确是指小女孩吧，那时候玩家跟镇上的人分隔两地，能待在玩家身边且最危险的怪物就是小女孩，这明显是一个提示。"

其他人若有所思，关键是他们还真没注意到过这个，这也不是没可能。

"不过我还是觉得镇上的女人更有可能，日记里有那么多信息指向她。"

张思也开口了："不是小女孩就是女人，肯定是这两个，但我还是觉得是女人，毕竟日记里说女人已经死了，她的尸体被封印在雕像下面。"

"那雕像下面的尸体是不是就是规则里提到的尸体？我们把尸体挖出来。"

"嚯，还真有点道理。"

一群人开始点头认同。

角落里的殷修忽地幽幽提了一句："有没有可能是镇长呢？"

"这……应该不太可能吧？镇长一看就是诡怪啊。"

在副本内，诡怪和规则里提到的怪物明显是两种物种，怪物就是副本明面上给的身份，而诡怪属于副本里的一种存在，规则里杀人的就是诡怪，小镇居民本质上都是诡怪，但副本给予他们怪物的身份，并且要求玩家寻找怪物，那就一定是找被副本给予了怪物身份的诡怪。

目前为止，玩家们的逻辑都是这样的，甚至大部分副本的逻辑也都是这样的。

如果要把镇长分类成怪物，首先得找到镇长也是怪物的证明。

殷修摸着下巴思考着，这就是他目前一直在找的信息了。

这个证明就在地下室里，可偏偏规则不允许玩家进现在这个房屋的地下室。

他还在等一个合适的时机。

只要有机会，他一定得去地下室，什么献祭，什么时间不够，他都不在意。

"说起来……"殷修忽地想到一个新的问题，"如果小镇居民们今晚没能让我成为祭品，小镇会怎么样？"

至今为止还没有信息提到这点。

他这一问,玩家们立即沉默了。

这……还真难以想象啊。

第七章
黎默的条件

043.

殷修倒是在此基础上展开了各种猜测。

"要是我没有成功成为祭品，是女人愤怒地突破封印杀光镇上所有人，还是在此之前镇长先亲自来杀掉我呢？"

"这期间会不会顺带杀掉你们呢？"

他说得轻描淡写，其他人却听得心里发慌。

不管是哪一样结果都很差，是玩家们不敢想象的，因为一旦殷修先坏了规矩，很有可能会影响到其他玩家的副本进度，或者直接使他们完不成副本；再者，万一镇上出了大问题，一发不可收拾，玩家们很有可能跟着遭遇危险，结果没有最差只有更差。

看着殷修漫不经心的模样，其他人打心底感到不安。

他们开始苦恼成为祭品的是殷修而不是别人，要是别人可能没法反抗，老老实实成为祭品，可殷修就不一定了。

"我觉得副本肯定有副本的规矩，应该没有那么容易被影响吧……"有玩家嘀咕着，试图让殷修放弃反抗，但殷修只是笑了笑。

"我先去睡会儿。"

说着他就转身上楼了。

晚上他就要成为祭品，他怎么敢在几个小时之后就要死的情况下平静地说出要去睡一会儿？

玩家们一时间更慌了，这个人指定要搞点什么大动作吧！

"哥哥睡觉的话，我去玩一会儿。"小女孩抱着她的小兔子玩偶欢乐地蹦上了楼。

其余两个人也不用说。黎默自然是要跟着殷修上去的，钟暮不被其他玩家接受，也只能跟着上楼。

大堂里留下的玩家们面面相觑，一时间都不知道该做点什么。

一上二楼，殷修就注意到楼梯口那幅碎了的画，是昨晚黎默在他进厕所之后搞出来的动静。

当时画像里是一个男人，是一个镇长方的人，不怀好意地劝说他选择镇长，然后他再从厕所里出来的时候，男人就从画像上消失了，而画像前的玻璃也碎了。

听那时候在走廊上响起的叫声，对方似乎是被黎默吃了。

换言之……

殷修回头看向后面跟着上来的黎默，抬手指向了画像："里面的人呢？"

黎默微微一笑："吃了。"

走在黎默后面的钟暮顿感震撼，脸色苍白地抬手捂住了耳朵，一边碎碎念着"听不见"，一边匆匆从他们身边走过去。

殷修继续问："你能把他从画像里揪出来？"

黎默点点头。

"原来你还有这种能力……不错……"殷修若有所思地道。

"不错"两个字从殷修嘴里蹦出来的一瞬间，黎默始终保持着上扬的嘴角抿了一下，隐隐透露出一丝愉悦。

"那画像里的其他人,你也能把他们从画像里拉出来?"殷修没注意他的表情,继续试探。

黎默再度点头。

殷修一怔,他只是这么一问,没想到他真的可以,那这个人可触及的范围未免太广了点,就算是诡怪也绝对不是一般的诡怪,他的能力足够踩着镇长的脸把他乱打一顿了。

殷修迅速地在脑海里思量着黎默的用处,有了这个逆天的室友存在,他想进房屋地下室的想法就能轻松实现了。

"我们来做个交易吧。"殷修迅速地在脑海里定下计划,然后抬眸盯着黎默,认认真真地说道,"我先把你需要做的事告诉你,你考虑一下能不能办到,愿意的话再告诉我你的条件,如何?"

黎默点头。

殷修便凑上去,在他耳边嘀咕了一阵自己的打算,然后再退回来盯着黎默:"你觉得能办到吗?"

黎默微笑:"可以。"

"那你的条件呢?说出来我考虑一下。"

黎默开始思考,他垂眸盘算的样子跟机器人停机了一样,一动不动。

殷修也很有耐心地站在对面等着他。

屏幕外的玩家看着两个人面对面地站在那儿,什么也不说,一站就是好几分钟,就在他们差点以为画面卡住了的时候,黎默抬头了。

他黑色的眸子里含着笑意,缓缓地道:"你睡觉。"

殷修轻轻歪头:"怎么睡?"

"睡棺材,我的。"

殷修思考:"一晚?"

"嗯。"

"没问题。"殷修点头,由于黎默的行为举止过于不像正常人,对方嘴里说出什么条件他都有心理准备,因此没有太过惊讶。

但屏幕外的玩家迷茫了。

"什么玩意？睡棺材？我没听错吧？"

"你没听错……他说的就是睡棺材，让殷修睡他的棺材，我都有点跟不上他的脑回路了，他脑子里装的什么啊。"

两个人条件谈妥，殷修就直接拉上黎默开始行动："走吧，先跟我把整个楼里的画取下来。"

黎默点头，静静地跟在殷修身后。

殷修取一幅，他就拿一幅，然后跟在后面盯着画看。

看着看着他就咧开了嘴，惊得周围所有画像里的人都开始发抖。

"不准吃。"殷修回头叮嘱道，"白天的画像一幅都不能吃，要吃就吃晚上的。"

黎默又闭上了嘴，保持微笑。

画像里的人被吓到了，屏幕外的玩家被吓到了，碰巧看到这一幕的钟暮也被吓到了，只有殷修跟没事人一样继续取画。

"某种角度来看他们真是天选搭档……"钟暮第一次进副本就遇上了这样的组合，要不是有其他正常的玩家在，他差点就以为所有进副本的玩家都这么诡异了。

"要不要我帮忙啊？"他迅速过来准备打个下手。

正巧黎默手里的画快要放不下了，殷修就指指画像："帮我放到我房间里去吧。"

"好。"钟暮听话地接过黎默手里的画像，不小心触到了他冰凉的手指，忍不住打了个哆嗦，抬眸对上黎默微笑的表情，还是硬着头皮假装没事发生，转头询问殷修，"你收集这些画做什么？"

"现在还不好说。"

"哦。"钟暮自从跟在殷修身边，已经学会了不该看的不看，不该听的不听，不该知道的就不追问，于是老实地抱着画走了。

"帮我看好雅雅。"取完二楼画像准备下楼时，殷修又叮嘱了一声。

"好。"钟暮应着，转头打开了殷修的房门。

正巧一开门就看到雅雅蹲在画像边，盯着画流口水。

"……看不见看不见看不见。"钟暮深吸一口气，抱着画像进了屋。

等从这个副本出去，他一定会成为一个看到任何东西都不震惊的"半成品大佬"。

殷修和黎默下楼后，发现大部分玩家已经出去，到镇上查找线索了，只剩下一小部分玩家在大堂里讨论着。他们看到殷修和黎默时瞬间警惕起来，但看到他们取画像后又开始迷茫。

"他们取镇长的画干什么？"

不止副本里的玩家困惑，屏幕外的玩家也同样困惑，完全不知道殷修想干什么。

取着取着，门嘎吱一声打开，有人回来了。

众人转头一看。

是镇长。

044.

镇长气喘吁吁地进门，像是很着急地赶过来一样。

他进屋抬头看到已经变得空荡荡的大半面墙，余光一瞥，就跟手里拿着画的殷修对上了视线。

四目相对，气氛有些僵硬。

镇长沉默片刻后，缓缓地道："那些都是我的收藏品……"

"我知道。"殷修点头，不为所动。

镇长又补充了一句："我的收藏品很珍贵，我都不允许别人碰的。"

"哦，是吗？"殷修语气平平，仍然没有要放下画的意思。

镇长的神情瞬间变得复杂起来。

哪有主人回来了，还当面拿人东西的？这人比强盗还霸道！

他盯着殷修，再看看黎默，一时间有些下不了台。

感受到镇长身上散发的低气压，还在大堂里的玩家瞬间缩到了角落瑟瑟发抖。

这场面一看就要出事，神仙开战，平民遭殃，他们还是躲着点比较好。

"我希望你能放下，可以吗？"镇长面对殷修还是客客气气的，要换作其他人可就很难说了。

"我拿回房间欣赏一下，不可以吗？"殷修反问。

"不可以。"

"我非要拿走呢？"

"……"

殷修几乎是在镇长的雷区上蹦迪，轻描淡写的几句话就让镇长怒气值飙升。

玩家们继续瑟瑟发抖，看看脸色阴沉的镇长，看看风轻云淡的殷修，双方都没有退让的意思。

就在众人差点以为双方要动手时，镇长开口了。

"欣赏的话，不用全部拿走，我可以让你带一两幅回房间，怎么样？"

他妥协了！他退让了！

屏幕外的玩家一时间分不清他到底是因为对殷修很宽容而退让，还是因为畏惧黎默才隐忍。

然而，殷修摇摇头："不行，我就要全部。"

还在大堂里的玩家瞬间倒抽一口冷气，恨不得抽自己几巴掌——悔恨自己刚刚没出去，待在这儿怕是要受牵连。

镇长的脸色变得有些难看，他死死地盯着殷修，眉头紧蹙，似乎在思考着什么。

盯着盯着，又转而看向了殷修身后的黎默，眉头皱得更紧了。

他面对的不是一个土匪，是两个，还是两个持枪进屋的土匪。

大堂里寂静了有一分钟，空气仿佛都变得冰凉，让人止不住地哆嗦，缩在角落里的玩家都快哭出来了。

半晌后，镇长才深吸一口气缓缓地放松了下来，他抹去脸上的阴沉，微微勾起笑容，温和地看向殷修："好吧，如果是你的话，我愿意把这些珍贵的收藏品放在你那儿。"

"毕竟你是特殊的，再多的画像也不及你。"

他的话意味深长，让屏幕外一众玩家纷纷讨论起来。

"这个镇长好邪门，这都不生气，还要强忍着向殷修示好。"

"来，让我们为痛失收藏品的镇长鼓掌。"

"所以为什么殷修这么做他都不出手？"

就算镇长温和退让，殷修也没有多领情，只是冷淡地点点头："那我拿走了啊。"

"嗯。"镇长笑眯眯地注视着殷修取走了一墙的画，然后交到了黎默手里。

殷修也很不客气，说着要取走画，就直接将整个大堂的画全都取走了，包括地下室门口的那一片，画像叠起来抱在黎默手里，几乎挡住了他整个人。

"我走啦。"取完画，殷修就淡淡地向镇长挥挥手，转身上了二楼。

"晚上见。"镇长也微笑着回应，然后目送殷修跟那一摞画上楼了。

等到殷修走后，他微笑的脸瞬间垮了下来，双眸阴沉地凝视着周围空荡荡的墙壁，眼中难掩悲痛，周身散发出来的冰冷让还在大堂的玩家又哆嗦起来。

"镇长这是被殷修抄家了啊，他所有的收藏品都在这个楼里吧？"

"痛，真是太痛了，但是好好笑。"

"殷修拿走镇长那么多画到底想干吗？他跟室友进行了什么交易？"

"看着呗，他们肯定有计划。"

众人兴致勃勃地看着殷修指挥黎默把所有的画搬回了自己的房间，堆到墙角，足足堆了三摞。

"这……这个小破楼里的画像加起来这么多？"钟暮看呆了，凡是看完日记的玩家，现在多少能意识到这些画像里都是镇长杀死的人，"……这得有多少人啊。"

"人越多越好。"殷修淡淡地看了一眼窗外的天，拉上了窗帘，然后把钟暮推出门外，"你出去吧。"

钟暮一脸迷茫地被赶到了门口。

接着，对着画流口水的小女孩也被拎到了门口。

"记得把雅雅看好。"

钟暮迷茫，小女孩也迷茫，两人都还没来得及说点什么，殷修就关上了自己的房门，只留了黎默在屋子里。

外面的人一脸蒙，屏幕外的玩家倒是很期待，他们可是能看到殷修要做什么的。

一整个下午，殷修跟黎默都没有离开过这个房间，小女孩和钟暮出去溜达了一圈又转了回来，房门还是没开。

"哥哥怎么还没出来啊，是不是被那个坏人吃掉了？"小女孩一脸担忧地扒在门板上，想要听里面的声音，但什么都没听到。

"那个人……什么都吃吗？"钟暮汗如雨下。

"不管他吃不吃哥哥，马上天就要黑了，哥哥再不出来的话，还是会被怪物吃掉的。"小女孩转头看向窗外，临近黄昏，镇上的居民也都慢慢地从屋子里出来了。

殷修作为今晚必须献祭给那个女人的祭品，那些居民必定是要抓住他的，甚至这会儿天还没黑，他们就已经早早地开始准备了。

只见那些居民拿武器的拿武器，监视房屋的在附近游荡，甚至还有居民已经在广场上磨刀了。

只要天一黑，他们就会立马行动。

045.

那些虎视眈眈的小镇居民慢慢地聚集在了房屋附近，身影密密麻麻地立在房屋外，几乎堵住了全部离开的路线。还在外面闲逛寻找信息的玩家被吓得早早跑回来避难，匆匆避开那些居民，躲回房屋关上了门。

天越黑，在外面遭到波及的可能性就越大，就算今晚没其他玩家什么事，但他们依旧怕火烧到自己身上。

"他们已经开始行动了啊。"钟暮站在二楼往外望，面露担忧，他们进副本这么多天，还是头一次看到副本角色们大规模聚集，场面有些震撼，一想到这是要追捕一个玩家的阵仗，又有些心悸。

他越看越感觉到不安，忍不住叹气："希望殷修能逃过去……但看情况今晚直接通关副本是不可能了，他能逃过成为祭品的命运吗？"

一般玩家突然到了这一步，几乎就没办法通关，但他总感觉在殷修身上会有别的可能性。

钟暮的纠结被小女孩听了去。

她呆呆地揉着怀里的小兔子玩偶，望着楼底下逐渐聚集的小镇居民，有些紧张地掐紧了兔子的脖颈，眉头紧蹙。

天越来越黑，聚集的人也越来越多，但他们没有直接冲进来。

这栋房屋是镇长的，除去在里面工作的服务员，其余人没有进出房屋的权限，而殷修也是第一个住在房屋里的祭品，因此他们只能在房屋外面观望，不敢贸然进入。

但时间越久，他们就越着急，也越按捺不住，楼底下隐隐传来居民们的低声议论。

"镇长为什么还没有出现？还没有找到他人吗？"

"没有啊，镇长该不会故意不出现，想要包庇那个男人吧？"

"是有这个可能的，因为镇长很欣赏他。"

"那我们怎么办啊！镇长难道不管我们的死活了吗？要是她从封印里

出来怎么办？"

"如果没有及时献上祭品，她一定会出来的，她一定会来杀死我们的！"

"不管了！如果镇长一直不出现的话……为了不被杀死，我们就不得不进去了。"

"今晚说什么都得献上这个祭品！"

那一双双幽怨通红、充满杀意的眼睛死死地盯着房屋的二楼，无数身影站在黑暗里，还在等待着。

这时房屋里的其他玩家也坐不住了，都担忧地望着窗外那些身影，开始交流起来。

"要是一会儿他们冲进来怎么办？会不会误伤我们？或者找不到殷修，来拿我们中的人当祭品？"

"躲起来吧，只能躲起来了，要不然就是我们先抓住殷修，把他送下去。"

"……抓殷修就算了，他身边还有小女孩呢。"

"也是，只能躲着了，等今晚过去了，我们就自然能顺畅地通关副本了。"

"对对，希望今晚快点过去吧，他也最好别反抗。"

其他玩家纷纷躲在房间里祈祷着。

他们听着外面的声音，等待着那些小镇居民冲进来抓走殷修，但过了一会儿，他们没有听到人群从外面冲进来的声音，反倒是在屋子里听到了诡异的脚步声。

那声音很轻，却很密集，像是有很多人出现在了走廊上，他们成群结队，慢悠悠地排队顺着楼梯往下走，井然有序，数量多到让人头皮发麻。

现在所有玩家都躲到了自己的房间里，小镇居民也都没有进来，那现在外面响起的脚步声是谁的？

一股寒意瞬间从玩家们的心里升起，他们屏住呼吸，小心翼翼地起身贴着门，透过猫眼往外看。

漆黑的走廊上，一道道幽蓝透明的身影成群结队地低着头从房门前走过，他们双眸紧闭，脑袋下垂，缓慢地顺着走廊行动，一张张惨白的脸泛着青紫，毫无生气，俨然是一副死人模样。

身影们一部分下到了一楼，一部分停在了二楼，他们紧紧地贴着墙壁，顺着走廊站成一排，那一大面密密麻麻的身影几乎塞满了整个房屋，没有玩家敢在这个时候出去。

"头皮发麻……那是幽灵？"

"这副本连这个都有吗？还让不让人通关了。"

玩家们被吓得面色苍白，全都缩在了房间里不敢出来。

时间一点点过去，终于快要到献祭的时间了，门外的居民们正打算冲进房屋，这个时候，镇长出现了。

他一如既往地带着温和的笑容，优雅地出现在了众人的面前，看着各个双眸猩红、一脸杀意的小镇居民，十分淡然地道："各位，献祭的时间快要到了，我才想起今天的祭品似乎在我的房屋里，不好意思，让各位等急了。"

居民们不在意他随口瞎编的理由，只是握紧了手中的武器，死死地盯着镇长："镇长，我们能进去吧？"

"你应该不会包庇那个祭品吧？"

"提出献祭守则的可是你，事到如今你不会自己打破它吧？"

面对居民们的逼问，镇长满不在乎地点头："嗯，你们进去吧，为了献祭，当然可以进去抓走那个人。"

他说得十分轻松，没有居民们想象中那么不舍，居民们虽然心存怀疑，但时间有限，一得到允许，便连忙冲向了房屋的大门。

镇长微笑且沉默地在旁边望着他们，眼眸阴沉下来。

这群刁民在压抑的环境里生活久了，到底是有些疯魔了，时间长了之后竟然都敢不把他放在眼里了，他们恐怕已经忘了谁才是这个小镇真正的统治者。

想杀殷修？

今晚小镇无论死伤多少人，殷修也绝对不能死，在镇长心里这些居民的贱命都远不及他发现的艺术品重要。

不过为了让小镇不瓦解得太快，表面功夫他还是会做一做的，为此他忙碌一下午，早早地把为殷修量身定制的画框做好了。

只要在殷修被抓住后，他悄悄地把他放进画框里，就再也没有人能从他手里抢走这件艺术品了。

想到这儿，他满足地勾起笑容，等待着这群人冲进去替他抓住殷修，混乱之中他余光一瞥，忽地看到二楼的窗户边，他很想带走的"艺术品"正慵懒地靠窗支着下巴望着楼下。

窗口微弱的光亮勾勒着他白色的身影，晚风抚动他的发梢，他低头望着镇长，那双墨玉一般的眸子微含慵倦与淡漠，冰冷至极。

他这副模样正是镇长欣赏的样子。

046.

他真的太喜欢这个人活着，却浑身冰凉一点生气都没有的样子了。

一时间，他对视中的殷修如同泡沫一般晶莹，晃得他头晕目眩。

但下一秒，旁边小镇居民的尖叫声惊醒了他。

镇长猛地反应过来，这个时候殷修不应该躲起来吗？为什么还淡定地待在那里？

一转头，门口的喧闹声就给出了答案。

在小镇居民们气势汹汹打开房屋大门准备冲进去的一瞬间，有什么东西凄厉号叫着扑了出来，一把掐住了冲在最前面的人。

幽蓝的灵体带着黑烟滚滚的怨气直逼房屋门前的小镇居民，带着恨意迅速地杀死了冲上来的那个人，随即愤怒地将那个人的身体一把扔向人群。

"什么东西！"居民们惊慌失措地后退，在受到惊吓后本能地散开。

他们看着地上那人尸体，又看向门口漂浮着的一张张惨白且怨气冲天的脸，一时间都愣住了。

这……这什么玩意？为什么镇长的房屋里会有幽灵？而且是怨念极强，攻击性也极强的怨灵。

"别走啊！祭品就在里面呢！"有人大喊着把人群召了回来，仍旧面对房屋入口不肯放弃。

面对房门前诡异的灵体是死，不准备祭品被女人杀掉也是死，他们进退两难，只能持着武器，咬咬牙奋力冲进房屋试图一搏。

小镇居民们鼓起勇气冲上去，除了发出此起彼伏的惨叫外，无一人顺利进去。

短短几分钟，小镇居民就死伤大片，哀号声惨绝人寰。

整个房屋里都是灵体，即便进了大堂，上了二楼，又怎么能把殷修带出来？

镇长呆呆地望着那一张张挤在门口，被恨意扭曲的脸，恍惚了片刻才反应过来——那些是画，全部都是被他困在画里的人！

怎么可能……是那个男人吗？

那个男人竟然把他所有的珍藏品全都放出来了！那是他花费多少年才累积起来的心血啊！

镇长咬牙切齿地瞪着二楼正盯着他的殷修，情绪又兴奋又悲痛，他现在明白下午的时候，殷修为什么要拿走那些画了，全都是在为晚上这个时候做准备，他那时真是一点都没想到。

他兴奋于殷修的反抗——那人居然敢把他画里那些怨灵放出来当守卫——又悲痛自己积累多少年的收藏品一朝被清空。

镇长想把殷修收进画框里的愿望变得更加迫切了。

"镇长！我们进不去啊！"

"死了……死了好多人！镇长，为什么你的房屋里有那么多怨灵？"

"完了，我们都完了，祭品是拿不到了……我们全都要被那个女人杀死了。"

小镇居民转眼就死伤一片，满地鲜血，场面异常骇人。

那些灵体全都守在门口，一张张脸挤在那儿，怒视着门外的人，只要有人一进去就必然被袭击。

对于小镇居民的侵入，他们只是做出防卫，但在看到镇长之后，那些扭曲的脸一个个都变得狂躁起来，纷纷想要涌出去杀死这个男人。

这时，广场上泛起了迷蒙的白雾。

一道低沉的女人笑声响在了幽冷的广场上，一批小镇居民开始发抖。

"她……她来了……献祭的时候到了……"

"完了……我们镇子完蛋了啊！"

居民们绝望地回头看向广场，朦胧的白雾之中出现了那个女人的身影，她拖着自己瘸了的腿，一步一步地从白雾之中走出来，滴滴答答的鲜血流淌了一路。

居民和镇长一时间被夹在女人和怨灵之间，无论是哪一样，都让他们陷入无法脱身的困境，谁也没空再管殷修这个祭品了。

"终于……终于让我找到机会了。"女人出现之后，没有理会小镇居民，而是死死地盯着镇长，双眸猩红。

"死……杀死你……我要杀死你……"屋内的灵体们也开始鬼哭狼嚎，在房屋的大门前晃悠，拼命地想挤出去杀死镇长，却没有一个灵体能够挤出去。

"这还真是给我惹了个大麻烦啊……"镇长面对充满怨念的两方，缓缓后退了一步。

幸运的是殷修把麻烦甩给了他，今晚殷修不用死了。

不幸的是，殷修甩给他的真的是个超级大麻烦，很要命的那种。

面对女人缓缓逼近，镇长只能后退一步，转身就飞奔进了黑暗里。

"不要走！"女人尖啸着，随即迅速飞奔出去跟上了镇长，两人的身影消失在了白雾之中。

而楼下，灵体们出不去，只能继续堵在门口，小镇居民们想要祭品，却进不去，灵体们也怨恨他们对镇长的行为视而不见，因此是绝对不会让他们进屋的。

看了一场闹剧，殷修懒懒地打了个哈欠。

好了，镇长不在房里，居民们进不来，现在这里就是绝对安全的，现在哪有人还有闲心管他这个祭品呢。

"跟我去地下室。"殷修转身，朝黎默钩钩手指便开门出去了。

黎默来了殷修的房间，钟暮就不得不跟小女孩去旁边的房间，这会儿一开门，走廊上除了灵体就没有别的身影，不管去哪儿都畅通无阻。

玩家们听到殷修开门了，也听到殷修在往楼下走，但他们从猫眼里一望出去，看到的就是走廊两侧安静站着的灵体，谁也不敢去招惹，尤其是听到刚才楼下无数小镇居民的惨叫声后。

殷修无所谓，毕竟这些灵体就是他放出来的，哪怕他们想要攻击他，也会畏惧他身后的黎默。

他转悠着下到了一楼大堂，路过刻着规则的柱子时，稍微停了一下。

旅馆规则六：不要去地下室。

殷修在细细研究规则之后就发现，副本生存规则是副本约束玩家的，触犯规则，副本就会让玩家出局。

妈妈的纸条是约束小女孩的，触犯规则，死的会是小女孩，玩家之所以会死，无非是自己的规则上包含了对小女孩生死的条件约束。

而墓镇规则一部分是女鬼约束小镇居民的，居民们没有按照规则完成的话，女鬼就会杀死居民。

现在，他所在的这个旅馆，是属于镇长的，规则自然也是镇长约束住客的。

不能去地下室这一条就是镇长为了约束住客而定的，为的是不想让人知道地下室里的秘密，一旦有人触犯规则去了地下室，就由镇长来杀死触犯规则的人。

不是副本，不是女鬼，也不是其他什么存在，一定得是镇长，因为这是镇长的规则。

规则与规则之间只要不是互相牵连，就是独立的。

可要是有人在镇长无法进行处罚的时候进入地下室呢？

047.

比如现在正在被女鬼追杀的镇长，就一定没办法立即回来杀死进入地下室的玩家。

副本兴许压根就没有想到，镇长也有还活着却无法自由行动的时候。

"是漏洞！这肯定是漏洞啊！"

弹幕上有人看到殷修进入地下室却毫发无伤，忍不住惊呼。

"这副本会出问题吗？这可是老副本了，是不是殷修利用了什么道具？"

"不管如何，现在就是他进入了地下室，但规则没有杀死他！他违反规则却没出局，这合理吗？"

"我也觉得离谱，这肯定是漏洞吧？"

"不管什么漏洞，殷修居然利用画像里的怨灵堵门，让小镇居民无法完成献祭，然后引出女鬼压制镇长，这套连招让我看傻了。"

"压制敌人的最好办法就是放出敌人的敌人，因为女鬼跟镇长是两方势力，而且是互相牵制的，对付其中一方的最好办法就是放出另一方。"

"他进地下室却没事，应该不是漏洞吧？我记得过这个副本的时候，看到有人进地下室后，立即被镇长杀死了！而现在镇长正在被女鬼追……所以没法杀死进入地下室的殷修？"

"原来是这样！这也在你的计划之内吗殷修！"

"这种从来没有人验证过，仅仅依靠猜测就行动的冒险行为，也只有他敢做了。"

"要是换成别人很可能就是作死行为了！他赌对了。"

发弹幕的玩家对于殷修的操作感到不适，不为别的，只为知道不能抄作业了——同款操作一般人还真不敢做。

这时，弹幕忽地悠悠飘过一条消息。

"殷修确认自己能杀镇长才敢去做，你以为他是赌吗？现在整个副本，包括镇长自己都不知道殷修能杀他，万一计划不顺利，他直接反杀镇长就是了！"

"真的吗？他之前的确杀过一次变成诡怪的居民，但还不至于到能杀镇长的程度吧？这可是副本大魔王之一啊！你少跟我吹牛。"

"呵，见识浅薄了兄弟，我说他能杀，他一定能杀。"

"呵呵，你吹得那么牛你谁啊？咱镇的叶老大都不敢这么吹他！"

"巧了，我也姓叶，我叫叶天玄，你说的叶老大是谁啊？叫出来跟我比划比划？"

"……"

"……"

"……啊，叶老大你从副本里出来了啊，现在在哪儿呢？我去接你。"

"不急，我刚出来就看到殷修在副本里，我先看看，他怎么进去的？"

"好像是夜娘娘逼进去的。"

"是吗？夜娘娘出息了啊，六年终于搞了个大业绩。"

"……叶老大，夜娘娘看得到呢。"

弹幕瞬间安静了。

众人默契地止住这个话题，再度把关注点放到了画面里进入地下室的殷修身上。

进入地下室之后，两侧无灯，面前只有一条幽暗往下的楼梯。

殷修在入口处站了好一会儿才让眼睛适应了黑暗，确认看得清阶梯之后，他才开始往下走。

往下没走两步，浓郁的血腥跟腐臭味顿时翻涌了上来，殷修皱皱鼻子，抬手用袖口捂住了口鼻，继续往下走。

楼梯到头，深处是更阴郁的暗，周围的墙壁萦绕着阴冷，寒意贴在肌肤上，让人止不住地打战。浓重的血腥和腐臭味弥散在空气中，让人头皮发麻。

"你看得到灯在哪儿吗？"殷修实在看不清周围，只能问了身后的黎默。

"嗯。"黎默应完之后就自觉地打开了地下室里的灯。

刺眼的光亮起的一瞬间，殷修本能地眯起眼，等眼睛适应光亮，看清周围后，他沉默了。

地下室不大，墙壁上挂满了画像，同时画像之间还放着一些刀子、斧头之类的工具，暗褐色的痕迹到处都有，地面、墙壁、桌子，以及地下室中心一个巨大的黑色棺材。

这里是用来做什么的，一目了然。

看着满墙的画像，殷修迅速警觉起来。

灯光亮起来之后，那些画像上的人慢慢地睁开了眼。

殷修一个转身，拉住了黎默，抬头看向墙壁上正在逐渐睁眼的画像："把他们都吃了。"

黎默："……"

虽然困惑，但黎默照做了。

于是屏幕外的玩家就那么看着那个穿着黑色西装的男人——打碎墙壁上的画像，然后伸手将画像里的黑影拽出来，一口一个。

地下室里惨叫声接二连三地响起，画像里的诡怪全都颤抖着，却根本无法逃跑，就那么无助地被黎默两三口吃了个干净。

此刻，规则小镇广场上，回家途中正巧看到这一幕的叶天玄怔住了。

"这个跟殷修在一起的是个什么玩意？"

"叶老大，那是他的室友。"

"室友？你管这个一口两个诡怪的男人叫室友？"

"他不是我们小镇的人，似乎是之前下雨时出现的，谁都没有注意的时候去了殷修那儿，好像殷修进入副本也跟他有关系。"

叶天玄沉思着，经过满是诡怪蹲守看直播的广场，朝着夜娘娘挥挥手后离开了。

等黎默将地下室墙壁上的画像全部吃干净后，殷修转头看了一眼地下室的入口，没有听到任何声音后，他才放松下来。

"哦！我知道殷修为什么让他室友吃掉那些画像了！"此时有位玩家突然想明白了殷修这样操作的原因。

"为什么？求大佬分析。"

"那些画跟外面挂着的受害人画像不一样，地下室的画是之前夜晚来劝说殷修投靠镇长的那批人，是镇长的眼线。

"镇长之所以能察觉到玩家进入地下室，然后及时出现杀掉触犯规则的玩家，就是因为地下室里有画像。一旦有人侵入这里，画像们就会立即告诉镇长。"

"所以殷修才第一时间让他的室友吃掉画里的人。"

"分析得是挺有道理的，但感觉就刚才那会儿，镇长已经知道了吧？"

"知道是知道了，但他现在被女鬼追着，也回不来啊，就算后面匆匆赶回来了，这里的目击者全都被吃掉了，他回来也不知道究竟是谁进了地下室。"

"原来是这样！"

"这种躲避规则的操作也只有有室友在的殷修能够办到啊……这一般人还真学不来。"

"确实是这样的，所以这个地下室里有什么东西从来没有人知道，现在殷修算是第一个对外公开地下室信息的玩家了，大家赶紧多看看！"

众人期待的目光落在了画面里的殷修身上，看着他在地下室绕了一圈，然后在桌子上找到了一本记录册以及一本镇长手册。

记录册就是镇长的犯罪记录，每一个档案都清晰地写着他是如何选中自己心仪的"艺术品"，又如何接近并将对方骗到这个房屋里来，将对方杀死后，又是如何用自己的诡异力量将对方封印在画中，保留对方最美的模样。

记录册上所有受害者的名字下面都有一大段文字，镇长对他们都进行了精细的赞美，唯独最后一页，只有一个名字，备注了一句话：

殷修——独一无二的收藏品。

048.

殷修沉默地盯着上面的字，甚至能想象写下这句话时的镇长会是什么表情。

接着他就听到旁边传来吞咽的声音。

一转头，黎默正死死地盯着他手里的纸张，目光微凶，一副想要撕碎纸张的模样。

"这个不能吃。"殷修连忙合上记录册，揣进了口袋里，接着翻开了镇长手册。

镇长手册

作为墓镇的最高管理者，你可以在墓镇内做你想做的一切，但为了不让墓镇被摧毁，你必须做到以下几点：

一、你可以随意杀死小镇居民，但必须隐藏好一切罪证，不要让其他居民知道你的罪恶。

二、每隔一段时间，镇上就会出现一些新面孔，你必须热烈欢迎他们的到来，为他们提供住处，但也必须在有人触犯规则时杀死他们。

三、遇到任何可能影响到小镇安危的麻烦时，要么将对方驱逐，要么将对方封印，小镇的安危与你的安危联系紧密。

四、你不可以在夜晚杀死孩子，孩子的双眼是最纯真的，他们会记录你的一切罪恶，请小心夜晚的孩子。

作为墓镇的镇长，在有限范围内，你可以做任何事，只要没人知道你所做的一切，你就永远是这个领域的统治者，但请务必小心一些不速之客。

殷修扫视过这四条规则，镇长要做的就是维持小镇的秩序，第一条是他的权限，第二条是他的职责，第三条是特殊情况的应对方法，第四条是他最为需要警惕的东西。

规则很短，内容一目了然，殷修看完前三条之后，目光久久地停留在了第四条上。

"不可以在夜晚杀死孩子……"他想到了墓镇规则一，小孩不能在夜晚触碰广场上的祭坛。

目前副本内已经有两条小孩相关的信息，加上雅雅这个一进入副本就在他们身边的幼年诡怪，他很难不将这些条件联想到一起。

只是目前思路还不是很清晰，无法直接将一切线索串起来。

合上镇长手册之后，殷修再度转头扫视了一眼周围，总感觉这个地下室的大小与整个房屋的大小对不上，恐怕这里还有密室。

他沿着墙壁周围转了一圈，这里很阴冷，待久了让人十分不舒坦，殷修还没找到密室入口就已经浑身哆嗦了。

"根据密室入口的方位判断，余下的空间在这个方向比较可能建造密室……"殷修强忍着寒意摸索着其中一面墙，兜兜转转几圈后，他用力推了一下墙边的桌子，发现整个桌子是被固定在地上的，无法左右移动，但是前后是可以推动的。

这似乎是一个伪装成桌子的门。

殷修试探着推动门，果然露出了桌子背后幽暗的密室入口。他蹲下身观察了一番，然后缓缓地爬了进去。

殷修爬进密室，起身之后看到眼前的画面，他有一瞬间的震惊，屏幕外的玩家们也在弹幕里嗷嗷叫了起来。

之前殷修还在想,镇长的记录册上只写了如何在死后把灵魂以最美的姿态保存进画框里,却没有提及尸体如何处理。

加上镇长手册上明确写着不能被其他居民发现他的罪行,他就一定不能长久地进行抛尸行为,那么镇长要如何处理尸体?

现在他明白了。

偌大的密室里,放满了玻璃棺材和瓶瓶罐罐。

那些全都是画像上的人。

灵魂困于画像,身体困于容器,怪不得那些人被放出来之后会一瞬间变成怨灵,恨意冲天。

"这个镇长真的不是一般地变态啊!看得人头皮发麻!"

"这个镇长精神多少有点问题。"

"一想到殷修也被他盯上了,心情说不出来的复杂。"

"以前过副本的时候,压根没有来过这下面,最多就是觉得镇长可疑了点,没想到这么恐怖!这属于游戏的隐藏剧情吧?"

"是的,正常情况下玩家害怕的是女鬼,镇长毕竟是会为玩家提供住所的人,大多数玩家都认为他和蔼可亲。没想到殷修过这个副本时,他暴露了本性。"

"吓人。"

这边观看副本的玩家心情恐慌地讨论着,那边副本里殷修缓缓地在四周摸索着,试图找到这个密室的灯。

但摸着摸着,灯没摸到,他倒是在墙壁上摸到了一个画框的轮廓。

殷修一愣,没想到这里居然也有画。

他刚要转身去叫黎默,下一秒身后猛地压来一股力道,将他死死地摁在了墙上。

一股血腥味突然出现在了殷修的身后,那人一把钳制住殷修,呼吸的声音里带着沉重的疲惫,同时还有一丝兴奋。

"没想到会有人自己跑到这里来,被我抓住可不是好事啊,殷修。"身后那道低沉喘息、带着笑意的声音是镇长的,他的语调听上去很疲惫,但不妨碍他的手死死地将殷修压在墙壁上。

兴许是在寒冷的空间里待久了,殷修的感知力变弱,刚才完全没有察觉到镇长是什么时候出现在这里的,这才被对方占了先机。

但从对方的声音,以及空气里弥漫的血腥味可以发现,镇长受伤了。

兴许是被那个女鬼伤的。

"怎么不说话啊,偷溜进来的小老鼠。"镇长用力压制住殷修的背脊,"你的身体要是没有温度就更完美了,我真喜欢。"

殷修贴着冰冷的墙,淡声道:"谢谢你的赞美,但我建议你回头看一眼身后。"

镇长一边压着殷修确保他没法反抗,一边回头看向身后。在他回头的瞬间,一张细牙密布的嘴带着狠厉猛地向他袭来。

镇长心头一跳,及时闪躲开,连滚带爬地迅速远离了两人。

他脸色苍白地看着恢复到正常模样的黎默,仍旧感到心悸。这个人无声无息、一点杀意都没有,但冷不丁出现在他身后,是真的能一口把他咬死。

有点恐怖啊。

如果这个人一直待在殷修身边,他是怎么都不可能把殷修变成他的收藏品的。

他咽咽口水,警惕着黎默。

没能一口直接咬死镇长,黎默略感遗憾,他勾起唇角保持着笑容,眼睛一眨不眨地盯着镇长,像个随时都会扑上来的狩猎者。

一时间,充满寒意的空间里,两个人对峙着。

049.

殷修被摁着跟墙壁面对面了半天,着实被墙壁传来的寒气给冻着了,恢复自由后，他赶紧搓了搓手臂，才转头看向旁边的两位。

双方保持着距离，死死地盯着对方。

黎默一如既往带着微笑面对敌人，看上去游刃有余。

镇长刚刚被女鬼袭击，肩膀受伤了，衣服上鲜血淋漓，平时中气十足的脸上此时全都是血迹，气喘吁吁的，显然有些力不从心。

殷修若有所思地摸摸下巴，这是……要打起来了吗？

他能一次看到两位诡怪对打，倒是个不错的体验，最重要的是能提前研究一下对手，之后被其中任意一方袭击，他都有办法反制。

抱着观摩的心态，殷修站在墙边不语，等着两位打起来。

但黎默没有主动出手，镇长也没有，在长达一分钟的僵持之后，镇长先开口了。

"殷修，像你这样特殊的人，就算我没有发现，也会被其他诡怪注意到的。"

他对黎默毫无办法，甚至有些畏惧。镇长转向了殷修，唇角勾起冷笑，意味深长地说："就算你现在不死在我手里，总有一天也会被你身边这个诡怪杀死。"

殷修垂眸拍了拍身上沾到的灰，点了点头："是的，我也是这么觉得的。"

镇长眼眸微亮，没想到殷修居然赞同了他的话，继续挑拨离间道："我看你一直在警惕他，一定是他主动招惹你的吧？"

殷修想了想，是没错，黎默简直是天降麻烦。他在小镇过了六年平淡日子，突然就有诡怪跑到了他家门口，把他拉进了副本，真是不幸。

镇长继续悠悠地道："如果这位是个副本诡怪，他不想你离开，就一定会把你留在副本里。

"他为了不让你离开副本，就一定会有所行动，你接下来的每时每刻都得担心他会在你虚弱的时候出手，比起有一天莫名其妙被杀死，不如现在跟我合作，我保证你能安全地离开副本。"

殷修思索，黎默出现在小镇后最大的动静就是把他拉入副本，是副本诡怪的可能性还真的很大。

他垂眸沉思的行为让镇长看到了希望，他以为殷修在动摇。

但殷修思考完之后只是平和地抬眸看着镇长："谢谢你的提醒，不过我倒还不至于要跟你合作，谁想杀我，我就杀谁，就算是他也不例外，敢对我出手，我就一定会杀了他，所以你不用担心。"

他说得云淡风轻，一点儿装模作样的感觉都没有，显然是有十足的底气。

再看黎默这边，听到殷修的话也一点不生气，甚至嘴角上扬的弧度更甚，心情很是愉悦得样子。

镇长一时间神色复杂："你难道真的放心这样一个身份不明的诡怪在你身边吗？"

"不放心。"

"那你为什么不干脆跟我合作甩掉他呢？"

"没什么必要，反正也不麻烦。"殷修平静地摊手，他可是说真的，黎默虽然诡异，但一点儿都没给他添麻烦，甚至能帮上忙，比起目的性很强的镇长，简直让人放心百倍。

镇长说服不了殷修，也打不过黎默，一时间进退两难。

有人在他的房屋破坏了他定下的规则，但他却奈何不了对方。

"你现在打算如何呢？"见镇长沉默，殷修十分主动地从口袋里摸出了记录册跟镇长手册晃了晃，"现在你的罪证在我手里，你是要过来杀死触犯规则还拿走你重要东西的我，还是……先去养养伤再来找我算账呢？"

殷修这番话是在给镇长台阶下。

镇长盯着殷修，想要回他手里的记录册和镇长手册，也想捉住殷修。

但偏偏殷修前面站着一个黎默，浑身散发着无形的低压在恐吓他。

殷修或许看不见，但他能清晰地看到，这个身穿黑色西装的男人身后，有无数恐怖扭曲的触手，张牙舞爪地在空中延伸、弥漫着，紧紧地攀附在整个密室的墙壁上，每一根触手上都长着惊悚至极的眼睛，每一只眼睛都凝视着他。

那些视线宛如来自深渊的注视，让他完全没法与之对视，似乎稍微不慎沾染上，就会有什么涌入身体，撕扯他的神经。心中对黎默的恐惧已经让他的精神快要绷不住了。

"等……等我……养好伤……"镇长沉默半晌后，脸色苍白地吐出几个字，一边警惕着黎默，一边缓缓后退，最后消失在了密室里。

殷修对他的离开有些意外，他本来只想激一下镇长，看看镇长会不会跟黎默打起来，在他心里，论实力镇长应该是跟黎默五五开的。

结果他跑了？

放着触犯规则还拿走他罪证的玩家不管，直接走了？

殷修瞥了一眼黎默，似乎这个黏上来的诡怪比他想象中还要难搞一点，至少当下看来，他的能力是在镇长之上的。

看来他有必要注意一下镇长的话了，倘若黎默真的有心杀他，绝对是需要提防的。

正想着，黎默忽地一下转过头来，看向了殷修这边。

他因为总是面带微笑，所以时常透着一股非常瘆人的阴森味道，而此刻他冷不丁回头，死死盯着殷修，在这个阴冷漆黑的密室里显得格外吓人。

殷修下意识地握住了刀柄，警惕地盯着他："怎么了？"

黎默没应，而是微笑着转身一步步向殷修靠近，整个密室的氛围也随着他的靠近而变得紧张起来。

屏幕外的观众都跟着屏住了呼吸。

"这个室友终于不装了？终于要对殷修出手了吗？"

"肯定是刚才镇长的提醒让殷修警惕了，所以他不打算装了！"

"我想说，他好像就没装过。"

"这个室友能吓走镇长，说明实力绝对在镇长之上啊，室友真的要杀他的话，殷修还能不能活啊？"

"他连这个副本结束都等不到了！可恶，镇长是想把殷修做成画，让我看看他对殷修又有什么目的？"

众人死死地盯着直播画面，看着黎默一步步靠近，殷修一步步后退，直到又贴到了墙壁上。

背后的冰冷触感让殷修身上的杀意更重,他盯着黎默,手死捏着刀柄,直至黎默走到他跟前。

两人的距离贴近,黎默高大的身形遮蔽了密室里微弱的光亮,在他面前落下了阴影。

跟前的人垂眸凝视着他,嘴角的笑意味不明。

殷修眼眸微眯,一丝戾气流露:"再靠近,我可就动手了。"

050.

黎默不语,下一秒就猛地抬起了手,在殷修即将拔刀的瞬间,他的手掌越过了殷修的头顶,伸到了上面。

殷修眉间刚挑起一丝疑惑,就听见头顶传来一阵玻璃破碎的声音,黎默把手伸进殷修头顶的画像之中,狠狠地掐住了刚才向镇长告密的那个灵体,一把将他从画里拽了出来。

"啊!"灵体发出一阵凄惨的叫喊声,在黎默手里被撕碎,然后盘成了一个小团丢进了他嘴里。

一阵咀嚼声响起,黎默淡定地抿着唇微笑进食。接着随着他吞咽的动作,尖叫声戛然而止。

密室里一阵寂静,只剩下殷修的沉默。

他缓缓卸去浑身的紧张,抬眸盯着黎默,一脸冷漠:"离我那么近干吗?非要给我表演你那生吃诡怪的绝活吗?"

黎默眼眸一眯,似乎心情更好了。

"做什么?"殷修抬手把他的脸推开。

"睡觉。"黎默微笑着答道。

"睡棺材是吧?"殷修想起他提的那个条件,"但是这个副本里有你的棺材吗?我可不想睡镇长那个不知道死了多少小镇居民的棺材。"

黎默脸上笑意更甚:"有。"

殷修这下几乎没有拒绝的余地了。

他算算时间,献祭仪式应该已经过了,马上就到睡觉的时间了,来地下室也拿到了镇长的罪证,今晚他确实可以去睡觉了。

"那好吧。"殷修点头,黎默这才放开他。

两个人一起离开了地下室。

"他是第一个顺利进入地下室,没被镇长杀死,活着出来的玩家。"

"虽然能看到这样的支线让我很开心,但这作业我抄不了啊!我怎么都没法像他那样活着出来啊!"

"反正这是新手副本,就算不去地下室也能通关,我选择不去!"

"我也放弃抄殷修作业了,这攻略我学不来,我现在就看个乐子,看看殷修能不能成功通关副本。"

"我也想看乐子,看看殷修和他室友会不会打起来,嘿嘿,我刚才真以为室友要动手了。"

"把我都吓坏了,结果他只是吃个诡怪。"

"虽然不知道室友对殷修有什么企图,但感觉他比镇长可靠啊。可恶,我为什么要对一个诡怪产生好感!"

弹幕沸沸扬扬地讨论着,目送着从地下室出来的两个人一路离开了房屋,向镇外走去。

"他俩要去哪儿啊?"

"说是去找棺材来着……"

"啊……棺材……嗯,我已经不会再大惊小怪了。"

黎默领着殷修出镇子后,来到了一片小树林里的墓地,荒芜阴森的树林里,有七八个坟头。

殷修沉默地看着黎默挑了个风水宝地,然后在月黑风高的夜里徒手挖坑。

他的双手锋利得像武器一样，挖土也相当利索，没一会儿就已经刨出了一个大坑，接着他拍拍手臂上的土，又恢复到优雅的姿态，转头看向殷修，轻声道："闭眼。"

殷修不明所以。

黎默重复："闭眼，就一会儿。"

殷修默默地闭上了眼，不太清楚这人还有什么不想让他看的。

殷修看不到，但屏幕外的玩家能看到。

他们清晰地看到黎默在殷修闭眼之后，人形在一瞬间变化成了一道扭曲粘腻、不可名状的身影，无数触须在空中延伸着，黑色触须上长满了眼睛，任何活物与其对视，只怕心神都会在一瞬间崩溃。

屏幕前的玩家与画面里的眼睛对视的瞬间，大脑中仿佛有尖锐的鸣叫声在撕扯着神经，精神立即变得恍惚，眼神都涣散起来。

有人匆忙捂住了眼睛，有人已经变得目光呆滞起来，不止玩家，连小镇上的诡怪们都看得瑟瑟发抖。

整个直播画面在闪屏了两秒后，忽地被关闭了。

扭曲的身影里，黑色触须从长满锋利牙齿的嘴里掏出一口巨大的棺材，然后缓缓地放到了他准备的坑里，中途其余的嘴里还在不断地对殷修重复叮嘱着："闭眼……闭眼……闭眼……"

声音萦绕在夜晚寂静的林子里，伴随着空气里弥漫的寒意，殷修没由来地感到呼吸不畅，浑身上下控制不住地战栗，这是打心底里浮现出来的恐惧，根本无法靠理智抑制。

他感觉有什么东西缓缓地伸了过来，在他身体四周游走，却没有触碰他。

密集的被注视感萦绕在他周围，不是一道两道，而是很多很多道视线。有很多的眼睛在盯着他。

所幸的是这种强烈的恐惧感并没有持续太久就慢慢消失了。

接着耳边就响起了黎默的声音："睁眼。"

殷修立即睁开眼，警惕地环顾四周。

周围没有任何变化，荒芜的林子、七八个坟头，对面是穿着西装、微笑着的黎默，除了旁边的坑里多出一口黑色棺材以外，没有任何变化。

殷修长呼一口气，才发现自己的手都僵了，一直无意识地握着刀柄，连指尖都紧张到泛白。

他刚才是真的对不知名的存在感觉到了恐惧，还是在闭眼无法接收到外界信息的状态下，他能强忍着没有睁眼，只是握着刀保持警惕，已经是极度镇定了。

"好了吗？"他面色苍白地问了一句，感觉自己格外疲乏，迫不及待地想睡觉。

"好了。"黎默拉开了棺材盖，露出了里面能躺下两个人的位置。

殷修问都懒得问，直接躺了进去。

黎默站在坑边垂眸盯着他，那种探究打量的视线让殷修很不爽。

"怎么了？"

"我觉得那个人说得对。"黎默点点头，凝视着躺在棺材里、面色苍白的殷修。他承认殷修真的很像尸体，毫无生气，躺进棺材里就更像了。

"我要睡了。"殷修对他跟镇长产生共鸣的品位没有兴趣，只是催促道。

下一秒，黎默也翻身躺了进去，然后一股无形的力量盖上了棺材盖。

漆黑的空间里，殷修眼睛一眨不眨地凝视着眼前的黑暗，刚刚紧绷的情绪还没有放松下来，更何况旁边还躺着个未知的诡异存在呢。

"这样躺着，像是一起迎接生命的终结。"

黎默没由来地说了这么一句。

殷修没有搭理他，缓缓合上了双眼，但莫名觉得这句话很耳熟，似乎听谁说过。

可他近两年越发模糊的记忆没能给他答案。

黎默转头，看向了一言不发也没有反应的殷修，目光微沉，有些失落。

"晚安。"他轻轻道了一句。

殷修刚刚还紧绷着的意识瞬间沉了下去，陷入沉睡。

第八章
雅雅，我是妈妈

051.

不论何时何地，从黎默嘴里说出来的"晚安"两字，总像有着某种莫名的精神影响力，会让殷修瞬间卸下防备，陷入沉睡。

这对他而言，既是好事也是坏事。

好处是他能安稳地睡一觉，坏处则是使他在副本之中容易陷入危险。

就算他有心去警惕黎默，但总是在他说出"晚安"后会冷不丁地睡过去，进入毫无防备的状态。

漆黑的棺材里，两人平躺着，寂静无声。

荒芜的小树林，坟头两三座，晚风摇曳，诡异又安详。

然而远处的镇上却没有这边这么安宁，女鬼因为小镇居民没有及时奉上祭品大闹了镇子，居民们死伤无数，广场上血腥味弥漫不散。

直到献祭时间过后，进入玩家夜晚的睡眠时间，镇上才缓缓地安静下来。

镇长不知去了何处，女鬼在镇上游荡，玩家们紧张地缩在自己的房间里，不敢踏出半步。

今夜，房屋二楼的走廊上再次响起了服务员的声音，和前一夜一样，她一间一间地敲响玩家的房门，一间一间地询问着同样的问题，从楼梯口走到走廊末端，依旧没有人回应，而走廊上也再次泛起了白雾，出现了那个女人的身影。

玩家们默默祈祷这一切快点结束，今夜不要再出什么问题了。

然而那道声音在到达走廊尽头的房间时，忽地停下没有出声。

其他房间里的玩家心里一凉。

这是钟暮和小女孩的房间，黎默和殷修不在，规则又要求必须两人一个房间，钟暮就只能跟小女孩一个房间将就一晚。

钟暮是知道小女孩会在夜晚变成怪物模样的，也知道夜晚的时候她会暴躁一些，但没想到这么折磨人。

入夜后，小女孩变成了怪物，开始满屋子乱抓乱挠，把房间里的东西碰倒不说，还蹲在钟暮的床边，盯着他流口水。

这叫他怎么睡！

钟暮哆哆嗦嗦地缩在被子里熬着时间，以为熬到天亮就没事了，结果半夜又响起了服务员的声音，小女孩的注意力一下就被声音吸引住了。

她唰地从钟暮的床头奔到了门口，死死地盯着房门，听那个服务员朝这边一步步走来，她也趴在地上一点点变换姿势，做好了攻击准备。

在服务员询问到他们房门前的一瞬间，小女孩猛地开门扑了出去，身形过于迅速，服务员甚至连惨叫声都还没有发出就被杀死了。

听着门外响起骇人的声音，钟暮缩在床上瑟瑟发抖，泪如雨下。

殷修大佬快点回来吧！他只是个普通人啊！他经不住这个恐怖的场面啊！

过了许久，小女孩终于在门口发出了饱嗝声，心满意足地拍拍肚子准备回屋睡觉了。

然而下一秒，白雾袭来，冷风唰地扫过整条走廊，小女孩浑身一颤，紧张地转身面向走廊那头，对着白雾之中的什么东西龇牙咧嘴。

钟暮也感觉到有什么东西出现了，想也不想，匆匆地从被窝里跳出来，迅速奔到门口，一把抱起小女孩冲回屋子，锁上了房门。

小女孩可是这副本重要的诡怪，殷修叮嘱过，要好好照看她。

冲回房间后，钟暮的心脏突突直跳，他仰着头，极力控制自己不去看怀里小怪物惊悚的模样，哆哆嗦嗦地贴着房门检查着锁。

门外不知道出现了什么，缓慢的脚步声在走廊上响起，一步步朝着钟暮所在的房间走来。

那道声音在夜晚的走廊里极为清晰，一步一步踩着黑暗，带着巨大的寒意与压迫感走到钟暮的房门前，显然是冲着他们来的。

不只是钟暮感觉到呼吸不畅的压迫感，连他怀里的小女孩都有些紧张，显然对门外的人感到警惕。

脚步声停在了他们的房门前没有再走，走廊上也陷入一片寂静。

钟暮屏住呼吸，蹑手蹑脚地后退了两步，从底下的门缝中看到了一道人影，对方却没有任何声音跟举动，反倒更让人心惊。

在寂静半响之后，一道女声幽幽地响起。

"雅雅，我是妈妈，你在里面吗？"

钟暮一怔，立即看向了怀里的小女孩，她长满黑毛、变得扭曲的脸上写满了不可置信。

这副本里谁都知道，甚至小女孩自己都有可能已经意识到，她的妈妈已经不在了，然而今夜门外的人却自称是小女孩的妈妈？

"雅雅……妈妈来看你了，出来见见我好吗？"门外的女人继续轻声询问着，温柔的声音在空荡的走廊上回响，让人有些害怕。

小女孩呆呆地盯着门口，恍惚两秒后开始在钟暮怀里挣扎："是妈妈！妈妈来找我了！"

钟暮立即死死地抱住她："别去！那肯定不是你妈妈！"

"是妈妈！那是妈妈的声音！"小女孩挣扎得很厉害，连情绪都变得激动了起来，她胡乱地在钟暮怀里一阵乱蹬，挣脱他的束缚后，直奔门口。

"别开门啊！"钟暮紧张到打哆嗦。

门外的那位"妈妈"显然是知道今晚殷修不在才来骗人的!换作是殷修在屋子里,她肯定不敢!她昨晚就没来!

小女孩一脸期待地打开房门。

嘎吱一声,走廊的光洒落到漆黑的房间里,也落到了小女孩亮晶晶的眼眸之中。

然而下一秒,她脸上的表情就凝固了。

门外站着的,是那个被封印的女人。

她背着光,整个人浸在阴影之中,浑身散发着阴冷的气息,白裙上的血迹因为今晚的屠杀变得更为鲜红,滴滴答答地在门口流淌了一地。

她微笑着低头凝视着小女孩,用温柔的语调模仿着妈妈的声音轻声道:"雅雅,真是妈妈的乖孩子。"

让小女孩一瞬间战栗起来,稚嫩的脸上顿时浮现出巨大的恐惧,她惊慌失措地尖叫着想要回头,却被女人一把抓住。

女人阴沉的脸转瞬抵到了眼前,她阴恻恻地笑着:"雅雅,跑什么?难道你不想去救你哥哥了吗?"

小女孩的尖叫声一顿,她回头看向了女人:"……哥哥,怎么了?"

女人微笑着眯起眼眸:"你哥哥被镇长抓走了,马上就要被杀了,如果没有雅雅去帮他的话,雅雅恐怕再也见不到对你那么好的哥哥了。"

女人的几句话让小女孩脸上显出了恐惧,她颤抖着反手揪住了女人的白裙:"救……救哥哥……我要去救哥哥……"

052.

"乖。"女人脸上勾起阴森的笑,"去杀了镇长,你的哥哥就有救了。那个坏男人一天不死,你的哥哥就有可能被做成画像。"

"你希望你哥哥变得跟画像上那些可怜的人一样吗?"

小女孩想起那些惨白扭曲、被恨意充斥的灵体，紧张地摇了摇头。

"那就听我的，吃下蓝色药丸，然后去找镇长。"女人缓缓伸出手，给小女孩递了一颗跟地下室里那些药一样的蓝色药丸，"杀了镇长，你就能救哥哥了。"

看着女人递出的药丸，以及犹豫的小女孩，弹幕里的玩家都在尖叫。

"这个女人在骗人啊！殷修根本没有被镇长抓走！她为什么要骗雅雅啊！"

"居然让她去找镇长，好恶毒的心啊！镇长现在正在气头上呢！即便受伤了，也不是一个怪物化的小女孩能打过的吧！"

"这个坏女人搞不定殷修，就想趁着殷修不在，害小女孩！先给殷修造成心理打击！"

"我怀疑女人是想利用小女孩去杀镇长，我记得镇长规则里写过，要小心夜晚的孩子来着？"

"但规则里没写夜晚的孩子能杀掉镇长吧？怎么看实力都不是对等的，她这么做只会让小女孩死。"

"她这是趁着殷修不在的时候搞事情，殷修快回来啊！别睡了！你可爱的小怪物妹妹要被杀了！"

小女孩犹豫着，在女人的轻哄下伸手接过了药，刚要抬手吃下去，身后的钟暮猛地冲过来，抓住了她的手。

"别……别吃啊……殷修是大佬，肯定不会被镇长抓走的，而且他身边不是还有个怪物室友吗？你觉得镇长能搞定他们两个吗？"钟暮虽然很害怕女人，却还是白着脸劝道。

"是哦……"小女孩略微一顿，想到了黎默，他确实不太可能看着哥哥被镇长抓走。

见小女孩质疑，女人脸上顿时浮现出了怒意，抬手一把掐住钟暮，咚的一声将他抵在了门板上，朝小女孩恶狠狠地威胁道："你不吃药的话，我就把这个人杀了！你哥哥回来后就会以为是你杀的！

"这个镇上，没有人会相信怪物的话！没有人会信任怪物，你也会像我一样被讨厌的!"

　　小女孩的脸色唰地变得苍白了起来,她要救这个人,她不想被哥哥讨厌,她就只能吃这个药!

　　小女孩眼泪汪汪地看了一眼被掐得面色青紫说不出话来的钟暮,皱皱眉头,抬手把蓝色药丸吞了下去。

　　她的呼吸顿了两秒,清澈的眼瞳在一瞬间变得猩红,小小的身体在她痛苦的号叫声中变得扭曲、庞大,所有的利齿与爪子都在迅速生长,不出半分钟,小女孩孱弱的身体就变成了庞大惊悚的巨兽。

　　她浑身长满了黑毛,像是某种野兽匍匐在地上,喘着沉重而痛苦的粗气,猩红的瞳孔在夜色里散发着诡异的光。

　　"很好。"女人满意地一甩手,将钟暮丢到了屋子里,她微笑地凝视着变得扭曲的小女孩,"去吧,去找镇长,在天亮之前杀死他。"

　　小女孩转头看了一眼屋子里的钟暮,闭了闭眼,巨大的身影迅速地奔了出去,穿过白雾消失在了走廊里。

　　接着,女人的身影也消失在门口,只留下钟暮一个人捂着泛疼的脖子不停地咳嗽,总算缓过一口气来。

　　"她的目的是利用雅雅杀死镇长?怎么可能杀得掉啊。"钟暮咳嗽着从地上爬了起来,嗓子眼在泛疼,他站在门口往外望去。

　　走廊上的白雾散了,小女孩和女人都消失不见,镇上寂静无声,完全不知道接下来会发生什么。

　　"我得赶紧去找殷修,要是小女孩死在镇长手里,整个副本的玩家都无法通关了。"钟暮焦急着正要出门。

　　忽然,走廊上被小女孩咬过的服务员动了两下,在黑暗里艰难地试图爬起来。

　　钟暮一个哆嗦,脑子里迅速浮现出这个房子的第一条规则。

　　　　必须双人入住房间,禁止以其他人数入住。

现在殷修跟黎默都不在，小女孩也走了……房间里只剩下他一个人了……

单人……恐怕他连今晚都活不过去了。

钟暮咽了咽口水，地上的服务员已经爬了起来，将目光锁定在了钟暮身上。

两人对视了一眼，钟暮唰地转身就往外跑，服务员以极快的速度跟了上来，两人之间保持着只要钟暮稍一停顿就能被抓到的距离，一前一后从走廊上飞奔而过。

屏幕外的玩家跟他一样意识到双人入住规则被破坏，也跟着紧张起来，看着钟暮疯狂逃跑。

"好不容易从女人手里活了下来，结果又要死在服务员手里了吗？我还以为他能通过这个副本呢。"

"命不好吧，本来我看他还挺有眼力见的，一眼就相中了真正的大佬，唉……可惜了。"

"没办法啊，殷修跟他室友不在，小女孩又走了，房间里只有他一个人，无论如何单人入住房间就是触犯规则了，必死，除非有什么野路子可以钻规则漏洞，就像殷修之前敷衍小女孩那样。"

"但他是个新人啊，而且现在已经被服务员追上了，等他体力耗尽就会被抓住。"

"难说哦，你看他的逃跑方向。"

众人死死盯着走廊上的钟暮，只见他一边狂奔一边往窗户外观察着，似乎有想要去外面的意思。

"他这是要在服务员追上来之前逃到外面躲起来吗？"

"外面也行吧，不过外面也很危险，现在有暴走的小女孩，危险的镇长，以及那个女人，说不定小镇居民看他不顺眼，也会上来搞死他，只能说在哪儿都不安宁，不过离开房屋的确有一定的概率活下来，毕竟谁也不知道服务员会不会追出房子。"

"外面勉强能待，你是指不被镇长发现，不被小镇居民发现，也不被女人发现的情况吧,今晚在外面游荡的诡怪心情都不好嘞。"

"是的,让它们心情不好的始作俑者现在在镇外的小树林里睡得正香,他们寻仇都找不到人呢。"

"祈祷他没事吧,这新人至少想到往外跑,已经不错了。"

"是的是的。"

观看副本直播的玩家刚开始夸奖他,就看到钟暮跑到走廊楼梯口的时候,突然一个急刹车,拐进了男厕所。

"啊?他不出去吗?他去了厕所?"

"去厕所?"

053.

"他去厕所干吗啊?去厕所找死吗?里面可是死路啊!"

"唉,刚夸他机灵,转头这操作就让我无语了,这死定了吧?"

"可惜可惜。"

弹幕正惋惜着,就看到画面一顿,原本正在极速狂奔追赶钟暮的服务员在他进入男厕所的瞬间停了下来,立在门口没有进去。

钟暮藏进了厕所的隔间,门口的服务员迟迟没有进去。

"她为什么不追进去啊?我就不信诡怪还分男女厕所,这么守规矩就不是诡怪了!"

"应该不是,怕是有什么别的原因。"

"啊……等一下,是不是因为旅馆第四条规则?厕所在走廊的尽头,可以的话,尽量有人陪同前去,单人也可以去,但千万不要理会任何声音。"

"我之前还在想,假如夜晚有人单独去了厕所,然后死在了路上,那么房间里留下的人会不会因此触发第一条规则,但后来一想,既然规则上写了可以单人去,那么单人进入厕所的时候,就可以无视第一条双人入住房间的规则吧？"

"你这么分析似乎是这个道理，所以这个新人……打算在厕所利用第四条规则待一夜？"

"也不是不可以。"

"胆大心细，不愧是一眼看出殷修是大佬的人，好苗子。"

"可惜不是我们小镇的人。"

钟暮是利用了规则含糊不清的部分藏进了厕所，暂时获得安全，但服务员也一直守在门口，没有要离去的意思，也就意味着在天亮之前，他都没法从这里出去，自然也不能通知殷修。

"希望小女孩没事吧……"钟暮纠结地从隔间里探出头，试图往外看看，接着就与门口的服务员来了个"深情对视"，在服务员的怒视下，他又默默地缩了回去。

没法出去及时通知殷修，就只能听天由命了。

虽然小女孩去找镇长容易出事，但考虑到她本身也是诡怪这一点，钟暮并不觉得她会死，现在更让他担心的反而是殷修。

这两天相处下来，他能感觉到殷修对这个诡怪小女孩挺好的，纵使殷修这个人看起来冷漠，但对雅雅却流露出耐心温柔的一面，这明显就是重视她而流露出来的情感。

那么，万一小女孩出事，殷修会怎么样？

想到上一次小女孩被王广拐走时，殷修身上流露出来的杀意，冷到让人发颤。

明明从见面起就冷冷淡淡的一个人，面对玩家们的冷落与嘲讽都懒得生气，竟然会在那时提刀杀进怪物群，杀到怪物畏惧，镇长主动出现阻拦，当时他那浑身鲜血、散发着冰冷气息的样子，让钟暮都吓到了。

那一瞬间，殷修身上充斥着无限的戾气与杀意。

钟暮皱皱眉头，一声叹气，心想着要是殷修再次生气……玩家倒还好……诡怪可难说会被他怎么样。

深夜时，屋外的广场上响起了吵闹声，似乎是小镇居民们发出的。

细微的光亮在漆黑的广场上摇曳，照亮了夜色里的人群，那一张张变得扭曲的脸此刻聚集在一起，一个个都拿着武器，朝着广场中心出现的那个巨大怪物发起了攻击。

封印里的女人只会在白天及有人触犯了献祭规则时大肆杀戮，入夜后并没有什么力量，居民们自然能肆无忌惮地在外面走动。

此刻，广场上不知从哪里冒出一个身形巨大的怪物，嘶吼着冲向了人群，一掌将人群拍散，扭曲的嘴咬着小镇居民，像是发泄怒意一般，将他们拍打在地上。

居民们也双眼猩红，拿着刀歇斯底里地扑了上去，逮到机会就在怪物身上一阵乱砍，硬生生地在长满黑毛的身体上划出一道道鲜血淋漓的伤口。

怪物痛苦地吼叫着，更加奋力地攻击。

双方都像是发了疯一般地攻击对方，一边势单力薄，但是具有十足的攻击性，一边成群结队，耐心周旋着一点点消耗怪物的体力。

听到过刚才走廊上小女孩与女人对话的其他玩家，在看到广场上激烈的对抗之后都有些没想明白——为什么副本诡怪在互殴啊？

"那个小女孩已经完全变成了怪物啊，我就说通关规则里提及的那个怪物的尸体就是她嘛！"

"说起来，妈妈的纸条上写的规则除了在夜晚离开小镇以外，其余都完成了吧？"

"是的，而且离开小镇也没说死活，就算是尸体离开小镇也算离开。"

"那就意味着小女孩现在死了也无所谓？因为需要她的规则都完成了。"

"是这样的，她现在对我们来说没有价值了，只有威胁。"

"那一会儿等居民们把她杀死了，我们就可以去捡漏了啊，如果她就是通关规则上提及的怪物尸体，我们通关这个副本轻轻松松啊！"

"就算规则里指的尸体不是小女孩也可以试试，她死了，我们也少个威胁，不管怎么样，她被杀了对我们来说只有好处啊。"

"哈哈哈是的，希望小镇居民赶紧杀了她！"

经过一番讨论，屋内的玩家们连觉都不想睡了，一直趴在窗边看着广场上的争斗，等待着最后的结果。

怪物化的小女孩一直在号叫，狂怒地反击着，在身体不断受伤流血后，体力即将耗尽，行动也越来越迟缓，居民们逐渐占了上风。

这场争斗，一打就是好几个小时，期间小女孩杀死了无数的小镇居民，但身上也已经伤痕累累，她一边痛苦地哀号着，一边还击。

玩家们纷纷趴在窗台上替小镇居民叫好。

"雅雅……"钟暮担忧地从隔间探出头，他这个位置无法看到广场的情形，只能听到那边不断地传来惨叫声以及小女孩的悲鸣。

那低沉嘶哑的怪物吼叫声在他听来像是在哭。

054.

钟暮一咬牙，一把打开了隔间的门。

门口的服务员迅速抬头，死死地盯着钟暮，这个人终于要按耐不住出来了吗？她还能趁着最后一点时间完成她的"业绩"吗？

钟暮面色苍白地看了一眼门口的服务员，硬着头皮转身奔向了厕所的窗户，往下望去。

这里的二楼，旅馆外面的墙壁十分光滑，甚至连管道都没有，完全没有可以落脚的地方，而二楼的高度说高不高，说低吧，跳下去可能也不太行。

钟暮估算着高度，犹犹豫豫地往窗外跨出了半条腿，正准备一鼓作气往外跳的时候，广场那边一直持续着的吼叫声消失了。

钟暮愣了愣，回过头看向了厕所的门口，服务员也消失了。

这是不是意味着……天亮了？

钟暮迅速探出头看向外面，小镇的天边已经泛白了，逐渐浮现出朝阳的光亮。

下一秒，楼房里的玩家们发出了兴奋叫喊声，齐声欢呼："终于！天亮了！小女孩倒下了！居民们赢了！"

"走走走，快去看看她还活着没！都跟小镇居民缠斗这么久了，就算是怪物，也该死了吧。"

"活着也必须死！我们需要尸体来完成通关条件啊！"

"快走快走！"

玩家们立即兴冲冲地往楼房外奔去，他们冷血的话惊得钟暮心底一颤。

他没听错吧？一直胆小畏缩到房门都不敢出的玩家，现在居然勇猛到要第一时间赶到血战现场？

钟暮匆匆收回腿，急急忙忙想要混在玩家里下楼，但众玩家都莫名很兴奋，一个个往下猛冲，硬生生把钟暮挤到了角落。

"快点儿快点儿……得快点儿杀死她。"

"为了通关副本，不能让她活着。"

"别说了，我终于要离开这个副本了，我等了太久了！"

"哈哈哈，走，得快点走。"

钟暮注意到不是所有玩家都表现得那么兴奋，急着往下跑，还有一部分新人正瑟瑟发抖地在房门口探头，表情像是被往下跑的那些玩家吓到了。

那些急切狂奔甚至希望小女孩死的玩家简直像变了性子一般又疯狂又急躁，眼中满是杀意。

钟暮默默地后退了一步，避开这些人。

不看还好，一仔细看，他蓦地发现那些玩家身上都冒着淡淡的黑烟，像是被污染了一般，黑烟缠绕在玩家的身上。

这批玩家似乎是因为害怕而很少出去探索的那一批新人……

他们……被什么污染了？还是被操控了？

钟暮一时间不确定发生了什么，但谨慎地选择不与他们打交道。

那批玩家兴奋地冲下楼后，径直奔向了广场。

白天小镇居民会逐渐回到自己的房屋里去，此刻广场上除了遍地鲜血以外，还有一个浑身都是伤口，躺在地上呼吸微弱的怪物。

她在跟居民们搏斗后，现在已经疲惫至极，受伤虚弱到无法动弹，只能趴在那里痛苦地喘息。

看到玩家们靠近，她本能地想要起身躲避，但四肢受伤严重根本无法起身，只能眼睁睁地看着玩家们在她周身走动打量。

"真丑，平时就够吓人了，变成怪物真是丑得惊人。"有玩家走到小女孩身边，盯着她怪物化的模样一阵批评。

小女孩猛地一阵龇牙咧嘴，想要扑过去，但四肢只是无力地在地上摩擦了一下，没能起到威慑作用。

她恶狠狠地瞪着玩家，一幅想要撕碎他们的模样，换作平时这些人早就躲得远远的，今天他们却异常地大胆，被小女孩低声恐吓了之后，反而走上前来，朝着她的脑袋一脚踢了过去。

"看什么看！说的就是你！自以为多可爱是吧，平时装成小姑娘的模样到处晃悠，怪物就是怪物！一回到原形就丑得吓人！"

被狠踢了一脚的小女孩发出一阵低沉的哀号，蜷缩了一下身体。她一用力，全身的伤口都在往外流血，将周围的地面都染红了。

玩家们踩着血水走来走去，不断地对小女孩恶骂着，对着她的伤口就是一阵拳打脚踢："哈哈，看，她伤得还挺重的，应该快死了吧？"

撕心裂肺的痛苦让小女孩尖啸着扑腾了一阵，整个身体都缩成了一团。

她越是无力反抗，玩家们身上的黑烟就越发浓重，眼神也变得越发兴奋起来，死死地盯着小女孩："她还没死呢，小镇的通关规则上要的可是尸体。"

另外一个玩家也缓缓靠近了小女孩，双瞳幽暗："是啊，而且不知道第一个在祭坛上放上怪物尸体的人会不会拿到高分呢，要是有人第一个放上去得到了奖励，其余人不就亏了嘛。"

玩家们无声无息地包围住了小女孩，眼神之中透着癫狂："不如，我们把这个怪物分成一块一块的，这样就能保证每个玩家都拿到了。"

"有道理,就这样做吧,反正她也快要死了。"

"只是稍微有点痛而已,一个怪物肯定不会在意的吧?"

"换成平常小女孩的样子,我还真下不了手,可如果是个怪物就无所谓了,杀了就杀了吧。"

玩家们面露笑容,纷纷捡起地上小镇居民留下的武器,一步步靠近小女孩。

"哥……哥哥!哥哥救我!"小女孩惊恐地瞪大了眼睛,一边用受伤的身体挣扎着,一边发出无助的声音,然而她的声音在玩家耳中不过是低沉的嘶吼。

有玩家鼓起勇气冲上去砍了她一斧头,锋利的斧刃砍进怪物的血肉之中,血液顿时飞溅。

小女孩瞳孔一阵猛缩,尖叫着闪躲,发出了哭喊:"妈妈……妈妈救我!"

玩家们身上的黑烟更浓,双眸也更加猩红。

在下一斧头再度砍过去的瞬间,一个人影猛地冲了过来,一把抱住了挥斧的那个人,将他扑倒在了地上。

"你们都疯了吗?不能伤害她啊!规则上的尸体根本就不是她!"钟暮面色苍白地挡在了小女孩跟前。他着实被这些人吓到了,没想到他们真的会动手,且毫不犹豫,简直跟前一天的玩家判若两人。

"你让开!杀死一个怪物跟你有什么关系!"

"她跟我们玩家就不是一伙的,真以为殷修养两天就养出感情了是吧?怪物就是怪物!你现在护着她,她回头就杀了你!"

"别妨碍我们通关!"

钟暮拧着眉,直直地站在小女孩跟前瞪着他们:"你们非要杀她可以啊,等殷修回来杀啊,我看你们敢不敢当着他的面动手!"

对面的玩家瞬间急了,恶狠狠地道:"你不让开的话,别怪我连你一起砍了啊!"

"我就不让!"钟暮一咬牙,也从地上捡起了柴刀,瞪着对面,恶声恶气道:"你敢砍我,我也砍你!谁都别想通关了。在诡怪那儿畏畏缩缩,到了自己人面前还得被威胁,过个屁的副本,大不了今天全出局!我死也会拉你们垫背的!"

有不信邪的玩家上前一步,钟暮瞬间挥刀砍了出去,出手相当果断利落,狠厉的眼神吓了玩家一跳。

他们迅速后退,神情变得复杂起来,甚至有几分动摇。

他还真敢砍,不像是虚张声势,也是个狠人啊。

即便在不理智的情况下,这些人也绝对不想被砍。

钟暮怒视着他们,反正现在的对策就是一个"拖"字。天已经亮了,他绝对要拖到殷修回来,保证小女孩不死。

他从玩家汇合的第一天就没合群过,也不指望这群自以为是的玩家会接纳他。

既然第一天就暴露了不合群的特质,那就贯彻到底吧。

055.

与副本内陷入僵局的气氛不同,观看直播画面的玩家们热火朝天地发着弹幕。

"好苗子啊!我好想把他招安到我们小镇!"

"能跟着殷修混的人绝对不简单,殷修是无敌流,他就是成长流,未来可期啊!"

"想办法把这个人骗过来。"

弹幕此刻一半在赞扬钟暮,另一半在叮嘱他。

"听我的!注意小女孩!不能让她死了啊。"

"对对对,绝对不能,绝对不可以。"

"给我死死保住小女孩啊,不能让她死了,她要是死了,殷修一定会发疯的！"

"这群玩家真是吓得我一身冷汗，殷修修身养性六年才变得温和，这群人差点就触到他的雷区了，这人一旦发疯，比诡怪还可怕，别问我为什么知道！"

"虽然死的不是我，但勾起了一些心理阴影，看着就有点害怕……"

"我也是……"

一群被殷修吓出心理阴影的诡怪絮絮叨叨地发弹幕，把其他看客玩家给看蒙了。

什么？他们刚刚离看到殷修大佬发疯只差一步？

现在这局面危险到这种程度了吗？

钟暮持着斧头跟玩家群体对峙，看上去他算是稳住了局面，实际依旧处于劣势。

有玩家再度跃跃欲试地上前，钟暮再凶也只有一个人，而他们有好多人，只要其中一个上前解决掉钟暮，剩下的怪物小女孩就不成问题。

"我看你小子真是不怕死。"站在人群最前面的就是张思，他早就看不惯这个新人了，从第一天起就完全不听指挥，现在这会儿还敢来妨碍他的行动，他的火气一下就上来了。

"我看你也是不怕死，你想来就试试。"钟暮怒视着他，气势上完全不输。

张思立即跟其他人交换了一个眼神，然后死死地盯着钟暮，一副要动手的架势。

他们的举动引起钟暮警惕的同时也吸引了他的注意力，此时另一群玩家趁机悄悄地绕到他身后，准备偷袭。

紧张的氛围之中，钟暮握着斧头的手不自觉收紧，他是第一次进副本，当然也是第一次与玩家敌对。他真的一点儿打架的经验都没有，要说心里不慌是不可能的。

在寂静之中，张思察觉到钟暮的紧张，猛地上前，惊得钟暮瞬间反手劈了出去，而下一秒，他一侧的玩家立即扑上去将他摁倒在地，死死地踩住了他握着斧头的手。

"快快！把他的斧头拿走！"

"别让他站起来！摁住他！"

"让你刚才想砍我！"

其余玩家恶声恶气地上前，努力地摁住疯狂挣扎的钟暮，试图从他手里夺走斧头。

他们怕钟暮一旦站起来会给他们制造更大的麻烦，因此一个个都下了狠手，照着他的手就是一顿踩，甚至拿石头砸他。

在拉扯之中，他们怎么都掰不开钟暮死死抓住斧头的手，有人索性从一旁拖来了另一把斧头，想要直接砍下他的手，防止意外出现。

喧闹声中，剩下的一部分玩家已经完全看傻了。

这简直就是一场疯子的斗争，他们从来没看过这批玩家露出这么凶狠癫狂的眼神，跟镇上那些怪物居民几乎没有差异。

小女孩呜咽着，在旁边挣扎着想要起身帮忙，但稍微一动，浑身的伤口就渗出了血，她咬牙切齿地用力一蹬，把张思踹了出去，却也被对方一棍子敲到了身上。

"急什么！老子一会儿就来杀了你！"张思恶狠狠地瞪着她，被小女孩一口咬了上来，咬住了肩膀。

"啊啊啊！你这个怪物！"他一边龇牙咧嘴地叫喊着，一边凶恶地拿着手里的棍子敲打怪物小女孩的头，眼神变得越发猩红。

沉重的喘息声、挣扎打斗声、尖叫怒骂声，与飞溅的血液混合在了一起，让此刻广场上的氛围变得癫狂。

在一个玩家高高举起手中的斧头朝钟暮砍下去的一瞬间，一道冰凉的声音忽地在人群之外响起，宛如雪花降落到这片炽热的喧闹之中，瞬间冰冻了所有人。

"你们在做什么？"

一瞬间，广场上安静了下来，玩家们纷纷转头。

人群之外，殷修单薄的身影不知何时出现。

他安静地站在那里，望着他们，视线落到被按在地上的钟暮身上，又转而看向旁边的小女孩。

他看着小女孩身上的伤口，眼眸变得冰冷起来。

"关你什么事！"张思看到殷修出现更加不爽，他还记着殷修害死王广的仇呢，这会儿恶狠狠地瞪着他，"你敢管闲事，我连你一起教训！"

在这句气势高昂的叫嚣声后，其他玩家也跟着气势汹汹道："就是！每次你都抢了我们大佬的风头，搞得自己才是大佬一样，劝你现在别招惹我们！"

"大佬说她就是通关条件，就肯定是！敢妨碍我们通关，可别怪我们不客气！"

在大片叫骂声中，殷修无动于衷："是吗？"

他眼神淡漠地凝视着张思，无声地抬手，在一片寂静之中抽出了自己腰间斜挎着的苗刀，锋利的寒光从刀鞘之中闪出，带着冰凉与杀意指向了对面的人。

"是你先动的手吗？"

其余玩家没有吱声，但张思却顶了回去："就是我动的手又如何？关你屁事！你管谁……"

瞬间，一道寒光划过，锋利的刀口朝张思落下，鲜红的血液瞬间喷涌而出，他甚至连话都没说完，只发出了几声残破的音节。

张思不可置信地盯着面前的殷修，瞳孔之中瞬间充满了恐惧。意识到自己即将下线，他想要再说什么却说不出来，随即猛地栽倒在地上。

鲜红血液惊吓到了周围的人，其他玩家看到殷修的实力，瞬间从疯狂变得恐慌，纷纷从殷修周围后退，想要逃跑。

殷修淡淡地抬眸看着四散而逃的玩家，一挥手中的苗刀，将刀尖的血甩了出去，薄唇轻启，"该给你们点教训了。"

这句话让弹幕里发出一片惊愕，然而下一秒，殷修就用实际行动证明，他是认真的。

只见那道白色身影瞬间冲了出来。他寒着一张脸，眼神薄凉，比死神更像死神,追着逃跑的玩家在小镇之中游走。

"救命啊!"

"放过我吧!我错了!我……我刚才不是故意的!"

"饶了我吧!饶了我!我只是一时间昏了头!"

"我没有要杀她!我没有动手!我……"

"我们都是玩家,好好说话不用动手!"

刚才对怪物小女孩动手的玩家们尖叫着四散跑开,现在在他们眼里,镇上的诡怪都远不及殷修凶狠。

有些玩家甚至慌不择路,强闯进了白天居民的房间,结局可想而知。

现在不只是玩家恐慌,连小镇居民都恐慌起来,他们紧闭房门,不敢让任何玩家进来,自己也藏得严严实实,生怕被波及。

殷修教训玩家跟他们有什么关系,他们现在只是无辜良民!殷修比他们更像诡怪!

第九章
五星通关玩家

056.

  参与殴打小女孩的玩家被追赶着，没有参与的玩家急急地躲回了自己的房间。

  居民们不敢冒头，女鬼也没有出现，以至于现在整个小镇全都是玩家的惨叫，殷修给人的压迫感甚至比那天出现的女鬼还要强。

  看得屏幕前的观众一片哆嗦。

  "还好我不是副本诡怪……在镇上吓吓其他玩家就好，只要不招惹殷修，日子也是能过的……"

  "谁让他们自己去招惹殷修了呢，那个女鬼，那个镇长，唉……这个副本完了。"

  "还好，至少小女孩没死，她要是死了，整个副本不会有一个玩家能出去。"

  "只能说这次副本的诡怪跟玩家都是新人，不认识殷修，招惹了不该招惹的人，算他们倒霉了。"

"看看这次副本能活下来几个诡怪，殷修会不会有点善心？"

"我看难，触了殷修雷区的副本，结局都够呛。"

弹幕里冒头讨论的诡怪发言让玩家们看得心慌。

殷修可是在他们小镇住了很久的！他们没招惹过他，也从来不知道这人凶起来这么吓人。

向来以和为贵，旧人带新人，秩序稳定的小镇上，居然住着一个那么不守秩序的殷修，还住了那么多年！

一瞬间大家都明白小镇口口相传的不要靠近殷修的原因了。

副本内，殷修一脚踹开一个小镇居民的房门，面色冷酷地从里面走了出来。

他深呼吸了一下，似乎在平复情绪，接着垂眸用衣摆擦了擦刀刃，转身向广场上走去。

"终于解决完了？看起来还有几个诡怪也遭殃了。"

"总算是结束了。"

"不……他还没有收刀，恐怕还没结束……"

"你别吓我。"

"对……还没完……他还没有收刀，就意味着还有后续……"

"前面的你怎么那么清楚！连这种小细节都知道！"

"你要是被他追杀过，你也会清楚。"

"……打扰了。"

众人紧张地盯着画面里的殷修，他现在看上去异常骇人，提着刀一步步向广场中央走去，这画面谁看了都得哆嗦两下。

广场上这会儿寂静无声，只剩下虚弱的怪物小女孩和手受伤的钟暮。

殷修的样子连钟暮看了都吓了一跳，半天不敢确定是他。

"殷修大佬？"

殷修淡淡地点头，然后走到了小女孩的身边。

她伤得很严重，血也流了很久，以她现在的怪物身躯，伤口撕裂得越大,血也就流得越多,没有办法愈合伤口,也没有什么办法能救她。

"哥哥……"小女孩虚弱地倒在地上,连声音都细弱蚊蝇,"我好痛……"

殷修凝视着她,伸手从口袋里摸出从地下室带出来的药,将那颗红色的药丸放进了她的嘴里。

咽下药丸之后,小女孩的身体急速变化,从长满黑毛的野兽模样逐渐变回了人形。

变回人形后,她身上的伤口更显得骇人,大大小小几乎遍布整个孱弱的身体,手臂、小腿处的砍伤深可见骨,别说愈合,连活着都已经很勉强了。

小女孩的脸被血迹染红,编好的小辫子也散开了,凌乱至极。

她瞳孔涣散,呆呆地盯着殷修,缓缓道:"哥哥……我听到了妈妈的声音……"

"在哪儿?"

"在……镇子口……外面……妈妈在等我……"

镇口,也就是得离开镇子。

妈妈的纸条规则中有一条是"在夜晚时离开小镇",不管哪个夜晚都行,但显然小女孩已经撑不到下一个夜晚了。

殷修抬眸看了一眼天空,他醒来得有些晚,加上追杀玩家,时间已经过去了很久,但离夜幕降临还差些时间。

他摸了摸小女孩的头发,温声道:"等天黑了,我就把你送出去见妈妈,再等等可以吗?"

"好……"小女孩艰难地应下,努力地保持着清醒,不让自己睡去。

"那你乖乖在这里等哥哥回来,哥哥还有些事要做。"殷修又轻声地嘱咐着。

小女孩疲惫地睁开眼,看着殷修:"哥哥,一定要回来找我……"

殷修目光微颤,不知为何,这句话让他心里有一瞬发紧,似乎回忆了什么不好的事,可记忆却很模糊。

"好,我一定会回来的……"

说完,殷修看向旁边的钟暮:"好好照顾她,别让人把她带走了。"

"好!"钟暮用力地点头,目光坚毅。

殷修便提上刀起身了。

转身准备走时,又忽地想起什么,抬眸看向镇子口的方向,低头询问钟暮:"看到黎默了吗?"

"你室友吗?"钟暮摇摇头,"他不是跟你在一起吗?"

殷修若有所思。

他醒来的时候就没看到黎默,倒是在梦里迷迷糊糊地听到他说什么"这里快结束了,得去准备下次见面的惊喜,所以要先走了"之类的话。

"算了,不管他了。"殷修转身,一边看着旅馆的方向,一边在小镇上转悠。

接着就看到他离开广场后直接踹进了小镇居民家,拿着刀逼问镇长的家在哪儿。

旅馆只是镇长的收藏馆以及犯罪场所,里面的所有房间都是给玩家住的,镇长并不住在那里,想要找到镇长就还得问小镇居民。

"就……就在广场边上黑色的房子里……"小镇居民还是第一次见玩家拿刀进来威胁自己,吓得有些语无伦次。

"谢谢。"殷修淡淡地点头,反手就一刀了结了诡怪居民,然后转身出屋。

"好一个无情大佬,谢完就把对方杀了。"

"看这气势汹汹的架势,殷修怕不是想通关副本了。"

"啊?该不会他要去杀镇长吧?"

"殷修一直认定镇长才是通关规则里提到的怪物尸体,既然是尸体,肯定要先把他变成尸体。"

"殷修打镇长,想都不敢想,想不到见过那么多副本玩法,有一天竟然会看到有人提着一把刀去单杀副本主宰。"

"这个副本的通关评级一直都是两星左右,一是因为新手副本里大部分是新人,不知道怎么满星通关副本,第二就是……副本主宰难打。"

"这个副本的主宰甚至因为没被人打过,都没想到殷修能打他,所以他才这么嚣张吧。"

"修哥快去给他一顿毒打！"

057.

"对对，修哥快给他点儿教训，让他也尝尝我们当年在你手里要死不活的苦！"

"哈哈哈，我也是淋过雨的，我现在就要看到镇长的伞被撕烂！"

"揍他揍他！"

弹幕里一群诡怪发起疯来，玩家都插不上话。

离夜幕降临还有一点时间，足够殷修闲庭信步地走到镇长家门口。

镇长的房子整体外观是黑色，立在广场旁边，家门正对着广场上的雕像，周围散发出的阴冷气息，是其他镇上居民的房屋比不上的。

即便刚才广场上那么喧闹，镇长家的房门始终没打开过。

明明第一天来到镇上的时候，诡怪居民们的热烈欢迎差点引起了殷修刀剑相向，当时镇长立马出来阻拦，而今天他却一直没有出现，不管是小镇居民跟小女孩纠缠，还是殷修追着玩家打到了居民的房子里，他都完全不管。

镇长手册第三条：遇到任何可能影响到小镇安危的麻烦时，要么将对方驱逐，要么将对方封印，小镇的安危与你的安危联系紧密。

按理来说，小镇居民遭殃，他应该出来，选择躲避极大可能是被女鬼攻击的伤还没好，不想跟殷修正面交手。

殷修淡淡抬眼，一脚踹开了镇长家的房门。

一股阴冷气息扑面而来，屋子里无比幽暗，门窗用黑色的布遮死，即便是白天，光也透不进半分。

这个房子里的墙壁上也毫不意外地挂着许多画，但稍有不同的是，这些画像的玻璃全都被打碎了，画像内空空如也，看地上的玻璃碎片，兴许是刚打碎不久。

殷修慢悠悠地越过那些玻璃碎片，听着屋子里的声音，一步步朝二楼走去。

二楼隐隐传来些许声响，对方察觉到了殷修的入侵，却还没有动。他不动，殷修可就自己上去了。

二楼有许多房间，每一间的窗户都被遮起来，房间里全都没有家具，有的只是挂满了整面墙壁的画像。

旅馆是犯罪现场兼展览处，那他的房屋里这些便是剩下的全部家当了吧？

只不过这会儿，所有画像的玻璃都碎了，画框里没半个人影。

走到二楼的尽头，唯一一扇紧闭的房门出现在殷修眼前，门板后清晰地传来狼吞虎咽的声音，急不可耐到殷修都到跟前了，他都没有停下。

殷修礼貌地敲了敲房门："我现在方便进去吗？"

里面的声音一顿，没有回应殷修，一秒后，又更加仓促地狼吞虎咽起来。

"你不开门的话，我就自己进去了。"殷修后退一步，提着刀用力一劈，一道寒光闪过，门板被一分为二，伴随着飞扬的尘土露出了屋内的场景。

屋子里的的确是镇长，还有满地的画像与玻璃碎片。

镇长的身上都是血，受伤严重。肩膀上女鬼造成的伤口血迹已经凝固了，但他的身上还多出两道别的伤口，与女鬼咬的大伤口相比，要稍微小些，流淌而下的鲜血染湿了他的衣衫。

为了填补这些伤口，镇长正在打碎他的珍藏品，从里面抓出一个个被封印的灵体往嘴里塞，急切到没有理会殷修的出现。

"是雅雅伤到了你吗？"殷修站在门口平淡地出声询问。

能伤到镇长的只有女鬼及规则上提过的孩子，联想到莫名其妙怪物化的雅雅，他只能这么猜测了。

镇长脸上的表情瞬间变得扭曲："那个女人……倒是真的想要杀了我，这么久了，终于按捺不住，利用她的棋子来下死手了！"

殷修目光冷冷，点头："你跟她对峙了很久，她杀不了你，也没有机会杀你，但昨晚我给了她那个机会，她一伤到你就立马安排雅雅来给你最后的打击，但没想到，你让居民们挡住了。"

镇长微笑着回过头看向了殷修，脸上的血液猩红而刺目："是，就凭这些，她还是杀不了我的，在我的领域里，没有人能够杀死我。"

殷修的目光微微一沉："但你兴许没有预想到，其实那个女人也把我算作她的棋子了。"

他微微轻晃手中的刀，一滴滴鲜血就从刀锋之上滚落在地，浓重的杀意与殷修冷淡的声音十分相衬："她利用怪物化的雅雅，不只是为了加重你的伤，更是为了激怒我来杀死你。

"或者说是挑起你我的斗争，试图让昨天还跟在我身边的黎默介入其中。"

看镇长对黎默的畏惧态度，恐怕女人也知晓黎默的恐怖。

让殷修杀死镇长，她没有百分百的把握，但如果利用雅雅激化镇长跟殷修的矛盾，从而导致黎默介入，帮助殷修杀死镇长，那就有百分百的胜算。

镇长呵呵冷笑着："看来你心里清楚得很啊，那个女人以为你是颗好摆弄的棋子，结果她给自己惹麻烦了。"

说着他的目光往殷修身后瞥去，没有看到黎默的身影，有些意外："你是一个人来的？"

殷修点头。

镇长刚刚还有些慌乱，这会儿彻底镇定下来，他缓缓放下手中还没有打碎的画像，微笑着站起了身，看上去气定神闲许多："既然他没有跟来，我就没什么好担忧的了。"

"真意外，他居然会临时离开，这可是让我捡了一个大便宜。"

镇长盯着殷修的视线再度充满了兴奋，而殷修望着他的视线除了冷漠还是冷漠,一副看尸体的表情。

殷修冷漠的表情让镇长感到一丝愉悦,精神都放松了很多:"我知道你有点本事,在新人副本里的确算出色的了,但这里可是我的领域,没有人可以打败我。"

殷修抬眸,若有所思。

镇长在他以往杀过的副本主宰里排得上号吗?

记忆里最后一次杀副本主宰是六年前的终结副本,十六岁的他过于稚嫩,用光了身上的道具才勉强两天单杀过副本,从那之后他就极少受到诡怪的躁扰,在小镇上,除了夜娘娘,没有诡怪敢来他家门口晃悠。

现在看到镇长对他这么感兴趣,还主动挑衅,扬言要把他变成收藏品,他点点头,微微一笑:"其实,我还是挺喜欢你的。"接着,殷修举起了刀,"我喜欢你桀骜不驯说话狂妄的样子,希望你等会儿还可以保持。"

058.

他这话一出,镇长瞬间皱起了眉头。

下一秒,殷修瞬间冲了上去,寒光在幽暗的屋子里闪动,殷修利落的身影眨眼之间就到了镇长的身后,接着血液飞溅出来。

镇长的脑袋啪嗒一声落到了地上,他脸上的表情都还是错愕的。

殷修幽幽地转过身,盯着地上的镇长,嘴唇微启:"想要装下我,你恐怕得准备个更大的画框。"

"赢了?"

"单挑并终结了副本主宰,不愧是殷修!"

"哈哈,这个新手副本的主宰就是不行啊,被杀太正常了,殷修这些年除了性格变得温和了一点以外,战斗能力一点没下降嘛。"

"副本的诡怪要遭殃了。"

屏幕外的众人看着幽暗房间里，殷修切掉镇长的脑袋之后，并没有离开，也没有收起刀，而是慢悠悠地踱步，移到了离镇长稍远一点的地方。

下一秒，镇长的脑袋就在地上滚动起来，他的无头身体缓慢蹲下身，把自己的头捡起来，安回到了脖颈上。

镇长脸上的笑容变得越发狂妄兴奋，他紧紧地盯着淡然的殷修，声音格外激动："不愧是我看中的人，你果然比那些新人强多了，我在这个副本那么久，从来没有遇到过能把我的头切下来的人。"

他的视线黏在殷修身上，打量着说道："按理说，目前为止还没有人发现能杀死我的副本道具，你的刀却可以伤到我，很特殊啊？"

殷修缓缓地抬起手，掌心贴着刀背划过，留下一道白痕，他微笑着回道："是很特殊，来试试？"

镇长听完殷修的话，神情变得有些恍惚，仿佛殷修不是来杀他，而是在邀请他。

他笑着舔过唇齿，语调铿锵有力："我一定要把你变成我的收藏品！独一无二的收藏品！"

说着，他满是鲜红血液的身体开始扭曲膨胀，每个肢节的肉块都迅速变得坚硬起来，四周的画框感到畏惧，颤抖起来。

殷修看着他的躯体一点点变得庞大，变得更像野兽，那张原本还能看的脸在眨眼之间就已经没了人形，喘着沉重的粗气对他流着口水，胸腔起伏不定，像是格外兴奋。

"殷修！我的收藏品！"

殷修依旧表情淡漠，手中的刀一挥，迅速转向了房间的角落，变成怪物的镇长猛地冲了过来，扑向了他。

房屋里一连砰砰砰几声，墙壁被巨大的力道撞出了凹陷，碎屑飞溅。

殷修没有还手，只是在有目的地闪躲、移动，诱使镇长主动朝着他所在的地方攻击，即便在狭小的空间里，他的身形依旧很敏捷。

这种貌似单方面的压制让镇长变得更为狂躁与兴奋，他的瞳孔死死地盯着殷修的身影，那人的白衫染满鲜红，身姿飘逸利落，在他眼前晃动闪躲，像是一片他抓不住的雪花。

"我要把你变成我的藏品！"他一边怒吼着一边冲向殷修，努力地想要抓住殷修，整个二楼在他的撞击下已经摇摇欲坠。

"殷修这是在跟他玩呢？"

"给他一种错觉，好像打得赢殷修的错觉，就是玩。"

"他要想杀镇长轻轻松松，但感觉现在他有别的目的。"

"不管了！光是躲也好帅啊！正常玩家这会儿早就被拍死了！只有殷修能躲得轻轻松松！"

"修哥加油！"

"……这会儿都快天亮了，应该没几个玩家在线，弹幕还这么多，怀疑发弹幕的人的成分。"

"你猜。"

在镇长愤怒地一连几下猛扑，仍然没有抓到殷修后，他逐渐意识到了不对劲。

正常玩家即便有点实力，也是狼狈闪躲的模样，这都好一会儿了，他都有些疲惫，开始气喘吁吁了，殷修却一点儿反应都没有，气都不喘一口地站在那里。

"你真的是个正常人吗？"镇长察觉到不妙。

"累了？"见镇长停下，殷修淡淡地询问。

他没有继续逃跑的打算了，在门口站定，持刀看向镇长："累了，我们就结束吧。"

镇长一时间有些没明白他的话，结束是指什么？这种毫无意义的追逐吗？

他恍神的瞬间，殷修长刀划过，轻松切下了他的一只手臂，接着一脚将手臂踹到了镇长身后。

镇长的身体突然倾斜，缺少了一只手臂有些不稳，他猛地用另一只手拍打出去，又被殷修闪开了。

"没用的！你的刀就算能切下我的肢体，我也能马上恢复给你看！"镇长一声冷笑，猛地回头想要找回自己的手臂，却瞬间怔住了。

不知何时，被他撞坏的房间里，那些封印着灵体的画像都被他拍碎了，玻璃碎裂，里面的灵体早就荡了出来。

画像是空间，玻璃是封印，而解得开这个封印的只有镇长。

他盲目地追着殷修的身影拍打，浑然没有察觉到自己打到了画框，拍碎玻璃以至于放出了灵体。

此刻那些怨恨已久的灵体全都面目狰狞地盯着镇长，被殷修切去的那只手臂一被踢到灵体面前，就被迅速吃了个干净。

现在手臂别说找回来，连渣都没有了。

"你……故意把他们放出来……"镇长的声音开始颤抖。

"对。"殷修懒懒地应着，"镇上除了女鬼能压制你以外，还有一个就是你自己作出来的孽。

"我想着你这么大一只怪物，死在这儿也怪可惜的，不如喂给他们吧。"

殷修在镇长惶恐的目光注视下举起了手里的刀，微微一笑："你没想到会有这一天吧？"

他自言自语着，带着浑身的杀意挥刀冲了过去。

059.

刀光闪动，镇长的惨叫声接着响起。他有意去闪躲，却根本躲不开。

殷修的刀又快又狠，就像他的人一般无情。

灵体们凶狠至极，对镇长怨气冲天，稍微有机会就会试图上前咬镇长，镇长根本无法及时恢复自己的状态，更别说反击灵体们了。

一瞬间，他意识到自己好像招惹了一个不该招惹的人。

细想，像黎默那样能让他们清晰地感受到惊恐畏惧的诡怪竟然盯上了殷修，那么殷修又是何种人呢？

这样的上等品又何时轮得到他拥有。

灵体们盯着现在毫无反抗之力的镇长，眼中流露出恨意，只待殷修一声令下就扑上去。

"殷修！你有本事直接杀了我啊！"镇长咬牙切齿地号叫着，他好歹也是一个副本主宰，殷修竟然敢让这些曾经死在他手里的小镇居民蚕食他的躯体，这种侮辱比杀了他还难受。

"不急，你总有死的时候，在那之前，你得亲身感受自己的无力。那些被你杀害的居民的感受，你现在知道了吧？"殷修慢悠悠地踱步回到镇长的身边，低头凑到他耳侧轻声道。

镇长一瞬间怒火中烧，然而他还来不及撕心裂肺地大声发泄，就被恨意四溢的灵体们淹没了。

殷修望着窗外的天空，静静等待着。

直到灵体们吃饱，恨意也消失得差不多了，便慢慢消散在了房间里。此时的镇长只剩下一个脑袋。

天色渐渐暗了下来，夜晚又要到了。

殷修收回视线，转眸用刀尖戳了戳镇长的脑袋："还活着吗？"

镇长不吱声，他现在十分后悔，后悔自己在殷修第一次切下自己头的时候没有装死，现在好了，他就只有一个头了。

"时间也差不多了，该去通关副本了。"殷修语气冷淡，伸手抱起镇长的脑袋转身往外走。

夜幕降临，小镇居民也逐渐往外走，玩家们知道今夜该送小女孩完成纸条上的最后一个规则了，即便不敢跟居民们面对面，也不得不从旅馆里走出来。

广场上，灯光两三点，幽幽地照着两伙人的身影。

小镇居民们气势汹汹地盯着玩家，看着玩家群后面孱弱的小女孩，目露凶光。

玩家们知道不能把小女孩交给小镇居民，小女孩就算是死的也能完成任务，但她要是连尸体都没有了，他们铁定会困在这个副本里。

双方僵持着，钟暮很是谨慎地摸了一把斧头，不得已的时候，他得做好面对两拨人攻击的准备。

不能让玩家带走小女孩，也不能让小镇居民抢走她。

他回头看了一眼躺在他外套之上奄奄一息的小女孩，一时间情绪复杂，要不是跟着殷修，他也不会跟诡怪共情，在副本里冷漠就是最好的自我保护，但既然跟了殷修，那就势必按照自我意识做到底。

场面一度陷入了僵持，双方都没有主动出手，但敌对意识很重。

直到天边最后一抹光亮消失，殷修从镇长的房屋里走了出来。

他一出现，立即吸引了所有人的目光。他浑身是血，周身冰冷，一手抱着镇长的脑袋，一手持着苗刀，一步一步走向了人群。

他进一步，玩家和居民们都纷纷恐慌地退后一步，谁也不敢跟他拉近距离。包围着整个广场的两方人，因为殷修的到来纷纷挤到了边缘处。

接着众人看到，殷修把镇长的脑袋放到了祭坛的台子上，然后举起了手里的刀，沾染血迹的脸十分冰冷，但话语却很亲切："临死之前还有什么要说的吗？我可以勉强听听。"

镇长这会儿已经奄奄一息，他盯着夜色之中的殷修，无神的瞳孔之中再度亮起了光。

那个模样精致的人，面无表情，白衣染血，气质冷得让人发颤，无论何时看，都能让他打心眼里赞叹，这是他多年来见到过，最完美、最优雅的艺术品。

"我还是想让你成为画像……"

他一句尾音刚落，殷修的刀就劈了下去，将他彻底杀死，黑色的液体流淌出来，洒在了祭坛上。

"镇长？"

"镇长被杀了？"

"你！你竟然杀了我们镇长？！"

居民们的声音响起，又愤怒又恐惧，愤怒于有人竟敢杀了他们的领头人，恐惧于有人竟然真的杀了他们的领头人！

他们虽然愤怒，却不敢靠近殷修半分，只能隔着几米远发泄怒气。

殷修在腰间摸索着找了半天，找到自己之前别在腰间的记录册，然后甩到了居民们跟前："自己看。"

居民们疑惑地看了他一眼，然后其中一个居民小心翼翼地挪了两步上前，捡起地上的记录册后飞速转身回到了人群中，和其他人翻看那本记录册。

看完记录册之后，居民们沉默了，互相看了彼此一眼，憋出了一句："杀得好。"

在这个副本玩家想要从镇长这条线通关的话就是这样的，杀了副本主宰镇长后，为防止被大量的小镇居民反扑报复，就必须找到地下室的记录册，不然就得杀出墓镇，不过能杀镇长的玩家，自然也是能杀出去的，记录册只是以防万一。

所以就算没有去过地下室的人，也依旧可以走杀镇长通关这条路。

至于居民们的反扑……

殷修看了一眼小镇居民的数量，可能是他在抱着小女孩进镇的时候杀过一次，追捕玩家的时候又顺手杀过一次，现在小镇的居民数量已经不多了，即便没有记录册，他也依旧可以应付。

他把手册交出去，只是因为雅雅得被他安全送出去罢了。

"没事的话，我就先走了。"殷修看了一眼居民们，之后穿过人群走向了小女孩所在的位置。

弹幕里的众人也终于松了一口气。

"终于要看到殷修通关了，我还是第一次看到有人通关走的是杀镇长这条路！不知道能拿几颗星。"

"激动激动！我们做好准备，一会儿在副本结束的时候去迎接那个好苗子！无论如何都要骗过来！他留在其他小镇太可惜了！"

"了解了解，双手已经放在键盘上了，一会儿谁也不会快过我！"

"靠你了兄弟！"

"话说……你们有没有注意到一个问题。"

"什么问题?"

"殷修都杀了镇长了,他的刀为什么还没有收起来啊?"

众人这才注意到,他明明已经杀了镇长,但刀仍旧被他拎在手里,没有收回刀鞘,也没有擦刀的意思。

屏幕前的观众不禁打了一个哆嗦。

"他还想干吗啊?"

060.

"按照之前有人……啊不,有诡怪的说法,他没收刀就是还有可能继续战斗?"

"副本都要通关了!殷修你还没尽兴吗?任何虐杀诡怪的玩家终会被特殊副本制裁!"

"大家先别急!可能他一会儿就收刀了!"

"预感今夜我的心理创伤又要再添一笔。"

在弹幕的讨论中,殷修提着刀穿过人群,走到了钟暮旁边。

"哥哥……"小女孩意识恍惚,蜷缩在钟暮的外套上,血液早已将干净整洁的外套浸湿,她的身体在血水之中瑟瑟发抖。

"我回来了。"殷修伸手摸了摸她的长发,"我现在就带你去见你妈妈。"

"嗯……"小女孩艰难地想要起身,但她的头稍微一抬就露出了脖颈上的裂口,伤口撕扯的疼痛让她脸色发白,她如若不是诡怪,只是个普通人的话,现在早就死了。

"你别动了。"殷修伸手小心翼翼地抱起她,然后顺手提上了自己的刀。

小镇居民在看过记录册之后,不会再上来袭击他,玩家们也不敢吱声,殷修抱着小女孩离开得相当顺利。

钟暮怕有些不长眼的玩家还在打小女孩的主意,便气势汹汹地拿着斧头跟在殷修身后，一步三回头，警惕着那些人。

他这会儿身上也有血，手上还有伤口，握着斧头张牙舞爪的样子相当凶狠，其他玩家即便有那个心也不敢靠近，就那么目送三个人的身影顺着小镇的道路一步步朝外面去了。

夜色迷蒙，镇口处一片白雾萦绕，没有看到小女孩妈妈的身影。

"你的妈妈在外面吗？"殷修轻声询问着。

小女孩点了点头。

于是殷修让钟暮先留在原地，自己抱着小女孩踏入白雾之中。

雾很浓，能见度极低，殷修踏进去之后连自己一步范围内的地面都看不清。忽然响起一声娇软清脆的猫叫，像是在引导殷修过去。

怀里的小女孩激动了一下："是妈妈。"

殷修循着声音一步步走过去，终于在白雾之中见到了一个熟悉的小小身影，是玩家汇合那天，从树上跳下来带着他们找到妈妈包裹的那只黑猫。

它此刻蹲在雾里，一眨不眨地盯着殷修。

"原来……长满黑毛的野兽原型是猫……"殷修嘀咕着，将小女孩小心翼翼地放在了黑猫的面前。

同样是被诅咒，镇上的人变成了怪物，而小女孩的妈妈却变成了一只普通的黑猫，理性而平静，它望着殷修点了点头，然后低头用舌头舔了舔小女孩的面颊。

"妈妈……"小女孩瞬间溢出了眼泪，声音带着哭腔，"妈妈，我好痛……"

黑猫安抚着她，用脑袋蹭了蹭她的面颊，喵了几声，但殷修听不懂。

小女孩缓缓地转过头来，看向了殷修，脏兮兮的脸上露出了甜美的笑容："哥哥，我要跟妈妈回家了，谢谢你。"

殷修点点头，也没多说什么："照顾好自己。"

"哥哥，你一定会找到你的妹妹的。"小女孩盯着殷修，"在哥哥找到自己的妹妹之前，我也可以守在哥哥身边，保护哥哥。"

殷修唇角勾起笑容，再度点点头。

黑猫朝着殷修喵了一声，低头舔舔小女孩的脸颊，接着小女孩的灵体从身体里钻出，她重伤孱弱的身体在一点点缩小，最后变成了一枚金色的圆形硬币。

黑猫叼起硬币，走向殷修，把硬币放在了他面前。

"哥哥再见。"小女孩的灵体笑眯眯地挥挥手，跟着黑猫转身，消失在了白雾之中。

小女孩离开的瞬间，熟悉的通报声在所有玩家的脑海中响起。

恭喜玩家通关副本：小镇的怪物们。

此次副本通关星级：五星。

评级解析：

帮助小女孩完成妈妈的所有纸条，一颗星。

把小女孩的尸体放到祭坛上，一颗星。

把女人封印在雕像下的尸体放到祭坛上，两颗星。

把镇长的尸体放到祭坛上，三颗星。

了解小镇全部背景，一颗星。

通关条件：帮助小女孩完成妈妈的所有纸条、把镇长的尸体放到祭坛上，共获得四颗星。

隐藏条件：了解小镇全部背景，获得一颗星。

综合星级：五颗星。

本副本首次五星通关玩家：殷修。

通报声结束之后，所有玩家目瞪口呆，他们结算之后勉强一星二星通关，殷修竟然是五星通关！

但在这个副本里，他们勉强能通关就不错了，对于星级也没有什么要求，最多就是奖励差点。

殷修听完通关通报，又等了一会儿，等待自己的结算通知。

玩家殷修，五星通关新手副本：小镇的怪物们。

基础奖励1000×5，副本资产+5000，当前总资产5038.5。

看到结算奖励之后，殷修松了一口气，对这个结果还是很满意的，毕竟新手副本的基础奖励比较低。

他走上前，低头捡起地上刚才黑猫留下的硬币。

一拿到硬币，副本通报又接着响起。

恭喜玩家殷修获得SS级副本道具：雅雅的守护。

道具描述：只有让她敞开心扉的人才能获得她心甘情愿的追随，当幼小的心灵寄托在你身上时，请无论如何都要活下去。

道具使用：副本内受到任何致命伤，在一分钟内使用此道具，都可召唤雅雅进行治愈。

道具限制：单次副本仅可使用两次，仅限玩家殷修使用。

雅雅的特殊备注：极度危险的情况下，雅雅允许玩家钟暮使用一次。

殷修盘算着最后一句话，这就是诡怪的人情世故吗？

他收起硬币，提刀望着眼前白雾之中出现的一扇门，与他家的门极为相似，但殷修没有进门，而是握紧了手中的刀，转身返回了小镇。

还在镇上的玩家与殷修不同，他们在接收到副本通关信息之后，欣喜若狂地往镇外狂奔，一头扎进白雾之中，急切地想要离开这个鬼地方。

于是许多人往外跑，只有殷修一个人从白雾中走了回来。

钟暮还没有离开，他本以为殷修已经走了，犹豫着要不要直接离开，又怕走了之后，以后的副本里再也见不到殷修，于是等了等，没想到殷修还真的从白雾里出来了。

"殷修大佬！副本通关了！这次副本真的谢谢你带我通关啊！"钟暮快

乐地凑到殷修身边，想和他一同庆祝。

殷修点了点头，侧目盯着钟暮："你怎么还没走？还有事？"

钟暮腼腆地挠挠头："我进来之前有人跟我说，通关副本结束时可以更换所在的小镇，我想知道你在哪个小镇？我想去你在的小镇。"

殷修思索了几秒，他那个小镇秩序成熟，过副本也有老玩家带，相比其他混乱的小镇的确不错，就淡声应道："35位面小镇，你去了可以找一个叫叶天玄的人，他会给你安排适合的房间。"

"好好好！"钟暮立即欢喜地点头，准备转身奔向白雾，忽地又一转身，看向了没有动身的殷修，"大佬你怎么还不走啊？其他玩家都走光了。"

殷修漫不经心地摇摇头，晃了晃手里的刀，眯眼看向不远处还在广场上的小镇居民，"还有点事，你先走吧。"

钟暮顺着他的视线看去，大概明白了什么，点点头："那我就先走了哦，你记得早点回小镇啊。"

说完他就迅速奔进了白雾，一刻也不敢多停留。

第十章
叶天玄

061.

钟暮一走，这个副本内就只剩下殷修一个玩家了。

小镇居民面面相觑，看着从白雾里回来的殷修，心里惶恐不安。

明明副本都结束了，这人还盯着他们干什么！好恐怖啊！

殷修淡然地拎着刀上前，居民们迅速后退，对他十分警惕。

明知道殷修回头来没好事，但他们也没有地方可逃，就算钻回自己家里，殷修照样会杀上门。

都说副本是玩家的牢笼，可现在被困住的是他们啊！

正常副本结束后，玩家们就会迅速离开，然后副本重启诡怪，等待下一批玩家闯关，哪想到会有殷修这么个人故意在这儿卡着，让诡怪们进退两难。

等殷修走到广场正中央的时候，那些小镇居民已经瑟瑟发抖地缩到了广场角落盯着他："你……你想干吗？为什么还不走？"

殷修不语，无视了那一大帮诡怪，抬头盯着面前竖立在广场中央的女人雕像。

即便镇长消失了，她的雕像依旧保持着玩家来时的样子，被巨大的钉子封印头颅，周围符纸红线缠绕，透露着阴森。

殷修拎着刀爬上巨大雕像的头顶，低头看着钉子钉下的位置，当着众人的面，一把将手中的刀从钉口刺了进去，然后开始撬动钉子，破坏整个雕像。

居民们瞬间被吓白了脸，慌慌张张地上前："这个不能碰啊！要是放那个女人出来，我们都完蛋了！"

"不可以把她放出来，一旦她出来，整个小镇都会完蛋的！"

"封印是绝对不能动的啊！要是放她出来，你也会有危险的！你可是现在就能直接走的啊！"

"住手吧！千万别那么做！"

居民们的苦苦哀求殷修充耳不闻，继续撬动钉子，试图从细小的裂缝入手，破坏整个封印雕像。

"你！你怎么不听劝！你想死，我还不想死呢！"

见殷修无动于衷，有小镇居民忍不住骂骂咧咧地冲过去，想要拦下他的举动。

然而那个变化成诡怪的居民刚奔到雕像旁边，还没来得及拉扯一下，殷修忽地抽出刀，一刀挥过来利落地干掉了那人，之后又把刀插回到裂缝里，继续撬动雕像，看都没看他一眼。

旁边的小镇居民都吓得怔住，一脸绝望。

拦是死，不拦也是死，还要他们怎么办啊，只能看着了呗。

他们是多倒霉才会碰到殷修这样的"杀神"。

在殷修持续破坏封印的同时，小镇的天空越来越暗，周围逐渐萦绕起白雾，那个女人的脚步声在白雾之中响起。

她望着殷修破坏雕像的举动，有些疑惑："你在帮我吗？想把我从封印里解放出来？"

殷修不语，余光瞥了女人一眼，用力地将刀踩进了裂缝里，然后抓住巨大的钉子开始往旁边踹。

裂缝越来越大，整个雕像几乎快要从那里碎开，女人的眼神里难掩兴奋，不管殷修是不是要帮她，她终于要自由了。

"终于……我终于要拿回我的身体了！那个男人死了！我的封印没了！以后再也没有什么能束缚我了！"女人脸上的笑意扭曲，她双眸猩红地盯着殷修，恶意越发膨胀。

虽然这个男人帮她杀了镇长，此刻还在帮她解除封印，但她从始至终都不觉得殷修是真的在帮她，那种敌对的感觉现在更加明显。

不过没关系，现在的她无法解决殷修，但拿回身体的她，力量在镇长之上，到时候要怎么做就看她心情了。

伴随着一道巨大声响，整个雕像的封印瞬间裂开，露出了被镇压在雕像下面的黑色棺材。

女人的脸上瞬间露出狂喜，迅速奔向了她的棺材，身影唰地变得半透明钻进了棺材里。

"完了……完蛋了啊……"居民们盯着女人进入棺材，一脸绝望。

天空黑压压的，乌云密布。

相比居民们的绝望，殷修则淡然很多，他开完封印就转身走到了一边，挑了块较为平滑的雕像碎块坐下，打算歇会儿。

黑色的棺材晃动了两下，在阴冷的环境之中慢慢地打开。

黑烟缭绕，一具干瘪瘦弱的尸体缓缓地从里面爬了出来，她的双眸空洞无神，身体在漫长的封印过程中早已变异成了一个怪物。

尸体在接触到空气后，就像镇长一样开始膨胀变大，匍匐着的身体也足足比殷修的个头高出了一倍。

她狂喜地嘶吼着，双眸猩红，充满杀意。

"我要杀了你们！杀了你们这些同伙！"女人对小镇居民的恨意十足，获得自由后做的第一件事就是冲向了广场上的居民，凶残地攻击他们，恨不得将他们碾碎。

居民们尖叫着一哄而散，四处逃窜，但小镇就是副本的囚笼，诡怪们出不去，他们只能在小镇里逃窜，等待女人的捕杀。

"嗯……无聊。"相比他们的尖叫，殷修则风轻云淡，仿佛岁月静好。

他眯着双眸，懒懒地坐在石块上看女人大杀四方，有些困倦地打了个哈欠。

他突然想给自己找个事做，于是起身去清理广场砖缝里的杂草。

"这就是大佬打发时间的乐趣吗？我理解不了。"

"把女鬼封印解除，让她去杀小镇居民，都不用自己动手，属实是恶人自有恶人磨，殷修太懂这个小镇了，他给小女孩报仇了。"

"他们之前欺负小女孩的时候，哪想到现在轮到自己被追杀呢，笑死了。"

"果然有殷修在的副本，诡怪死伤惨重啊……"

"令副本诡怪闻风丧胆的传闻还是有依据的……这人实在是冷漠又凶残。"

过了一会儿，周围安静了不少，女人似乎已经把恨意发泄完了，杀死全部小镇居民之后，相当满足地溜了回来，开始打量起殷修。

"你想离开副本吗？"女人语气阴森地笑着询问，姿态放松地围绕着殷修打转，像是狩猎前的试探。

"不走的话，留在这儿跟你唠嗑？"殷修懒懒地应着，注视着女人的身影，手则捏紧了刀。

"那我就看在你杀死了镇长，又帮我解除封印的份上，勉强让你离开吧。"女人笑着，幽幽地停下脚步，但注视着殷修的视线充满了威胁。

殷修凝视着女人，忽地冷笑一声，目光冰凉地斜睨向女人藏在白雾之中的巨大身影，吐字清晰而冷漠："我没有想帮你，只是觉得三星难度的镇长我都杀得不够尽兴，没有解除封印的你就更没意思了。"

女人冷笑："所以你解除封印，是想杀我？"

殷修唇角微勾，眼神却是冰凉的："这个副本，在我出去的那一刻，里面所有的诡怪必须都是死的。

"他们不能活,你也不例外。"

062.

女人眯起眼眸,目露凶光:"你倒真是狂妄啊,竟然想把整个副本的鬼怪杀干净?"

"本来没想的,准备随便过过就回去。"殷修提起了手里的刀,凝视着女人的身影,"多亏了你,让我难得再有一次想把一个副本的诡怪屠完的冲动。"

殷修阴冷的笑容不止女人看了打哆嗦,小镇诡怪们看着都打了个寒战。

"他说的都是真的啊!你说你惹他干吗!"

"天地可鉴,他真的比刚来小镇的时候温和了好多,半夜都不会主动出来砍我们了,可温柔了。"

"呜呜……是这样的,我也好久没被他拿刀指着了。"

"想想竟然有些怀念。"

"不准怀念!都想死是吧你们!"

"嘘嘘,别说了,夜娘娘发火了。"

副本里,女人在白雾之中沉默思考了片刻后,迟疑道:"是因为那个诡怪小女孩?"

殷修不语,但他的沉默就是无声的回答。

女人嗤笑一声:"为什么?她明明也是一个诡怪,我不过就是利用她去杀镇长而已,她死了就死了,有什么惹你生气的?"

殷修眼里冒出了火。

"你哄骗雅雅触摸祭坛,迫使她触犯了小镇的规则。"

"是。"

"因为触犯规则,她们一家成了小镇居民的眼中钉,外婆和妈妈都成为你的祭品来平息居民们的怒火。"

"没错。"

"你利用我骗雅雅出面跟镇长对峙,导致她的死亡。"

"那又如何?"

殷修盯着始终一脸冷漠的女人,缓缓地吐出一口沉闷的气:"算了,我已经不想与你多说了。"

他抬起手里的刀指向了女人:"你只要记住,你痛恨小镇居民,却跟那些人没有区别,你为了自己的目的,致使雅雅一家死亡,从前的小镇居民也是这么对你和你的家人。

"你与他们都一样。"

女人的瞳孔之中瞬间浮现出恼怒:"我怎么可能跟他们一样!他们都是一群冷漠无情的人!要不是他们无视了我的死亡,我才不会变成现在这样!

"我怀孕的时候在旅房里大哭求助,服务员听见却没有理会我!我在广场上被冤枉杀死那些人的时候,镇上的人都清楚真相,却没有人帮我!那个该死的男人!他跟镇上的这些人一样,都是冷漠无情的人,他们都该死!全部都该死!"

女人狂躁地怒吼着,双眸变得越发凶恶,她死死地盯着殷修,从嘴里吐出黑色的恶气:"你也一样!你也是冷漠无情的人!你也该死!"

说完女人猛地奔向殷修,白雾之中显出她巨大的身形。

她的双眸充满怨念,不肯承认殷修的话。

她痛恨那些人,即便封印解除,重获自有,仍旧执着于复仇。

但长久凝视深渊的人,终将成为深渊。

"安息吧。"殷修淡淡地吐出一句,闭上了眼。

他握着刀后退了两步,在扑向他的巨大阴影笼罩下来的瞬间,手中的刀一转,狠狠地迎面劈了上去。

果决的杀意在一瞬间暴涨,那把刀在殷修闭眼之后,刀身猛地从锋利的刃化为黑色扭曲的触手,一把拍向女人。

女人甚至还没来得及发出尖叫,就带着惊恐的表情摔落在了地上。

扭曲的触手唰地变回了普通的刀身，接着，殷修也睁开了眼。

"天哪！刚才怎么回事，殷修出手的瞬间直播画面黑屏了？"

"不知道啊，反正一恢复就看到女人已经死了。"

"好强……还有什么副本主宰拦得住殷修啊？不愧是全通关的男人……"

画面里，殷修独自站在广场上，周围一片死寂与荒芜。

黑压压的天空下，小镇寂静无声，仿佛空无一人，与副本开始第一天的场景简直天差地别。

"该回去了……"殷修懒懒地嘀咕了一声，慢悠悠地转身，用衣摆擦拭着刀刃，踩着众多诡怪尸体往镇口走。

整个副本里的诡怪都杀干净了，除了他这一个玩家什么都不剩，屏幕前的玩家们一片惊愕。

"第一次见有人过副本，把副本诡怪杀干净了才走的……"

"只能说他强得可怕……别人都不可能做到。"

"不轻易出手，出手就是杀光，劝以后遇上殷修的诡怪都自求多福。"

"想到殷修在我们小镇住着就更恐怖了。"

"怕啥，别去他门口就行了，见到了就绕着走吧。"

"好没尊严啊……"

"要尊严还是要命？"

"那还是要命……"

"还好小镇有规矩不能杀诡怪，他最多也就把我们砍个半死不活，不会像副本里那样凶残。"

"这是该庆幸的吗？"

观看了整场副本游戏的玩家此刻都热血沸腾，看着弹幕里诡怪们唉声叹气又觉得扬眉吐气，平时玩家们都是被诡怪威胁着过副本，头一次见有人杀光诡怪过副本的，看完心里那叫一个爽。

即便现在副本结束了，他们也不愿意切到其他玩家的副本画面去。

但画面伴随着殷修走出副本却没有立即黑下来，原本在白雾之中的门不知为何消失了，殷修走了好一会儿也没有见到，反而走着走着，被一个穿着管理员制服的男人伸手拦住了。

"咦？这是什么人？还是头一次见到。"

"对啊，正常副本结束之后不应该直接可以出来的吗？"

"意外发展？"

众小镇玩家连忙掏出了笔记本。

只见白雾之中出现的这个管理员，先是满脸嫌弃地上下打量了一番浑身是血的殷修，啧啧摇头，然后冷声道："把手伸出来。"

殷修有些疑惑，但他还是伸出了手。

管理员在殷修的手背上盖了个章，然后一本正经地教训道："玩家殷修，因为触犯副本特殊规定，被列为高危玩家。下个副本将对高危玩家进行管束，投入特殊禁闭室副本，三天后开启。"

说完，他唉声叹气地从怀里掏出一个显示屏，然后一边翻找一边说道："现在的玩家真是不得了，拿到点道具就开始杀诡怪，触发了特殊副本算你们倒霉，给你们点教训……让我来看看你的犯罪履历啊。"

他翻到殷修的名字，开始念了起来："玩家殷修，被众诡怪投诉的超危险级玩家……"管理员念到这里的时候稍微一顿，神情略微一紧，又接着往下念，"在副本期间击杀诡怪无数……当前已有记录……SSS级副本深海学院，屠杀全部诡怪后通关……SS级副本深渊沼泽，屠杀全部诡怪……通关……

"S级副本屠杀全部诡怪……A级副本屠杀……B级副本也……屠杀……

"C级副本全部……杀……"

管理员念到后面，已经口干舌燥浑身流汗，越发觉得殷修盯着他的眼神冰凉又恐怖。

"最后的记录是在六年前，通关终结副本后消失，全部通关副本都……都是杀光诡怪后离开……

"该玩家极度危险,已被全部副本领域主宰拉黑,拒不再收,如若再发现该玩家进入副本,立即驱逐……"

念完之后,管理员眼泪汪汪地瞅了一眼殷修手背上的印章,狠狠扇了自己一巴掌。

这玩意盖上去就收不回来了啊!

063.

他为什么不先看看犯罪履历再盖章?为什么!

管理员的脸色诡谲莫测,相比之前的傲慢,这会儿已经变得恭敬了起来,微微倾身试探着向殷修询问:"我这边已经看过你的履历了,你……不,您现在已经修身养性了对吧?每天打打杀杀对身体多不好,偶尔过副本只是为了调剂一下生活对吧?"

浑身是血的殷修微微一笑:"你说得对。"

"这……这个禁闭室副本一旦盖章,三天后就会自动将玩家拉进去……也修改不了,这……你看……"管理员搓搓手,脸色一片惨白,"您进去之后能不能稍微休息一下呢?"

"你指什么?"

"就……就是那个……"管理员磕磕巴巴地道,"就是稍微收敛一下,留一两个活口之类的……"

殷修漫不经心地点点头:"我尽量。"

他答得过于随意,让管理员更加心慌,但杀不杀诡怪那都是殷修进副本之后的事,他现在也束手无策,只能恭敬地侧身让开了路:"那您先回去休息吧,刚杀完诡怪多累啊,是需要及时恢复精力的,我就不打扰您了。"

殷修点头,看在管理员态度诚恳的份上就直接离开了,毕竟他也是个温柔的人,不会随便大开杀戒的。

目送着殷修远去，管理员又看了一眼手中已经记录上殷修名字的禁闭室副本名册，急得冷汗直冒："完了完了，出大问题了！"

"我真的是……唉！"他又懊恼地甩了自己两巴掌，怎么就把这个杀神拉入了副本里呢！这次副本的所有诡怪怕是都得遭殃。

管理员盯着殷修全红的副本通关记录，直到目前为止，包括这个刚刚被他二刷的新手副本，他都是杀完所有诡怪才离开的，下个副本怕也不会例外。

"要不我现在先回去把这个消息上报吧，也许开个紧急会议讨论讨论还来得及。"管理员痛哭流涕地抱着记录档案消失在了白雾里。

屏幕外的观众也是看得一愣一愣的。

首先，针对高危玩家的禁闭室副本他们是听都没听说过。

其次，殷修的过往记录居然是全杀通关？但凡留一个诡怪都不至于记录全红！这是什么"活阎王"？！

最后就是……

"嘿嘿，殷修终于被逮住了！果然任何虐杀诡怪的玩家都会被绳之以法的！"

"有没有可能，他下次就把这个禁闭室副本也杀穿了呢？"

"笑死，这个禁闭室副本是集结了所有高危玩家的高难度副本，恐怖程度我有所耳闻。"

"就算是殷修，在里面肯定也得吃点苦头！不可能全杀通关。"

"呵，小小诡怪，目光狭隘，坐等我殷修大佬杀光他们。"

"你小子敢挑衅我！"

"有我修哥在！我还怕你不成！大不了我去他门口磕头！你敢来打我？"

"你等着，三百六十五天，准能让我蹲到殷修不在的时候，三天后我就去找你！"

白雾散去，殷修通过熟悉的房门离开副本，回到了自己的房间。

此刻规则小镇正是白天，夜娘娘也不在他门口了。

窗外的光落进了一片狼藉的屋内，满屋子打斗过后的残骸让殷修很是疲惫。

外面吵吵闹闹很是喧哗，与殷修房间的清冷不同。

殷修盘算着修复屋子的开销。墙壁上的痕迹不说，他的床也被夜娘娘拍扁了，现在立马睡觉是不可能的了，只能先去买点东西。

不过还好刚过副本，结算了一些副本资产，他可算有点挥霍的资本了。

玩家生活在规则小镇所需要的花销都得从通关副本后结算的副本资产获得，每个规则小镇都有一家商店，里面的东西一应俱全，但只能用副本资产购买。

殷修从六年前不再进副本后，他的副本资产就只减不增，加上以前他过副本从不考虑星级，该杀的诡怪都杀光了，低星速通，副本资产结算也没有太多，积蓄确实见底了。

因此，他哪有多余的资产去给夜娘娘准备祭品，只好每天放置清水清茶一杯，导致夜娘娘看他格外不爽。

"给夜娘娘准备点儿好的，她今晚不至于再来了吧。"殷修匆匆换了一件衣服，也顾不得收拾一下满身的血腥味就转身出门采购，他得在天黑之前将房屋修缮，以及准备好夜娘娘的祭品。

临出门之前，殷修像是忽地想起什么，回头打量整个房间。

好像黎默没有跟出来。

他不仅在副本最后玩失踪，连副本结束后，也没有回到这个房间里。

"应该是走了吧。"殷修不确定，但少了一个奇奇怪怪的人在旁边盯着自己，他也乐得轻松，放心地转身出门，朝着巷子尽头的商店走去。

一出门，殷修又立马察觉到不对。

他停住脚步，站在寂静的巷子里回头看向身后，视线扫向幽深的角落。

刚刚回到房间的时候，他觉得屋子里很冷，好像有寒意萦绕，考虑到之前房间里有黎默还有夜娘娘，倒也正常。结果现在出了屋子，走在外面，他依旧觉得有些凉。

仿佛那点寒意没有留在他的房间里，而是跟在了他的身边。

殷修没有看到什么东西，便转身继续走。

走了两步，又是一顿。

好了，现在不只是寒意萦绕四周，连那股莫名的视线也毫不隐藏地出现了。

像是黎默，但这种感觉比黎默本人待在他旁边时的压迫感要弱很多，像是……黎默的一部分？

殷修有点被自己的想法惊到了。

他想想又觉得有些荒诞，于是放弃寻找寒意与视线的由来，继续赶去买东西。

准备好修缮房门、窗户的工具，以及买了一个新的床铺之后，他的副本资产就少了一大半，给夜娘娘买了祭品后，资产更是所剩无几。

殷修一脸沉重地拎着大大小小的包裹往回走，如果有了这些祭品，夜娘娘今晚还来骚扰他，他保证以后每天都只给她清水，不能再多了。

床铺等大件物品会自动放入殷修的房屋，但门窗殷修得自己修缮，买不起全新的门窗和墙壁，就得自己修理，殷修已经习惯了。

整个小镇没有人比他更独立且全能。

"下午好啊。"

回到房屋门口，殷修撞见了一个熟悉的人，正在他的房门前站着，笑眯眯地向他打招呼。

那人身着白色休闲运动衫，五官轮廓温和，面容有一点混血，眼瞳是清澈的蓝，眉眼精致，是镇长看了会狂喜的类型，但那人面色苍白没有血色，周身萦绕着的脆弱感，让他在充满危险的小镇里，像一朵随时都会被折断的花。

他就是被玩家封为"规则小镇管理人"的叶天玄。

064.

殷修冷淡地向他点点头算是回应，随后看向了自家门口。

他的房屋门口比起走的时候多了好多东西，有许多大大小小的盒子堆积在了门口。

殷修看了一眼那些盒子："你带来的？"

叶天玄摇摇头，笑容里满是打趣："是镇上其他玩家带来供奉你的。"

"……什么供奉，我又不是夜娘娘。"殷修一脸无语，但还是打开了房门，把这些杂物堆进了屋子里。

叶天玄也顺理成章跟进了房间，轻车熟路地坐到了窗边的椅子上，给自己沏了一杯茶，一边品一边看着殷修开始修门。

"看完你过副本后，小镇玩家对你的印象有很大的改观。"叶天玄坐在桌边支着下巴，絮絮叨叨，"我教育了他们三年，才让玩家们不敢靠近你，结果你一进副本情况就全变了。"

"嗯。"

"你不知道防止玩家作死有多累，老玩家容易自视甚高，新玩家懵懵懂懂太容易出事，他们平时住在一起都免不了意外出现，还想跟全镇最危险的你一个房间，简直就是不自量力。"

"镇上那些诡怪杀不了你，就全都盯着你身边的人，稍有不慎就会结束游戏，他们就是不明白。"

"嗯。"

"管理小镇还是太难了，除了进副本收集攻略，就是出副本教训玩家，现在小镇秩序已经这么平稳了，还是免不了有些人作死。"叶天玄越叨念火气越大，皱起的眉头跟他温和的气质十分不符，"你说我每天让人在镇上发的规则单，他们完全不看的吗？"

"刚刚我还骂了一个人，让他带新人，他满口答应，转头就把新人带进死胡同，我真拿他们没办法。"

殷修表情冷淡地在门上敲敲打打，嘴上敷衍着："嗯嗯……你说得对。"

叶天玄不抱怨的时候确实温和亲切，但一谈及小镇，他就会暴躁。

作为小镇的管理人，他已经把小镇运营到了极致，每个进来的新人都仿佛在温室里长大，有规则单提点，有其他玩家照应，还有老玩家带着过副本，全能的攻略、一笔一笔的记录。

相比其他小镇，叶天玄管理的小镇已经形成了全新的生存秩序，玩家的游戏死亡率极低。

其他小镇的新人进游戏第一天，没有任何规则提点，第一夜就会出局大半，剩下的完全要靠自身的幸运与机敏苟活，适者生存，通关的人少之又少，所以老玩家格外傲气，他们是有傲气的资本，也容易因为这份傲气大意犯错。

叶天玄的小镇管理则完全相反。

第一代玩家在他的带领打拼下，研究出游戏规则，写下副本通关攻略，传递给新人，将新人培养成大佬后，再让这一批人去带下一批。老玩家给新玩家善后，以保证新玩家都能迅速适应环境，了解副本的危险，减少游戏死亡率。

副本是充满挑战的，但这个小镇对新人而言，却是风雪之中的避难所。

叶天玄功不可没，殷修也被他盘算着，无形地为小镇添上了功绩。

他是镇上的光，殷修则是镇上的阴影。

一人带领玩家，一人压制诡怪，才让小镇达到了其他小镇都达不到的安稳。

叶天玄也是镇上唯一跟殷修接触也不怕被诡怪盯上的人，他对小镇和副本而言，都是特殊的。

"咳咳！气死我了！"说话一急，叶天玄就开始咳嗽，他原本毫无血色的脸这会儿更是苍白如纸，急忙喝了口水，才缓下急促的呼吸。

殷修停下敲钉子的动作，回头看了他一眼："最近身体怎么样？"

"还是那样吧。"叶天玄勾起淡淡的微笑，"经验值还能维持一阵，暂时还不会死。"

游戏经验值代表游戏内玩家本体的生命值，模拟现实中人的生老病死，受玩家的游戏时长、游戏内日常行为、副本操作等方方面面的影响。

"嗯。"殷修点头，继续回头敲钉子。

他过副本，讲究的就是一个凶残，凭借实力杀诡怪，才轻松游走于所有副本。

但不是所有人都有这样的实力，其余人想要平稳过副本，总是需要付出一些代价，而叶天玄为了给小镇的玩家刷攻略，高频率进副本又全身而退的代价就是消耗游戏经验值。

不过他不在乎，也没人拦得住他。

殷修也已经习惯了他这个样子，对他串门进来就喝自己宝贵的茶也是非常容忍。

"我看完你副本最后那一段了，你下个副本是三天后即将被迫进入的禁闭室副本吧？"叶天玄抱怨完琐事之后，终于开始聊起了正题。

殷修看了一眼自己手背上的章，是一个黑色的禁止符号，他点了点头："我也没去过这个副本，以前是在副本结束后碰到过管理员，但以前那个管理员跟现在这个不一样，看到我就走，我都不知道还有这么个副本。"

"我过副本也没有杀过诡怪，就更不会触发这个了。"叶天玄盯着殷修若有所思，"我想收集一下这个特殊副本的信息，你三天后带我一起进副本吧。"

殷修想了想，带叶天玄进副本倒是没什么难度，反正他现在没有室友，到时候副本刷新，叶天玄在他的房间里就能一起被拉进去。

"可以是可以……但你确定要去？"殷修对叶天玄的经验值是否够用表示怀疑。

那是个高危副本，危险程度远比一般副本大，以叶天玄现在的状况，也是有可能无法通关的，那对小镇来说将是一个巨大的损失。

"我觉得我还行。"叶天玄笑眯眯地抚摸着自己无名指上的戒指，"我的目标是收集全副本攻略，缺这一个可不行，但为了这一个副本特意去杀大量诡怪,我也不是很乐意。"

"嗯。"殷修点头,算是应下了。

他能理解,毕竟叶天玄跟他一样都是心善的人。

门修得差不多了,该去修窗户了,他又提着工具箱走到窗户边,把叶天玄赶到了边上去。

凑近之后,叶天玄忽然望着殷修旁边的空气,眼睛一眨不眨:"你旁边那是什么?副本里带回来的?"

殷修有些疑惑,转头看向自己旁边的位置,什么也没有,但他确实能清晰地感受到有什么东西存在。

"就是一个……模糊又扭曲的黑色团状物。"叶天玄比画着,试图给殷修形容,但又描述不清楚,"上面有很多触手围绕着你,几乎要把你圈起来了。触手上还有眼睛,也一直盯着你,这……"

他思索了一会儿,在脑海里认真分析后问:"这是你新养的宠物?"

065.

殷修沉默着,伸手往自己身旁一挥,手从空中穿过,什么都没抓到。

"你觉得我会养自己摸不到的宠物吗?"

叶天玄看着他的手,若有所思,他的手一伸过去,那些原本环绕在他四周的触手立马缠绕上殷修的手,尖角黏在他的手指上,上面的眼睛还在颤动,似乎很是雀跃。

漆黑扭动的长条状物体缠绕在殷修干净的手臂上,黑白分明的颜色碰撞竟意外有些好看。

"真的不是宠物?"叶天玄怎么看这团东西都像是和殷修有互动的,"它自己缠上来的?"

"嗯。"殷修点点头,没有理会叶天玄口中描述的那团看不见的黑乎乎的东西,继续拿着锤子加固窗户,反正看又看不见,甩也甩不掉,干脆不搭理了。

"你还真的很容易吸引一些奇怪的东西啊。"叶天玄点点头,已经习以为常,"看它对你没有恶意,应该问题不大,总会有现身的时候。"

说着他又转头看向了屋内:"之前在副本内看到你有一个室友来着?他人呢?"

"应该是走了。"殷修淡淡地回道。

"应该?"

"不然就是现在我旁边这个东西。"殷修指了一下自己的肩。

叶天玄的表情微微凝固。

一口两个诡怪,笑得阴森又来历不明,还会变成殷修看不见的触手待在他旁边待机的室友,得是个什么玩意啊?

"估摸着不是个好东西啊……"叶天玄喃喃着,再度拧了拧无名指上的戒指。

他一出声,触手上的眼睛刷地转向了自己。他能感受到那股寒意萦绕,让他本来就不太舒服的身体感觉更加糟糕了。

虽然对方没有在敌视或是警告他,但的确有试探打量的意图。

"算了,你别被怪东西折腾死了就行,我来跟你说一声副本的事,说完就先回去了。"叶天玄站起身,将剩下的茶一饮而尽,挥挥手出门了。

"嗯。"殷修点头,看了一眼外面的天色,也快天黑了,他一会儿吃完饭洗个澡,就可以睡觉了。

希望今晚夜娘娘别来打扰我,刚过完副本够累的了。这么想着,殷修匆匆去冰箱里取出一些自己买的肉,特别豪气地统统堆到了门口的铁碗里。

小小的一个铁碗里堆满了肉,比其他房间献上的还要多,足够彰显他的诚意了。

完善好最后一部分后,殷修关上门窗,扣了锁,又去做了一份晚饭。吃完洗澡,一系列操作之后,窗外天黑了,猫叫声也随之响起。

正在浴室洗脸的殷修抬眸看向镜子,以往他从没好好睡过觉,稍微有些黑眼圈，但离开副本的前一夜被黎默拉去棺材安宁地度过了一晚，睡得很沉，也让精神好了很多。

不知道这人有何目的，但他确实没有妨碍殷修过副本，也没有表现出危险性，甚至让殷修过得更舒坦了一些，因此殷修也没那么反感对方的存在。

余光一瞥，殷修看向了自己的肩头，思考着自己身边真有那么一团黑乎乎的玩意？

一般叶天玄说看见了就是真的有，但这东西是不是黎默就很难说了，毕竟他也没见过黎默变换成类似的模样。

他再度伸手，往肩头摸去，除了感受到这一块更为寒凉，倒还真没摸到什么实质的东西。

"啊……"殷修拧眉看向自己的手，好像摸一下，寒意就爬到手上来了，在腕上游走缠动。

这东西一点儿都没想伪装自己这点，跟黎默倒是一模一样。

殷修甩甩手，试图把寒意甩掉，但根本甩不掉，他索性不管了。

他关灯躺到了床上，拉上被子，听着窗外的声音，等待着夜娘娘的到来。

今晚，夜娘娘来得稍微晚一些。

冷风刮过小胡同，幽暗的街道寂静无声。

没安静两秒，一道细碎的脚步声响起，啪嗒啪嗒，顺着胡同慢慢地走进来。

她一如既往，顺着街道在每家门口一路吃过来，到殷修家门口时，咀嚼的声音忽然停止了。

没有她离开的脚步声，也没有她愤怒的敲窗声，此刻的寂静反倒让殷修困惑了。

他花大价钱准备了很多肉，夜娘娘不会还是不乐意吧？

窗外，夜娘娘一脸迷惑地看着殷修家门口的小小铁碗，陷入了漫长的沉思。

每次都是一碗清水或是一碗茶的小铁碗里此刻堆满了肉，她一时间还有些不习惯，这样的话，敲窗骚扰一下殷修的乐子都没了。

"算了。"夜娘娘迅速啃完了一碗的肉，准备离开。

临走之前又觉着不太舒坦，回头咚咚两声，敲掉了殷修窗户上的两颗钉子才走。

确认夜娘娘离开，殷修终于松了一口气，他听到敲窗声的时候还以为今夜又要不安宁了，现在可算清静下来了。

"睡了。"殷修安稳地闭上眼，准备迎接夜晚的安眠。

一安静下来，身侧的寒意就开始不安分了。

殷修咻地睁眼，双眉紧蹙，凝视着黑暗。

等等，这熟悉的感觉……怎么跟副本里那个缠着他的诡怪一模一样？

那个难道不是副本里的诡怪吗？他都通关副本了，诡怪不可能会跟他出来，那这莫名的熟悉感……

屋子里安静了几秒，殷修阴恻恻的声音响起。

"该不会那个副本里的诡怪其实是你吧？"

身上的寒意唰地缩了回去，似乎变成了一动不动的一团。

黑暗之中，殷修阴冷的视线往自己肩头看去，即便他看不见，也在虚空中跟触手上的眼睛们对视上了。

他的声音里带着一丝薄怒："最好别让我在副本里遇到你。"

那股寒意没有再动，殷修抓不到也摸不着那不知是什么的东西，只能压着怒意闭上眼继续睡。

之后屋子里一直保持着安静，那东西没敢再有动作，殷修睡得很快，就是梦里一直在皱眉，嘀咕着什么"你再敢打扰我睡觉，把你砍成十八段"之类的梦话。

触手们把自己盘成一小团，缩了又缩，一点儿都没敢再碰殷修一下。

回到小镇后的日子跟往常差不多，殷修醒来收拾收拾就拿着钓鱼竿去湖边打发时间，静待三天后的禁闭室副本。

小镇的变化倒是有些大，平常那些玩家看到殷修都会光速闪躲避让，一点儿都不敢跟他有交集,而现在路过广场时,那些人的视线则变得无比热切殷勤,甚至连广播里的喊话都变了。

"大家在小镇上只要遵守规则,是绝对不会出事的,向身边的老前辈学习,认真听从建议,你们成为大佬也指日可待。

"在这里,我诚心建议大家以殷修大佬为榜样,争取成为像他那样的玩家,以后通关什么副本都不是难事,一人成为大佬,全镇玩家都可以平安,一代传一代,终有一日我们小镇将不会再有人因为诡怪而游戏失败。"

角落里的诡怪大骂一声"晦气"。

直到殷修离开后,喇叭里仍不断播放着这番话教育新人的话。

殷修面无表情地走到湖边,准备钓鱼工具,钓他钓不上来的鱼。

忽然,他想起黎默第一天来的时候似乎下湖抓鱼吃了,接着他盯着湖看了很久,湖里的诡怪也被吓了很久,直到殷修终于放弃下水抓鱼的念头,继续当个普通的钓鱼佬,湖里的诡怪们才安心下来。

真到万不得已的时候,它们也会努力装作是一条鱼。

时间迅速流逝,三天后,叶天玄来到殷修的房间,两人一同被拉入副本。

时间一到,广场上的屏幕唰地多出了一个房间,显示着两位玩家的信息。

恭喜玩家进入副本:极乐城。

本次玩家姓名:殷修。

性别:男。

居所:35位面小镇A胡同401。

所持副本资产:331。

副本推进进度:已全部通关。

本次玩家姓名:叶天玄。

性别：男。

居所：35 位面小镇 A 胡同 103。

所持副本资产：1551111。

副本推进进度：百分之九十八。

望着屏幕上显示的信息，全小镇的人都激动了起来。

番外
平行时空

下午六点，天空已经被薄薄阴云遮蔽，有风刮过35高校的门前，和零星雨点一起飘落在地面。

"下雨了？"不知道是谁喊了一声，一把把花样不同的伞在熙熙攘攘的人群里展开了。

其中最为特别的，是一把红色带着蝴蝶结图案的可爱小伞。

那像是一把小孩子的伞，偏偏伞下站着的是个穿着高校校服的少年，身高一米六几，还在生长期的身体站在小小的伞下，显然有些遮蔽不住，些许雨点滴滴答答的顺着伞边落在了他的肩头。

校门口的大多数人都忍不住用目光打量着他，一些议论声也纷纷响起。

"那谁啊？怎么撑着一把小孩子的伞啊？"

"遮都遮不住，是家里没别的伞了吧？看着怪可怜的。"

"大家都是同学，我伞大，要不等会儿我带他一程吧？"

"可以啊，你去问问什么情况呗？"

在校门口众人的视线里，作为话题中心的人始终对周围的声音没有任何反应，只是专心致志地盯着前方，注视着显示屏上正在倒数的红绿灯。

等灯光跳转到绿色的瞬间,旁边有人凑了过来,小声道:"同学,你这伞……"

他话还没说完,伞的主人就已经转头看向他,勾唇微笑道:"这是我妹妹给我准备的伞,好看吧?"

那一丝笑里带着些浅浅的骄傲和得意,与淋湿肩头的凄惨境况完全不同。

搭话的同学一愣,还没反应过来说什么,红色的伞就已经在阴雨之中飘过人行道去往了对面。

刚刚还在议论纷纷的人群短暂沉默了几秒之后,又爆发出一阵吐槽。

"之前没看清,原来是殷修啊!"

"他宠妹妹在学校里是出了名的!早知道我就不去问了!还让他骄傲上了!"

"我就说学校里谁好端端的带把儿童伞,是殷修妹妹的伞,那就正常了,太正常了!"

众人嘀嘀咕咕,一边吐槽一边过了马路,接着在十字路口散开,各自往各自的方向去了。

红色小小的伞,轻飘飘地穿过商业街,一路吸引了不少人的注意。

伞的主人倒是一脸平静,没有理会湿漉漉的肩头,只是时不时停下,握着手机回复消息。

"我就知道今天会下雨!让哥哥带上的伞有用了吧!"

"嗯,谢谢晓晓。"

"那哥哥早点儿回来啊!我今天学会了新的菜,叫雅雅来家里吃,都准备好了,就等你回来了!"

"我尽快回去。"

打完字,殷修收起手机,抬头,余光瞥向侧面商铺前的玻璃门。

模糊不清的倒影里,能看到街道上形形色色的路人,以及他的身影。

在他身后不远处,紧跟着一个漆黑的影子,像是一个人形,却看不清。

街道上的行人都没有注意到那道身影，径直从他身边走过，就好像那影子只有殷修一个人能看见一般。

殷修默默地收回视线，打着红色的伞穿过热闹的街道，踩着地上的水洼，拐向了人相对少的小巷，试图抄近路，更快去往住宅区。

刚踏入小巷，几道身影连带着喧哗声就跟殷修迎面撞上。

几个穿着各种颜色混搭，染着花花绿绿头发的人正恶狠狠地揪着一个学生，威胁道："不过是找你借点儿钱花花，迟早会还给你的，识趣点儿就应该自己主动拿出来，别惹我生气。"

被揪着的学生丝毫没有畏惧，一脸正气地反驳："你这是借钱吗？这分明是勒索！是犯罪！"

混混青年脸色一黑，不由分说就想上去给他两拳，但站在一旁的人注意到了出现在巷口的多余身影，连忙拉住了那人："有人来了！"

几道目光唰地聚集到了殷修身上，打量着这个刚刚踏入巷子的碍事者。

他们的目光在小红伞上停留了几秒，又落到了殷修面无表情的脸上，转身迎了过去。

还没等他们靠近，被勒索的学生就一个跨步冲到了人群最前方，挡在了殷修跟前："你们勒索我就算了，还要欺负其他人吗？"说完，他用胳膊肘悄悄地顶了殷修一下，小声道，"你快走吧，这跟你没关系，别一起被留在这儿了。"

殷修沉默几秒，扫了一眼挡在跟前的身影："你叫什么名字？看着很陌生。"

"啊？"

"叫什么名字。"

"哦，我叫钟暮！刚刚搬来这边住！看校服咱俩是一个学校的！你放心！我有保护同学不被牵连受害的责任！"

"嗯。"殷修平静地应了一声，然后一把将他从跟前推开了。红色的小伞往钟暮头顶一斜，看向对面几个人，冷声道："听到没？钟暮，以后都别来找这个人的麻烦了。"

钟暮愣了愣，就见几个混混青年在殷修跟前整齐一划地低了头："修哥！我们不是故意出现在你跟前的！"

"是意外，都是意外啊！平时这里都没人路过。"

"对对，是意外，我们都听修哥的！保证以后绝对不找这个人麻烦了！"

看着那几个紧张的人，钟暮质疑的目光缓缓落到了殷修身上："你是他们老大？"

"不是。"殷修漫不经心地低头在手机上回复了两条消息，"以前被我打过，让他们别再出现在我跟前了。"

一提这话，几个混混立即紧张了起来，一个个低着头老实巴交，不敢吱声。

殷修将目光从手机屏幕再度转到了几人身上，冷淡道："看来他们不是很老实，之后说不定会私底下找你。"

"不会不会不会。"混混们一致摇头，连忙否认。

殷修没理，转头看向钟暮："明天你去学校，找学生会的人帮忙，里面有个叫叶天玄的，他爱管闲事，会帮你解决麻烦的。"

"叶天玄？"钟暮重复了一遍这个名字，觉得听着有点儿耳熟。

话音刚落，小巷之外，就轻飘飘地传来了带着笑意的回应："谁叫我啊？"

伴随着那道声音，一些撑着伞的身影悄然无声地出现在了巷子两头，将整个巷子堵得严严实实。

为首的人一头黑发，有着与这阴雨天完全不相同的蓝色眼眸，他穿着黑色校服，嘴上叼着根棒棒糖，姿态懒散地靠着墙，突然就带着一大群人乌泱泱地出现在这儿，看着比那几个混混还要不正经。

对方的视线扫过那几个混混，又落到了钟暮跟殷修的身上，笑道："听说最近有人在我们学校附近勒索学生，这不是会给我们学校的学生造成不安嘛，我就来看看，原来殷修也在这儿勒索呢？"

殷修不悦地板起脸。

钟暮连忙解释:"不是的!他是碰巧出现在这儿的,在帮我!是好人!"

"我知道啊,他是我朋友,开个玩笑而已。"叶天玄笑眯眯地上前,勾住了钟暮的肩。

这下轮到钟暮板起了脸。

哪有上来就给好朋友头上泼盆脏水的,这什么奇怪的人啊。

"这里交给我处理,你回去吧。"叶天玄朝着时不时拿起手机回复一下消息的殷修挥挥手,"别让你妹妹在家等急了。"

殷修点头,转身要走,动身的瞬间,余光又瞥见了人群之外,那模糊不清站在雨中的黑影,依旧散发着神秘诡异,就那么站在那儿,不被任何人察觉。

"叶天玄……你看到那个了吗?"殷修低声道,朝着人群之外的黑影方向指了指。

"怎么?"叶天玄看了一眼,又困惑地回过头,"那些都是我们学生会的人,跟我过来撑撑场面呢。"

"没什么……"殷修垂眸,转身越过人群往住宅区的方向走去了。

叶天玄撑着伞,勾着钟暮往商业街走,将吃干净的棒棒糖棍往垃圾桶里一丢,道:"别再让我看到你们欺负人。"

听着那边的声音,钟暮的思绪有些飘散:这人虽然奇怪了点儿,但还真是个好人啊!

"你身上都湿透了,别淋雨回去了,你家在哪儿?我送你回去。"身边的大好人好心地询问着,"还有你手怎么受伤了?"

"之前被推搡的时候擦伤了。"钟暮揉了揉手上的伤口,"不碍事,小伤。"

"那也得擦擦药吧,免得回去了家里人担心。"叶天玄领着他往学校的方向走去,"这个点儿,校医还在,让他帮你擦点儿药,顺便把身上收拾一下吧。"

"校医?我有印象,听说是个很温柔的人,我刚转来,还没见过。"

"等会儿就能见到了。"叶天玄摆摆手,朝着身后的巷子里喊了一声,"你们也早点儿回家吃饭吧!"

"好！叶老大也早点儿回去！"巷子里的人回应道。

殷修撑着红伞，匆匆地在小巷之间穿行，每走出去一段，都会借着手机屏幕上的倒影往身后看去。

每次都能看到那道藏在雨幕之中的身影，一直跟着他，片刻不离。

那到底是什么？

殷修抬眸看向不远处的住宅区，红色的伞停在了巷子口。

快到家了，但他不能带着这么神秘危险的人回家。

脚步微顿片刻后，殷修方向一转，朝着街道之间横七竖八的巷子走去，红色的伞迅速地穿过狭窄的通道，而那道黑影紧随其后。

朦胧的雨雾模糊了两人的轮廓，一红一黑，在幽暗的巷内快速奔过。双方都在拉扯，注意着彼此，距离忽远忽近。

直到一个拐角后，红色的伞瞬间消失在了雨中。

下水道口，水流急促，渐大的雨滴不断地砸落在地面，发出支离破碎的声响。

远处城市的声响朦胧飘忽，近处的雨声清晰洪亮，黑影缓缓地停在了那个巷口。

"你是谁？"

一个清脆的声音忽地响起在了雨声里，红色的伞尖无声无息地对准了那道黑影，伞后，是淋得浑身湿透的主人。

殷修抹了一把全是雨水的脸，直勾勾地盯着眼前的身影。

这是一个人，看背影是一个男性，穿着他们学校的校服，乍一看普普通通，站在人群之中非常不起眼，但偏偏在这雨中，在这条巷子里，他周身都散发着与常人不一般的阴沉感，带着潮湿的气息，诡异而神秘。

"转过来！"殷修冷着脸道。

对方倒真的乖巧地转身了。

他一路跟来都没有撑伞，浑身上下湿透了，黑色的头发完全被雨水浸透，丝丝缕缕地贴在了苍白的面颊上，散发着诡异的气息。

眼睛里带着意味不明的笑意，直勾勾地盯着殷修，嘴角上挑，吐露出低沉的声音："我没有恶意。"

殷修皱眉："那你一路跟着我干吗？"

"我……"对方的声音微顿，"我想跟你做朋友。"

殷修沉默，用困惑的视线在那人身上打量，扫过了他的同校校服："你认识我？"

"认识，学校里的人都认识你。"对方脸上的笑意更深了，"但我想要你也能认识我。"

"只是这样？你就跟了我一路？"

"嗯。"那人轻声应道，"我不知道该怎么跟人正常搭话……我……"

那人的声音忽地一顿，视线往下一落，停留在殷修脚边。

只见那人忽地一个上前，在殷修尚未注意时，一脚踩到什么东西。

吧唧一声，小小的声音被雨声掩盖，殷修全然没有察觉到这一切，只是后退了一步，警惕地盯着跟前骤然靠近的人："怎么了？"

那人眯眸微笑，看起来亲切又温和，带着些小小的期待问道："成为朋友的第一步，是知道彼此的名字。"

"你想知道我的名字吗？"

殷修沉默，面前的同校同学看起来有些奇怪，但个性奇怪的人很多，他就有这样的朋友，再多一个也无妨。

"你叫……什么名字？"

男人嘴角的笑意更深了，吐出来的一字一句都让殷修有些眩晕感。

"我的名字叫——黎默。"

名字在耳边清晰响起的瞬间，殷修感觉脑海之中仿佛有什么东西在涌动，翻滚着、搅动着他的记忆，可那感觉很模糊，糅杂着雨声，只让他感到晕眩。

殷修的意识恍惚了片刻，再度睁眼时，雨声淅沥的巷子里，只剩下他一个人的身影。

"走了？"殷修一时间有些不太确定，转头四望，也没有再捕捉到任何身影。

那个人就这么悄无声息地消失了。

"幻觉？"他揉揉脑袋，可对方的模样那么清晰，在脑海里清清楚楚。

"黎默……"殷修念着那人的名字，有些怔愣。

口袋里还在不断震动的手机提醒着他，该回家了。

片刻后，殷修又撑起了那把红伞，转身朝住宅区走去。

不知为何，他感觉对方一定还会来找他，一定还会再出现。

图书在版编目（CIP）数据

"神"之陨落/白桃呜呜龙著. -- 武汉：长江出版社，2025.1. -- ISBN 978-7-5492-9937-9

Ⅰ.I247.5

中国国家版本馆 CIP 数据核字第 20247511DF 号

"神"之陨落
SHEN ZHI YUNLUO
白桃呜呜龙著

出　　版	长江出版社
	（武汉市解放大道 1863 号）
选题策划	林　璧
市场发行	长江出版社发行部
网　　址	http://www.cjpress.cn
责任编辑	李诗琦
特约编辑	林　璧
印　　刷	北京盛通印刷股份有限公司
版　　次	2025 年 1 月第 1 版
印　　次	2025 年 1 月第 1 次印刷
开　　本	700mm×1000mm 1/16
印　　张	17
字　　数	251 千字
书　　号	ISBN 978-7-5492-9937-9
定　　价	49.80 元

版权所有，侵权必究。如有质量问题，请与本社联系退换。
电话：027-82926557（总编室）027-82926806（市场营销部）